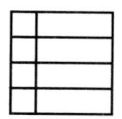

BEST
CHINESE
FICTION

中　国
好小说

苏童，1963年出生于江苏苏州市，1984年毕业于北京师范大学中文系。1983年发表作品，当过教师和文学编辑。现居南京，为江苏省作家协会专业作家。

主要代表作为中篇小说《妻妾成群》《红粉》、长篇小说《米》《我的帝王生涯》《河岸》等，另有《西瓜船》《白雪猪头》《茨菰》等百余篇短篇小说。

《河岸》获得第三届曼亚洲文学奖、第八届华语传媒文学大奖。《茨菰》获第五届鲁迅文学奖。

中国好小说
———
苏童

Best Chinese Fiction
———
Su Tong

中国青年出版社

（京）新登字083号

图书在版编目（CIP）数据

中国好小说．苏童／苏童著．—北京：中国青年出版社，2013.7
ISBN 978-7-5153-1776-2

Ⅰ．①中… Ⅱ．①苏… Ⅲ．①小说集－中国－当代 Ⅳ．① I247

中国版本图书馆CIP数据核字（2013）第150433号

责任编辑：程鹥眉
装帧设计：瞿中华
封扉字体：谷龙（谷龙纤圆体）

出版发行：中国青年出版社
社址：北京东四12条21号
邮政编码：100708
网址：www.cyp.com.cn
编辑部电话：（010）57350521
门市部电话：（010）57350370
印刷：三河市世纪兴源印刷有限公司
经销：新华书店

开本：810×1092 1/32
印张：10
字数：190千字
印数：1-10000册
版次：2013年7月北京第1版
印次：2013年7月河北第1次印刷
定价：29.00元

本图书如有印装质量问题，请凭购书发票与质检部联系调换
联系电话：（010）57350337

目录

妻妾成群 _001

妇女生活 _061

另一种妇女生活 _113

肉联厂的春天 _161

民丰里 _211

灼热的天空 _253

妻妾成群

四太太颂莲被抬进陈家花园时候是十九岁，她是傍晚时分由四个乡下轿夫抬进花园西侧后门的。仆人们正在井边洗旧毛线，看见那顶轿子悄悄地从月亮门里挤进来，下来一个白衣黑裙的女学生。仆人们以为是在北平读书的大小姐回家了，迎上去一看不是，是一个满脸尘土疲惫不堪的女学生。那一年颂莲留着齐耳的短发，用一条天蓝色的缎带箍住，她的脸是圆圆的，不施脂粉，但显得有点苍白。颂莲钻出轿子，站在草地上茫然环顾，黑裙下面横着一只藤条箱子。在秋日的阳光下颂莲的身影单薄纤细，散发出纸人一样呆板的气息。她抬起胳膊擦着脸上的汗，仆人们注意到她擦汗不是用手帕而是用衣袖，这一点给他们留下了深刻的印象。
　　颂莲走到水井边，她对洗毛线的雁儿说："让我洗把脸吧，我三天没洗脸了。"雁儿给她吊上一桶水，看着她把脸埋进水里，颂莲的弓着的身体像腰鼓一样被什么击打着，簌簌地抖动。雁儿说："你要肥皂吗？"颂莲没说话，雁儿又说："水太凉是吗？"颂莲还是没说话。雁儿朝井边的其他女佣使了个眼色，捂住嘴笑。女佣们猜测来客是陈家的哪个穷亲戚。他们对陈家的所有来客几乎都能判断出各自的身份。大概就是这时候颂莲猛地回过头，她的脸在洗濯之后泛出一种更加醒目的寒意，眉毛很细很黑，渐渐地拧起来。颂莲瞟了雁儿一眼，她说："你傻笑什么，还不去把水泼掉？"雁儿仍然笑着，说："你是谁呀，这么厉害？"颂莲揉了雁儿一把，拎起藤条箱子离开井边，走了几步她回过头说："我是谁？你们迟早要知道的。"

第二天陈府的人都知道陈佐千老爷娶了四太太颂莲。颂莲住在后花园的南厢房里，紧挨着三太太梅珊的住处。陈佐千把原下房里的雁儿给四太太做了使唤丫环。

第二天雁儿去见颂莲的时候心里胆怯，低着头喊了声四太太，但颂莲已经忘了雁儿对她的冲撞，或者颂莲根本就没记住雁儿是谁。颂莲这天换了套粉绸旗袍，脚上趿双绣花拖鞋，她脸上的气色一夜间就恢复过来，看上去和气许多，她把雁儿拉到身边，端详一番，对旁边的陈佐千说，她长得还不算讨厌。然后她对雁儿说，你蹲下，我看看你的头发。雁儿蹲下来感觉到颂莲的手在挑她的头发，仔细地察看什么，然后她听见颂莲说："你没有虱子吧，我最怕虱子。"雁儿咬住嘴唇没说话，她觉得颂莲的手像冰凉的刀锋切割她的头发，有一点疼痛。颂莲说："你头上什么味？真难闻，快拿块香皂洗头去。"雁儿站起来，她垂着手站在那儿不动。陈佐千瞪了她一眼，说："没听见四太太说话？"雁儿说："昨天才洗过头。"陈佐千提高嗓门喊道："别废话，让你去洗就得去洗，小心揍你。"

雁儿端了一盆水在海棠树下洗头，洗得委屈，心里的气恨像一块铅坠在那里。午后阳光照射着两棵海棠树，一根晾衣绳拴在两棵树上，四太太颂莲的白衣黑裙在微风中摇曳。雁儿朝四处环顾一圈，后花园阒寂无人，她走到晾衣绳那儿，朝颂莲的白衫上吐了一口唾沫，朝黑裙上又吐了一口。

陈佐千这年将近五十。陈佐千五十岁时纳颂莲为妾，事情是在半秘密状态下进行的。直到颂莲进门的前一天，元配太太毓如还浑然不知。陈佐千带着颂莲去见毓如，毓如在佛堂里捻着佛珠诵经。陈佐千说，这是大太太。颂莲刚要上去行礼，毓如手里的佛珠突然断了线，滚了一地。毓如推开红木靠椅下地捡佛珠，口中念念有词，罪过，罪过。颂莲相帮去捡，被毓如轻轻地推开，她说，罪过，罪过，始终没抬眼看颂莲一眼。颂莲看着毓如肥胖的身体伏在潮湿的地板上捡佛珠，捂着嘴无声地笑了一笑，她看看陈佐千，陈佐千说，好吧，我们走了。颂莲跨出佛堂门槛，就挽住陈佐千的手臂说："她有一百岁了吧，这么老？"陈佐千没说话。颂莲又说："她信佛？怎么在家里念经？"陈佐千说："什么信佛，闲着没事干，滥竽充数罢了。"

颂莲在二太太卓云那里受到了热情的礼遇。卓云让丫环拿了西瓜子、葵花子、南瓜子还有各种蜜饯招待颂莲。他们坐下后卓云的头一句话就是说瓜子，这儿没有好瓜子，我嗑的瓜子都是托人从苏州买来的。颂莲在卓云那里嗑了半天瓜子，嗑得有点厌烦，她不喜欢这些零嘴，又不好表露出来。颂莲偷偷地瞟陈佐千，示意离开，但陈佐千似乎有意要在卓云这里多待一会，对颂莲的眼神视若无睹。颂莲由此判断陈佐千是宠爱卓云的，眼睛就不由得停留在卓云的脸上、身上。卓云的容貌有一种温婉的清秀，即使是细微的皱纹和略显松弛的皮肤也遮掩不了，举手投足之间，更有一种大家闺秀的风范。颂莲想，卓云这样的女人容易讨男人喜欢，女人也不会太讨厌她。颂莲很快地就喊卓云姐姐了。

陈家前三房太太中，梅珊离颂莲最近，但却是颂莲最后一个见到的。颂莲早就听说梅珊的倾国倾城之貌，一心想见她，陈佐千不肯带她去。他说，这么近，你自己去吧。颂莲说，我去过了，丫环说她病了，拦住门不让我进。陈佐千鼻孔里哼了一声，她一不高兴就称病。又说，她想爬到我头上来。颂莲说，你让她爬吗？陈佐千挥挥手说，休想，女人永远爬不到男人的头上来。

颂莲走过北厢房，看见梅珊的窗上挂着粉色的抽纱窗帘，屋里透出一股什么草花的香气。颂莲站在窗前停留了一会儿，忽然忍不住心里偷窥的欲望，她屏住气轻轻掀开窗帘，这一掀差点把颂莲吓得灵魂出窍，窗帘后面的梅珊也在看她，目光相撞，只是刹那间的事情，颂莲便仓皇地逃走了。

到了夜里，陈佐千来颂莲房里过夜。颂莲替他把衣服脱了，换上睡衣，陈佐千说，我不穿睡衣，我喜欢光着睡。颂莲就把目光掉开去，说，随便你，不过最好穿上睡衣，会着凉。陈佐千笑起来，你不是怕我着凉，你是怕看我光着屁股。颂莲说，我才不怕呢。她转过脸时颊上已经绯红。这是她头一次清晰地面对陈佐千的身体，陈佐千形同仙鹤，干瘦细长，生殖器像弓一样绷紧着。颂莲有点透不过气来，她说，你怎么这样瘦？陈佐千爬到床上，钻进丝绵被窝里说，让她们掏的。

颂莲侧身去关灯，被陈佐千拦住了，陈佐千说，别关，我要看你，关上灯就什么也看不见了。颂莲摸了摸他的脸说，随便你，反正我什么也不懂，听你的。

颂莲仿佛从高处往一个黑暗深谷坠落，疼痛、晕眩伴随着轻松的感觉。奇怪的是意识中不断浮现梅珊的脸，那张美丽绝伦的脸也隐没在黑暗中间。颂莲说，她真怪。你说谁？三太太，她在窗帘背后看我。陈佐千的手从颂莲的乳房上移到嘴唇上，别说话，现在别说话。就是这时候房门被轻轻敲了两记。两个人都惊了一下，陈佐千朝颂莲摇摇头，拉灭了灯。隔了不大一会，敲门声又响起来。陈佐千跳起来，恼怒地吼起来，谁敲门？门外响起一个怯生生的女孩声音，三太太病了，喊老爷去。陈佐千说，撒谎，又撒谎，回去对她说我睡下了。门外的女孩说，三太太得的急病，非要你去呢。她说她快死了。陈佐千坐在床上想了会儿，自言自语说她又耍什么花招。颂莲看着他左右为难的样子，推了他一把，你就去吧，真死了可不好说。

这一夜陈佐千没有回来。颂莲留神听北厢房的动静，好像什么事也没有。唯有知更鸟在石榴树上啼啭几声，留下凄清悠远的余音。颂莲睡不着了，人浮在怅然之上，悲哀之下，第二天早早起来梳妆，她看见自己的脸发生了某种深刻的变化，眼圈是青黑色的。颂莲已经知道梅珊是怎么回事，但第二天看见陈佐千从北厢房出来时，颂莲还是迎上去问梅珊的病情，给三太太请医生了吗？陈佐千尴尬地摇摇头，他满面倦容，话也懒得说，只是抓住颂莲的手软绵绵地捏了一下。

颂莲上了一年大学后嫁给陈佐千，原因很简单，颂莲父亲经营的茶厂倒闭了，没有钱负担她的费用。颂莲辍学回家的第三天，听见家人在厨房里乱喊乱叫，她跑过去一看，父亲斜靠在水池边，池子里是满满一池血水，泛着气泡。父亲把手上的静脉割破了，很轻松地上了黄泉路。颂莲记得她当时绝望的感觉，她架着父亲冰凉的身体，她自己整个比尸体更加冰凉。灾难临头她一点也哭不出来。那个水池后来好几天没人用，颂莲仍然在水池里洗头。颂莲没有一般女孩莫名的怯懦和恐惧，她很实际。父亲一死，她必须自己负责自己了。在那个水池边，颂莲一遍遍地梳洗头发，借此冷静地预想以后的生活。所以当继母后来摊牌，让她在做工和嫁人两条路上选择时，她淡然地回答说，当然嫁人。继母又问，你想嫁个一般人家还是有钱人家？颂莲说，当然有钱人家，这还用问？继母说，那不一样，去有钱人家是做小。颂莲说，什么叫做小？继母考虑了一下，说，就是做妾，名分是委屈了点。颂莲冷笑了一声，名分是什么？名分是我这样的人考虑的吗？反正我交给你卖了，你要是顾及父亲的情义，就把我卖个好主吧。

陈佐千第一次去看颂莲，颂莲闭门不见，从门里扔出一句话，去西餐社见面。陈佐千想毕竟是女学生，总有不同凡俗之处，他在西餐社订了两个位子，等着颂莲来。那天外面下着雨，陈佐千隔窗守望外面细雨蒙蒙的街道，心情又新奇又温馨，这是他前三次婚姻中前所未有的。颂莲打着一顶细花绸伞姗姗而来，陈佐千就开心地笑了。颂莲果然是他想象中漂亮洁净的样子，而且那样年轻。陈佐千记得颂莲在他对面坐下，从提兜里掏出一大把小蜡烛。她轻声对陈佐千说，给我要一盒蛋糕好吧。陈佐千让侍者端来了蛋糕，然后他看见颂莲把小蜡烛一根一根地插上去，一共插了十九根，剩下一根她收回包里。陈佐千说，这是干什么，你今天过生日？颂莲只是笑笑，她把蜡烛点上，看着蜡烛亮起小小的火苗。颂莲的脸在烛光里变得玲珑剔透，她说，你看这火苗多可爱。陈佐千说，是可爱。说完颂莲就长长地吁了口气，噗地把蜡烛吹灭。陈佐千听见她说，提前过生日吧，十九岁过完了。

陈佐千觉得颂莲的话里有回味之处，直到后来他也经常想起那天颂莲吹蜡烛的情景，这使他感到颂莲身上某种微妙而迷人的力量。作为一个富有性经验的男人，陈佐千更迷恋的是颂莲在床上的热情和机敏。他似乎在初遇颂莲的时候就看见了销魂种种，以后果然被证实。难以判断颂莲是天性如此还是曲意奉承,但陈佐千很满足,他对颂莲的宠爱,陈府上下的人都看在眼里。

后花园的墙角那里有一架紫藤,从夏天到秋天,紫藤花一直沉沉地开着。颂莲从她的窗口看见那些紫色的絮状花朵在秋风中摇曳,一天天地清淡。她注意到紫藤架下有一口井,而且还有石桌和石凳,一个挺闲适的去处却见不到人,通往那里的甬道上长满了杂草。蝴蝶飞过去,蝉也在紫藤枝叶上唱,颂莲想起去年这个时候,她是坐在学校的紫藤架下读书的,一切都恍若惊梦。颂莲慢慢地走过去,她提起裙子,小心不让杂草和昆虫碰蹭,慢慢地撩开几枝藤叶,看见那些石桌石凳上积了一层灰尘。走到井边,井台石壁上长满了青苔,颂莲弯腰朝井中看,井水是蓝黑色的,水面上也浮着陈年的落叶。颂莲看见自己的脸在水中闪烁不定,听见自己的喘息声被吸入井中放大了,沉闷而微弱。有一阵风吹过来,把颂莲的裙子吹得如同飞鸟,颂莲这时感到一种坚硬的凉意,像石头一样慢慢敲她的身体,颂莲开始往回走,往回走的速度很快。回到南厢房的廊下,她吐出一口气,回头又看那个紫藤架,架上倏地落下两三串花,很突然地落下来,颂莲觉得这也很奇怪。

卓云在房里坐着,等着颂莲。她乍地发觉颂莲的脸色很难看,卓云起来扶着颂莲的腰,你怎么啦?颂莲说,我怎么啦?我上外面走了走。卓云说,你脸色不好。颂莲笑了笑说身上来了。卓云也笑,我说老爷怎么又上我那儿去了呢。她打开一个纸包,拉出一卷丝绸来,说,苏州的真丝,送你裁件衣服。颂莲推开卓云的手,不行,你给我东西,怎么好意思,应该我给你才对。卓云嘘了一声,这是什么道理?我见你特别可心,就想起来这块绸子,要是隔壁那女人,她掏钱我也不给,我就是这脾气。颂莲就接过绸子放在膝上摩挲着,说,三太太是有点怪。不过,她长得真好看。卓云说,好看什么?脸上的粉霜可刮掉半斤。颂莲又笑,转了话题,我刚才在紫藤架那儿呆了会,我挺喜欢那儿的。卓云就叫起来,你去死人井了?别去那儿,那儿晦气。颂莲吃惊道,怎么叫死人井?卓云说,怪不得你进屋脸色不好,那井里死过三个人。颂莲站起身伏在窗口朝紫藤架张望,都是什么人死在井里?卓云说,都是上代的家眷,都是女的。颂莲还要打听,卓云就说不上来了。卓云只知道这些,她说陈家上下忌讳这些事,大家都守口如瓶。颂莲愣了一会,说,这些事情,不知道就不知道吧。

  陈家的少爷小姐都住在中院里。颂莲曾经看见忆容和忆云姐妹俩在泥沟边挖蚯蚓,喜眉喜眼天真烂漫的样子,颂莲一眼就能判断她们是卓云的骨血。她站在一边悄悄地看她们,姐妹俩发觉了颂莲,仍然旁若无人,把蚯蚓灌到小竹筒里。颂莲说,你们挖蚯蚓做什么?忆容说,钓鱼呀,忆云却不客气地白了颂莲一眼,不要你管。颂莲有点没趣,走出几步,听见姐妹俩在嘀咕,她也是小老婆,跟妈一样。颂莲一下懵了,她回头愤怒地盯着她们看,忆容嗤嗤地笑着,忆云却丝毫不让地朝她撇嘴,又嘀咕了一句什么。颂莲心想这叫什么事儿,小小年纪就会说难听话。天知道卓云是怎么管这姐妹俩的。

颂莲再碰到卓云时，忍不住就把忆云的话告诉她。卓云说，那孩子就是嘴没遮拦的，看我回去拧她的嘴。卓云赔礼后又说，其实我那两个孩子还算省事的，你没见隔壁小少爷，跟狗一样的，见人就咬，吐唾沫。你有没有挨他咬过？颂莲摇摇头，她想起隔壁的小男孩飞澜，站在门廊下，一边啃面包，一边朝她张望，头发梳得油光光的，脚上穿着小皮鞋，颂莲有时候从飞澜脸上能见到类似陈佐千的表情，她从心理上能接受飞澜，也许因为她内心希望给陈佐千再生一个儿子。男孩比女孩好，颂莲想，管他咬不咬人呢？

只有毓如的一双儿女，颂莲很久都没见到。显而易见的是他们在陈府的地位。颂莲经常听到关于对飞浦和忆惠的议论。飞浦一直在外面收账，还做房地产生意，而忆惠在北平的女子大学读书。颂莲不经意地向雁儿打听飞浦，雁儿说，我们大少爷是有本事的人。颂莲问，怎么个有本事法？雁儿说，反正有本事，陈家现在都靠他。颂莲又问雁儿，大小姐怎么样？雁儿说，我们大小姐又漂亮又文静，以后要嫁贵人的。颂莲心里暗笑，雁儿褒此贬彼的话让她很厌恶，她就把气发到裙裾下那只波斯猫身上，颂莲抬脚把猫踢开，骂道，贱货，跑这儿舔什么骚？

颂莲对雁儿越来越厌恶，至关重要的一点是她没事就往梅珊屋里跑，而且雁儿每次接过颂莲的内衣内裤去洗时，总是一脸不高兴的样子。颂莲有时候就训她，你挂着脸给谁看，你要不愿跟我就回下房去，去隔壁也行。雁儿申辩说，没有呀，我怎么敢挂脸，天生就没有脸。颂莲抓过一把梳子朝她砸过去，雁儿就不再吱声了。颂莲猜测雁儿在外面没少说她的坏话。但她也不能对她太狠,因为她曾经看见陈佐千有一次进门来顺势在雁儿的乳房上摸了一把,虽然是瞬间的很自然的事,颂莲也不得不节制一点,要不然雁儿不会那么张狂。颂莲想,连个小丫头也知道靠那一把壮自己的胆,女人就是这种东西。

到了重阳节的前一天,大少爷飞浦回来了。

颂莲正在中院里欣赏菊花,看见毓如和管家都围拢着几个男人,其中一个穿白西服的很年轻,远看背影很魁梧的,颂莲猜他就是飞浦。她看着下人走马灯似的把一车行李包裹运到后院去,渐渐地人都进了屋,颂莲也不好意思进去,她摘了枝菊花,慢慢地踱向后花园,路上看见卓云和梅珊,带着孩子往这边走。卓云拉住颂莲说,大少爷回家了,你不去见个面?颂莲说,我去见他?应该他来见我吧。卓云说,说的也是,应该他先来见你。一边的梅珊则不耐烦地拍拍飞澜的头颈,快走快走。

颂莲真正见到飞浦是在饭桌上。那天陈佐千让厨子开了宴席给飞浦接风,桌上摆满了精致丰盛的菜肴,颂莲睃巡着桌子,不由得想起初进陈府那天,桌上的气派远不如飞浦的接风宴,心里有点犯酸,但是很快她的注意力就转移到飞浦身上了。飞浦坐在毓如身边,毓如对他说了句什么,然后飞浦就欠起身子朝颂莲微笑着点了点头。颂莲也颔首微笑。她对飞浦的第一个感觉是出乎意料的英俊年轻,第二个感觉是他很有心计。颂莲往往是喜欢见面识人的。

第二天就是重阳节了，花匠把花园里的菊花盆全搬到一起去，五颜六色地搭成福、禄、寿、禧四个字。颂莲早早地起来，一个人绕着那些菊花边走边看，早晨有凉风，颂莲只穿了一件毛背心，她就抱着双肩边走边看。远远地她看见飞浦从中院过来，朝这边走。颂莲正犹豫着是否先跟他打招呼，飞浦就喊起来，颂莲你早。颂莲对他直呼其名有点吃惊，她点点头，说，按辈分你不该喊我名字。飞浦站在花圃的另一边，笑着系上衬衫的领扣，说，应该叫你四太太，但你肯定比我小几岁呢，你多大？颂莲显出不高兴的样子侧过脸去看花。飞浦说，你也喜欢菊花？我原以为大清早的可以先抢风水，没想到你比我还早。颂莲说，我从小就喜欢菊花，可不是今天才喜欢的。飞浦说，最喜欢哪种？颂莲说，都喜欢，就讨厌蟹爪。飞浦说，那是为什么？颂莲说，蟹爪开得太张狂。飞浦又笑起来说，有意思了，我偏偏最喜欢蟹爪。颂莲睃了飞浦一眼，我猜到你会喜欢它。飞浦又说，那又为什么？颂莲朝前走了几步，说，花非花，人非人，花就是人，人就是花，这个道理你不明白？颂莲猛地抬起头，她察觉出飞浦的眼神里有一种异彩水草般地掠过，她看见了，她能够捕捉它。飞浦又腰站在菊花那一侧，突然说，我把蟹爪换掉吧。颂莲没有说话。她看着飞浦把蟹爪换掉，端上几盆墨菊摆上。过了一会儿，颂莲又说，花都是好的，摆的字不好，太俗气。飞浦拍拍手上的泥，朝颂莲挤挤眼睛，那就没办法了，福禄寿禧是老爷让摆的，每年都这样，老祖宗传下来的规矩。

　　颂莲后来想起重阳赏菊的情景，心情就愉快。好像从那天起,她与飞浦之间有了某种默契。颂莲想着飞浦如何把蟹爪搬走,有时会笑出声来。只有颂莲自己知道,她并不是特别讨厌那种叫蟹爪的菊花。

你最喜欢谁?颂莲经常在枕边这样问陈佐千,我们四个人,你最喜欢谁?陈佐千说那当然是你了。毓如呢?她早就是只老母鸡了。卓云呢?卓云还凑合着但她有点松松垮垮的了。那么梅珊呢?颂莲总是克制不住对梅珊的好奇心。梅珊是哪里人?陈佐千说,她是哪里人我也不知道,连她自己也不知道。颂莲说那梅珊是孤儿出身?陈佐千说,她是戏子,京剧草台班里唱旦角的。我是票友,有时候去后台看她,请她吃饭,一来二去的她就跟我了。颂莲拍拍陈佐千的脸说,是女人都想跟你。陈佐千说,你这话对了一半,应该说是女人都想跟有钱人。颂莲笑起来,你这话也才对了一半,应该说有钱人有了钱还要女人,要也要不够。

颂莲从来没有听见梅珊唱过京戏,这天早晨窗外飘过来几声悠长清亮的唱腔,把颂莲从梦中惊醒,她推推身边的陈佐千问是不是梅珊在唱?陈佐千迷迷糊糊地说,她高兴了就唱,不高兴了就哭,狗娘养的。颂莲推开窗子,看见花园里夜来降了雪白的秋霜,在紫藤架下,一个穿黑衣黑裙的女人且舞且唱着。果然就是梅珊。

颂莲披衣出来,站在门廊上远远地看着那里的梅珊。梅珊已沉浸其中,颂莲觉得她唱得凄凉婉转,听得心也浮了起来。这样过了好久,梅珊戛然而止,她似乎看见了颂莲的眼睛里充满了泪水。梅珊把长长的水袖搭在肩上往回走,在早晨的天光里，梅珊的脸上、衣服上跳跃着一些水晶色的光点，她的绾成圆髻的头发被霜露打湿，这样走着她整个人显得湿润而忧伤，仿佛风中之草。

你哭了？你活得不是很高兴吗，为什么哭？梅珊在颂莲面前站住，淡淡地说。颂莲掏出手绢擦了擦眼角，她说也不知是怎么了，你唱的戏叫什么？叫《女吊》，梅珊说，你喜欢听吗？我对京戏一窍不通，主要是你唱得实在动情，听得我也伤心起来。颂莲说着她看见梅珊的脸上第一次露出和善的神情，梅珊低下头看看自己的戏装，她说，本来就是做戏嘛，伤心可不值得。做戏做得好能骗别人，做得不好只能骗骗自己。

陈佐千在颂莲屋里咳嗽起来，颂莲有些尴尬地看看梅珊。梅珊说，你不去伺候他穿衣服？颂莲摇摇头说他自己穿，他又不是小孩子。梅珊便有点悻悻的，她笑了笑说他怎么要我给他穿衣穿鞋，看来人是有贵贱之分。这时候陈佐千又在屋里喊起来，梅珊，进屋来给我唱一段！梅珊的细柳眉立刻挑起来，她冷笑一声，跑到窗前冲里面说，老娘不愿意！

颂莲见识了梅珊的脾气。当她拐弯抹角地说起这个话题时，陈佐千说，都怪我前些年把她娇宠坏了。她不顺心起来敢骂我家祖宗八代。陈佐千说这狗娘养的小婊子，我迟早得狠狠收拾她一回。颂莲说，你也别太狠心了，她其实挺可怜的，没亲没故的，怕你不疼她，脾气就坏了。

以后颂莲和梅珊有了些不冷不热的交往。梅珊迷麻将，经常招呼人去她那里搓麻将，从晚饭过后一直搓到深更半夜。颂莲隔着墙能听见隔壁洗牌的哗啦哗啦的声音，吵得她睡不好觉。她跟陈佐千发牢骚，陈佐千说，你就忍一忍吧，她搓上麻将还算正常一点，反正她把钱输光了我不会给她的，让她去搓，让她去作死。但是有一回梅珊差丫环来叫颂莲上牌桌了，颂莲一句话把丫环挡了回去，她说，我去搓麻将？亏你们想得出来。丫环回去后梅珊自己来了，她说，三缺一，赏个脸吧。颂莲说我不会呀，不是找输吗？梅珊来拽她的胳膊，走吧，输了不收你钱，要不赢了归你，输了我付。颂莲说，那倒不至于，主要是我不喜欢。她说着就看见梅珊的脸挂下来了，梅珊哼了一声说，你这里有什么呀？好像守着个大金库不肯挪一步，不过就是个干瘪老头罢了。颂莲被呛得恶火攻心，刚想发作，难听话溜到嘴边又咽回去了，她咬着嘴唇考虑了几秒钟说，好吧，我跟你去。

另外两个人已经坐在桌前等候了，一个是管家陈佐文，另一个不认识，梅珊介绍说是医生。那人戴着金丝边眼镜，皮肤黑黑的，嘴唇却像女性一样红润而柔情。颂莲以前见他出入过梅珊的屋子，她不知怎么就不相信他是医生。

颂莲坐在牌桌上心不在焉，她是真的不太会打，糊里糊涂就听见他们喊和了，自摸了。她只是掏钱，慢慢地她就心疼起来，她说，我头疼，想歇一歇了。梅珊说，上桌就得打八圈，这是规矩。你恐怕是输得心疼吧。陈佐文在一边说，没关系的，破点小财消灾灭祸。梅珊又说，你今天就算给卓云做好事吧，这一阵她闷死了，把老头儿借她一夜，你输的钱让她掏给你。桌上的两个男人都笑起来。颂莲也笑，梅珊你可真能逗乐，心里却像吞了只苍蝇。

颂莲冷眼观察着梅珊和医生间的眉目传情,她想什么事情都是逃不过她的直觉的。当洗牌时掉下一张牌以后,颂莲弯腰去捡,一下就发现了他们的四条腿的形态,藏在桌下的那四条腿原来紧缠在一起,分开时很快很自然,但颂莲是确确实实看见了。

颂莲不动声色。她再也不去看梅珊和医生的脸了。颂莲这时的心情很复杂,有点惶惑,有点紧张,还有一点幸灾乐祸。她心里说梅珊你活得也太自在了也太张狂了。

秋天里有很多这样的时候,窗外天色阴晦,细雨绵延不绝地落在花园里,从紫荆、石榴树的枝叶上溅起碎玉般的声音。这样的时候颂莲枯坐窗边,睇视外面晾衣绳上一块被雨打湿的丝绢,她的心绪烦躁复杂,有的念头甚至是秘不可示的。

颂莲就不明白为什么每逢阴雨就会想念床笫之事。陈佐千是不会注意到天气对颂莲生理上的影响的。陈佐千只是有点招架不住的窘态。他说,年龄不饶人,我又最烦什么三鞭神油的。陈佐千抚摩颂莲粉红的微微发烫的肌肤,摸到无数欲望的小兔在她皮肤下面跳跃。陈佐千的手渐渐地就狂乱起来,嘴也俯到颂莲的身上。颂莲面色绯红地侧身躺在长沙发上,听见窗外雨珠迸裂的声音,颂莲双目微闭,呻吟道,主要是下雨了。陈佐千没听清,你说什么?项链?颂莲说,对,项链,我想要一串最好的项链。陈佐千说,你要什么我不给你?只是千万别告诉她们。颂莲一下子就翻身坐起来,她们?她们算什么东西?我才不在乎她们呢。陈佐千说,那当然,她们谁也比不上你。他看见颂莲的眼神迅速地发生了变化，颂莲把他推开，很快地穿好内衣走到窗前去了。陈佐千说你怎么了，颂莲回过头，幽怨地说，没情绪了，谁让你提起她们的？

陈佐千快快地和颂莲一起看着窗外的雨景。这样的时候整个世界都潮湿难耐起来。花园里空无一人，树叶绿得透出凉意，远远地那边的紫藤架被风掠过，摇晃有如人形。颂莲想起那口井，关于井的一些传闻。颂莲说，这园子里的东西有点鬼气。陈佐千说，哪来的鬼气？颂莲朝紫藤架努努嘴，喏，那口井。陈佐千说，不过就死了两个投井的，自寻短见的。颂莲说，死的谁？陈佐千说，反正你也不认识的，是上一辈的两个女眷。颂莲说，是姨太太吧。陈佐千脸色立刻有点难看了，谁告诉你的？颂莲笑笑说谁也没告诉我，我自己看见的，我走到那口井边，一眼就看见两个女人浮在井底里，一个像我，另一个还是像我。陈佐千说，你别胡说了，以后别上那儿去。颂莲拍拍手说，那不行，我还没去问问那两个鬼魂呢，她们为什么投井？陈佐千说，那还用问，免不了是些污秽事情吧。颂莲沉吟良久，后来她突然说了一句，怪不得这园子里修这么多井。原来是为寻死的人挖的。陈佐千一把搂过颂莲，你越说越离谱，别去胡思乱想。说着陈佐千抓住颂莲的手，让她摸自己的那地方，他说，现在倒又行了，来吧。我就是死在你床上也心甘情愿。

花园里秋雨萧瑟，窗内的房事因此有一种垂死的气息，颂莲的眼前是一片深深幽暗，唯有梳妆台上的几朵紫色雏菊闪烁着稀薄的红影。颂莲听见房门外有什么动静，她随手抓过一只香水瓶子朝房门上砸去。陈佐千说你又怎么了，颂莲说，她在偷看。陈佐千说，谁偷看？颂莲说是雁儿。陈佐千笑起来，这有什么可偷看的？再说她也看不见。颂莲厉声说，你别护她，我隔多远也闻得出她的骚味。

黄昏的时候，有一群人围坐在花园里听飞浦吹箫。飞浦换上丝绸衫裤，更显出他的倜傥风流。飞浦持箫坐在中间，四面听箫的多是飞浦做生意的朋友。这时候，这群人成为陈府上下关注的中心，仆人们站在门廊上远远地观察他们，窃窃私语。其他在室内的人会听见飞浦的箫声像水一样幽幽地漫进窗口，谁也无法忽略飞浦的箫声。

颂莲往往被飞浦的箫声所打动，有时甚至泪涟涟的。她很想坐到那群男人中间去，离飞浦近一点，持箫的飞浦令她回想起大学里一个独坐空室拉琴的男生。她已经记不清那个男生的脸，对他也不曾有深藏的暗恋，但颂莲易于被这种优美的情景感化，心里是一片秋水涟漪。颂莲踟蹰半天，搬了一张藤椅坐在门廊上，静听着飞浦的箫声。没多久箫声沉寂了，那边的男人们开始说话。颂莲顿时就觉得没趣了，她想，说话多无聊，还不是你诓我我骗你的，人一说起话来就变得虚情假意的了。于是颂莲起身回到房里，她突然想起箱子里也有一支长箫，那是她父亲的遗物。颂莲打开那只藤条箱子，箱子好久没晒，已有一点霉味，那些弃之不穿的学生时代的衣裙整整齐齐地摞着，好像从前的日子尘封了，散出星星点点的怅然和梦幻。颂莲把那些衣服腾空了，也没有见那支长箫。

她明明记得离家时把箫放进箱底的,怎么会没有了呢?雁儿,雁儿你来。颂莲就朝门廊上喊。雁儿来了,说,四太太怎么不听少爷吹箫了?颂莲说,你有没有动过我的箱子?雁儿说,前一阵你让我收拾箱子的,我把衣服都叠好了呀。颂莲说,你有没有见一支箫?箫?雁儿说,我没见,男人才玩箫呢!颂莲盯住雁儿的眼睛看,冷笑了一声,那么说是你把我的箫偷去了?雁儿说,四太太你也别随便糟践人,我偷你的箫干什么呀?颂莲说,你自然有你的鬼念头,从早到晚心怀鬼胎,还装得没事人似的。雁儿说,四太太你别太冤枉人了,你去问问老爷少爷大太太二太太三太太,我什么时候偷过主子一个铜板的?颂莲不再理睬她,她轻蔑地瞄着雁儿,然后跑到雁儿住的小偏房去,用脚踩着雁儿的杂木箱子说,嘴硬就给我打开。雁儿去拖颂莲的脚,一边哀求说,四太太你别踩我的箱子,我真的没拿你的箫。颂莲看雁儿的神色心中越来越有底,她从屋角抓过一把斧子说,劈碎了看一看,要是没有明天给你个新的箱子。她咬着牙一斧劈下去,雁儿的箱子就散了架,衣物铜板小玩意滚了一地。颂莲把衣物都抖开来看,没有那支箫,但她忽然抓住一个鼓鼓的小白布包,打开一看,里面是个小布人,小布人的胸口刺着三枚细针。颂莲起初觉得好笑,但很快地她就发觉小布人很像她自己,再仔细地看,上面有依稀的两个墨迹:颂莲。颂莲的心好像真的被三枚细针刺着,一种尖锐的刺痛感。她的脸一下变得煞白。旁边的雁儿靠着墙,惊惶地看着她。颂莲突然尖叫了一声,她跳起来一把抓住雁儿的头发,把雁儿的头一次一次地往墙上撞。

颂莲噙着泪大叫，让你咒我死！让你咒我死！雁儿无力挣脱，她只是瘫软在那里，发出断断续续的呜咽。颂莲累了，喘着气倏地想到雁儿是不识字的，那么谁在小布人上写的字呢？这个疑问使她更觉揪心，颂莲后来就蹲下身子来，给雁儿擦泪，她换了种温和的声调，别哭了，事儿过了就过了，以后别这样，我不记你仇。不过你得告诉我是谁给你写的字。雁儿还在抽噎着，她摇着头说，我不说，不能说。颂莲说，你不用怕，我也不会闹出去的，你只要告诉我我绝对不会连累你的。雁儿还是摇头。颂莲于是开始提示。是毓如？雁儿摇头。那么肯定是梅珊了？雁儿依然摇头。颂莲倒吸了一口凉气，她的声音有些颤抖了。是卓云吧？雁儿不再摇头了，她的神情显得悲伤而麻木。颂莲站起来，仰天说了一句，知人知面不知心哪，我早料到了。

　　陈佐千看见颂莲眼圈红肿着，一个人呆坐在沙发上，手里捻着一枝枯萎的雏菊。陈佐千说，你刚才哭过？颂莲说，没有呀，你对我这么好，我干什么要哭？陈佐千想了想说，你要是嫌闷，我陪你去花园走走，到外面吃夜宵也行。颂莲把手中的菊枝又捻了几下，随手扔出窗外，淡淡地问，你把我的箫弄到哪里去了？陈佐千迟疑了一会儿，说，我怕你分心，收起来了。颂莲的嘴角浮出一丝冷笑，我的心全在这里，能分到哪里去？陈佐千也正色道，那么你说那箫是谁送你的？颂莲懒懒地说，不是信物，是遗物，我父亲的遗物。陈佐千就有点发窘说是我多心了，我以为是哪个男学生送你的。颂莲把手摊开来，说，快取来还我，我的东西我自己来保管。

陈佐千更加窘迫起来,他搓着手来回地走,这下坏了,他说,我已经让人把它烧了。陈佐千没听见颂莲再说话,房间里一点一点黑下来。他打开电灯,看见颂莲的脸苍白如雪,眼泪无声地挂在双颊上。

这一夜对于他们两个人来说都是特殊的一夜,颂莲像羊羔一样把自己抱紧了,远离陈佐千的身体,陈佐千用手去抚摩她,仍然得不到一点回应。他一会儿关灯一会儿开灯,看颂莲的脸像一张纸一样漠然无情。陈佐千说,你太过分了,我就差一点给你下跪求饶了。颂莲沉默了一会儿,说,我不舒服。陈佐千说,我最恨别人给我看脸色。颂莲翻了个身说,你去卓云那里吧,反正她总是对人笑的。陈佐千就跳下床来穿衣服,说,去就去,幸亏我还有三房太太。

第二天卓云到颂莲房里来时,颂莲还躺在床上。颂莲看见她掀开门帘的时候打了个莫名的冷颤。她佯睡着闭上眼睛,卓云坐到床头伸手摸摸颂莲的额头说,不烫呀,大概不是生病是生气吧。颂莲眼睛虚着朝她笑了笑,你来啦;卓云就去拉颂莲的手,快起来吧,这样躺没病也孵出毛病来。颂莲说,起来又能干什么?卓云说,给我剪头发,我也剪个你这样的学生头,精神精神。

卓云坐在圆凳上,等着颂莲给她剪头发。颂莲抓起一件旧衣服给她围上,然后用梳子慢慢梳着卓云的头发。颂莲说,剪不好可别怪我,你这样好看的头发,剪起来实在是心慌。卓云说,剪不好也没关系的,这把年纪了还要什么好看。颂莲仍然一下一下地把卓云的头发梳上去又梳下来，那我就剪了。卓云说，剪呀，你怎么那样胆小？颂莲说，主要是手生，怕剪着了你。说完颂莲就剪起来。卓云的乌黑松软的头发一绺绺地掉下来，伴随着剪刀双刃的撞击声。卓云说，你不是挺麻利的吗？颂莲说，你可别夸我，一夸我的手就抖了。说着就听见卓云发出了一声尖厉刺耳的叫声，卓云的耳朵被颂莲的剪刀实实在在地剪了一下。

甚至花园里的人也听见了卓云那声可怕的尖叫，梅珊房里的人都跑过来看个究竟。她们看见卓云捂住右耳疼得直冒虚汗，颂莲拿着把剪刀站在一边，她的脸也发白了，唯有地板上是几绺黑色的头发。你怎么啦？卓云的泪已夺眶而出，她的话没说完就捂住耳朵跑到花园里去了。颂莲愣愣地站在那堆头发边上，手中的剪刀当地掉在地上。她自言自语地说了一声，我的手发抖，我病着呢。然后她把看热闹的佣人都推出门去，你们在这儿干什么？还不快给二太太请医生去。

梅珊牵着飞澜的手，仍然留在房里。她微笑着对颂莲看，颂莲避开她的目光，她操起芦花帚扫着地上的头发，听见梅珊忽然咯咯笑出了声音。颂莲说，你笑什么？梅珊眨了眨眼睛，我要是恨谁也会把她的耳朵剪掉，全部剪掉，一点不剩。颂莲沉下了脸，你这是什么意思？难道我是有意的吗？梅珊又嬉笑了一声说那只有天知道啦。

颂莲没再理睬梅珊，她兀自躺到床上去，用被子把头蒙住，她听见自己的心怦然狂跳。她不知道自己的心对那一剪刀负不负责任，反正谁都应该相信，她是无意的。这时候她听见梅珊隔着被子对她说话,梅珊说,卓云是慈善面孔蝎子心,她的心眼点子比谁都多。梅珊又说,我自知不是她对手,没准你能跟她斗一斗,这一点我头一次看见你就猜到了。颂莲在被子里动弹了一下,听见梅珊出乎意料地打开了话匣子。梅珊说你想知道我和她生孩子的事情吗?梅珊说我跟卓云差不多一起怀孕的我三个月的时候她差人在我的煎药里放了泻胎药结果我命大胎儿没掉下来后来我们差不多同时临盆她又想先生孩子就花很多钱打外国催产针把阴道都撑破了结果还是我命大我先生了飞澜是个男的她竹篮打水一场空生了忆容不过是个小贱货还比飞澜晚了三个钟头呢。

天已寒秋,女人们都纷纷换上了秋衣,树叶也纷纷在清晨和深夜飘落在地,枯黄的一片覆盖了花园。几个女佣蹲在一起烧树叶,一股焦烟味弥漫开来,颂莲的窗口砰地打开,女佣们看见颂莲的脸因愤怒而涨得鲜红。她抓着一把木梳在窗台上敲着,谁让你们烧树叶的?好好的树叶烧得那么难闻。女佣们便收起了笤帚箩筐,一个胆大的女佣说,这么多的树叶,不烧怎么弄?颂莲就把木梳从窗里砸到她的身上,颂莲喊,不准烧就是不准烧!然后她砰地关上了窗子。

四太太的脾气越来越大了。女佣们这么告诉毓如。她不让我们烧树叶,她的脾气怎么越来越大?毓如把女佣呵斥了一通,不准嚼舌头,轮不到你们来搬弄是非。毓如心里却很气,以往花园里的树叶每年都要烧几次的,难道来了个颂莲就要破这个规矩不成?女佣在一边垂手而立,说,那么树叶不烧了?毓如说,谁说不烧的?你们给我去烧,别理她好了。

女佣再去烧树叶，颂莲就没有露面，只是人去灰烬的时候见颂莲走出南厢房，她还穿着夏天的裙子，女佣说她怎么不冷，外面的风这么大。颂莲站在一堆黑灰那里，呆呆地看了会，然后她就去中院吃饭了。颂莲的裙摆在冷风中飘来飘去，就像一只白色蝴蝶。

颂莲坐在饭桌上，看他们吃。颂莲始终不动筷子。她的脸色冷静而沉郁，抱紧双臂，一副不可侵犯的样子。那天恰逢陈佐千外出，也是府中闹事的时机。飞浦说，咦，你怎么不吃？颂莲说，我已经饱了。飞浦说，你吃过了？颂莲鼻孔里哼了一声，我闻焦煳味已经闻饱了。飞浦摸不着头脑，朝他母亲看。毓如的脸就变了，她对飞浦说，你吃你的饭，管那么多呢。然后她放高嗓门，注视着颂莲，四太太，我倒是听你说说，你说那么多树叶堆在地上怎么弄？颂莲说，我不知道，我有什么资格料理家事？毓如说，年年秋天要烧树叶，从来没什么别扭，怎么你就比别人娇贵？那点烟味就受不了。颂莲说，树叶自己会烂掉的，用得着去烧吗？树叶又不是人。毓如说，你这是什么意思，莫名其妙的。颂莲说，我没什么意思，我还有一点不明白的，为什么要把树叶扫到后院来烧，谁喜欢闻那烟味就在谁那儿烧好了。毓如便听不下去了，她把筷子往桌上一拍，你也不拿个镜子照照，你颂莲在陈家算什么东西？好像谁亏待了你似的。颂莲站起来，目光矜持地停留在毓如蜡黄有点浮肿的脸上。说对了，我算个什么东西？颂莲轻轻地像在自言自语，她微笑着转过身离开，再回头时已经泪光盈盈，她说，天知道你们又算个什么东西？

整整一个下午，颂莲把自己关在室内，连雁儿端茶时也不给开门。颂莲独坐窗前，看见梳妆台上的那瓶大丽菊已枯萎得发黑，她把那束菊花拿出来想扔掉，但她不知道往哪里扔，窗户紧闭着不再打开。颂莲抱着花在房间里踱着，她想来想去结果打开衣橱，把花放了进去。外面秋风又起，是很冷的风，把黑暗一点点往花园里吹。她听见有人敲门。她以为是雁儿又端茶来，就敲了一下门背，烦死了，我不要喝茶。外面的人说，是我，我是飞浦。

颂莲想不到飞浦会来，她把门打开，倚门而立。你来干什么？飞浦的头发让风吹得很凌乱，他拢着头发，有点局促地笑了笑说，他们说你病了，来看看你。颂莲嘘了一声，谁生病啊，要死就死了，生病多磨人。飞浦径直坐到沙发上去，他环顾着房间，突然说，我以为你房间里有好多书。颂莲摊开双手，一本也没有，书现在对我没用了。颂莲仍然站着，她说，你也是来教训我的吗？飞浦摇着头，说，怎么会？我见这些事头疼。颂莲说，那么你是来打圆场的？我看不需要，我这样的人让谁骂一顿也是应该的。飞浦沉默了一会儿说，我母亲其实也没什么坏心，她天性就是固执呆板，你别跟她斗气，不值得。颂莲在房间里来回走着，走着突然笑起来，其实我也没想跟大太太斗气，真的，我也不知道自己是怎么回事，你觉得我可笑吗？飞浦又摇头，他咳嗽了一声，慢吞吞地说，人都一样，不知道自己的喜怒哀乐是怎么回事。

他们的谈话很自然地引到那支箫上去。我原来也有一支箫，颂莲说，可惜，可惜弄丢了。那么你也会吹箫啦？飞浦高兴地问。颂莲说，我不会，还没来得及学就丢了。飞浦说，我介绍个朋友教你怎么样？我就是跟他学的。颂莲笑着，不置可否的样子。这时候雁儿端着两碗红枣银耳羹进来，先送到飞浦手上。颂莲在一边说，你看这丫头对你多忠心，不用关照自己就做好点心了。雁儿的脸羞得通红，把另外一碗往桌上一放就逃出去了。颂莲说，雁儿别走呀，大少爷有话跟你说，说着颂莲捂着嘴扑哧一笑。飞浦也笑，他用银勺搅着碗里的点心，说，你对她也太厉害了。颂莲说，你以为她是盏省油灯？这丫头心贱，我这儿来了人，她哪回不在门外偷听？也不知道她害的什么糊涂心思。飞浦察觉到颂莲的不快，赶紧换了话题，他说，我从小就好吃甜食，像这红枣银耳羹什么的，真是不好意思，朋友们都说，女人才喜欢吃甜食。颂莲的神色却依旧是黯然，她开始摩挲自己的指甲玩，那指甲留得细长，涂了凤仙花汁，看上去像一些粉红的鳞片。喂，你在听我讲吗？飞浦。颂莲说，听着呢，你说女人喜欢吃甜食，男人喜欢吃咸的。飞浦笑着摇摇头，站起身告辞。临走他对颂莲说，你这人有意思，我猜不透你的心。颂莲说，你也一样，我也猜不透你的心。

十二月初七陈府门口挂起了灯笼，这天陈佐千过五十大寿。从早晨起前来祝寿的亲朋好友在陈家花园穿梭不息。陈佐千穿着飞浦赠送的一套黑色礼服在客厅里接待客人，毓如、卓云、梅珊、颂莲和孩子们则簇拥着陈佐千，与来去宾客寒暄。正热闹的时候，猛听见一声脆响，人们都朝一个地方看，看见一只半人高的花瓶已经碎伏在地。

原来是飞澜和忆容在那儿追闹,把花瓶从长几上碰翻了。两个孩子站在那儿面面相觑,知道闯了祸。飞澜先从骇怕中惊醒,指着忆容说,是她撞翻的,不关我的事。忆容也连忙把手指到飞澜鼻子上,你追我,是你撞翻的。这时候陈佐千的脸已经幡然变色,但碍于宾客在场的缘故,没有发作。毓如走过来,轻声地然而又是浊重地嘀咕着,孽种,孽种。她把飞澜和忆容拽到外面,一人掴了一巴掌,晦气,晦气。毓如又推了飞澜一把,给我滚远点。飞澜便滚到地上哭叫起来,飞澜的嗓门又尖又亮,传到客厅里。梅珊先就奔了出来,她把飞澜抱住,睃了毓如一眼,说,打得好,打得好,反正早就看不顺眼,能打一下是一下。毓如说,你这算什么话?孩子闯了祸,你不教训一句倒还护着他?梅珊把飞澜往毓如面前推,说,那好,就交给你教训吧,你打呀,往死里打,打死了你心里会舒坦一些。这时卓云和颂莲也跑了出来。卓云拉过忆容,在她头上拍了一下,我的小祖奶奶,你怎么尽给我添乱呢?你说,到底谁打破的花瓶?忆容哭起来,不是我,我说了不是我,是飞澜撞翻了桌子。卓云说,不准哭,既然不是你你哭什么?老爷的喜日都给你们冲乱了。梅珊在一边冷笑了一声,说,三小姐小小年纪怎么撒谎不打愣?我在一边看得清清楚楚,是你的胳膊把花瓶带翻的。四个女人一时无话可说,唯有飞澜仍然一声声哭嚎着。颂莲在一边看了一会儿,说,犯不着这样,不就是一只花瓶吗?碎了就碎了,能有什么事?毓如白了颂莲一眼,你说得轻巧,这是一只瓶子的事吗？老爷凡事喜欢图吉利，碰上你们这些人没心没肝的，好端端的陈家迟早要败在你们手里。颂莲说，耶，怎么又是我的错了？算我胡说好了，其实谁想管你们的事？颂莲一扭身离开了是非之地，她往后花园走，路上碰到飞浦和他的一班朋友，飞浦问，你怎么走了？颂莲摸摸自己的额头，说，我头疼，我见了热闹场面头就疼。

颂莲真的头疼起来，她想喝水，但水瓶全是空的，雁儿在客厅帮忙，趁势就把这里的事情撂下了。颂莲骂了一声小贱货，自己开了炉门烧水。她进了陈家还是头一次干这种家务活，有点笨手拙脚的。在厨房里站了一会儿，她又走到门廊上，看见后花园此时寂静无比，人都热闹去了，留下一些孤寂，它们在枯枝残叶上一点点滴落，浸入颂莲的心。她又看见那架凋零的紫藤，在风中发出凄迷的絮语，而那口井仍然向她隐晦地呼唤着。颂莲捂住胸口，她觉得她在虚无中听见了某种启迪的声音。

颂莲朝井边走去，她的身体无比轻盈，好像在梦中行路一般。有一股植物腐烂的气息弥漫井台四周，颂莲从地上捡起一片紫藤叶子细看了看，把它扔进井里。她看见叶子像一片饰物浮在幽蓝的死水之上，把她的浮影遮盖了一块，她竟然看不见自己的眼睛。颂莲绕着井台转了一圈，始终找不到一个角度看见自己，她觉得这很奇怪，一片紫藤叶子，她想，怎么会？正午的阳光在枯井中慢慢地跳跃，变幻成一点点白光，颂莲突然被一个可怕的想象攫住，一只手，有一只手托住紫藤叶遮盖了她的眼睛，这样想着她似乎就真切地看见一只苍白的湿漉漉的手,它从深不可测的井底升起来,遮盖她的眼睛。颂莲惊恐地喊出了声音。手。手。她想返身逃走,但整个身体好像被牢牢地吸附在井台上,欲罢不能。颂莲觉得她像一株被风折断的花,无力地俯下身子,凝视井中。在又一阵的晕眩中她看见井水倏地翻腾喧响,一个模糊的声音自遥远的地方切入耳膜:颂莲,你下来。颂莲,你下来。

卓云来找颂莲的时候,颂莲一个人坐在门廊上,手里抱着梅珊养的波斯猫。卓云说,你怎么在这儿?开午宴了。颂莲说,我头晕得厉害,不想去。卓云说,那怎么行?有病也得去呀,场面上的事情,老爷再三吩咐你回去。颂莲说,我真的不想去,难受得快死了,你们就让我清静一会吧。卓云笑了笑,说,是不是跟毓如生气呀?没有,我没精神跟谁生气,颂莲露出了不耐烦的神情,她把怀里的猫往地上一扔,说,我想睡一会儿。卓云仍然赔着笑脸。那你就去睡吧,我回去告诉老爷就是了。

这一天颂莲昏昏沉沉地睡着,睡着也看见那口井,井中那片紫藤叶,她浑身沁出一身冷汗。谁知道那口井是什么?那片紫藤叶是什么?她颂莲又是什么?后来她懒懒地起来,对着镜子梳洗了一番。她看见自己的面容就像那片枯叶一样憔悴毫无生气。她对镜子里的女人很陌生。她不喜欢那样的女人。颂莲深深地叹了一口气,这时候她想起了陈佐千和生日这些概念,心里对自己的行为不免后悔起来。她自责地想我怎么一味地耍起小性子来了,她深知这对她的生活是有害无益的,于是她连忙打开了衣橱门,从里取出一条水灰色的羊毛围巾，这是她早就为陈佐千的生日准备的礼物。

晚宴上全部是陈家自己人了。颂莲进饭厅的时候看见他们都已落座。他们不等我就开桌了。颂莲这样想着走到自己的座位前，飞浦在对面招呼说，你好了？颂莲点点头，她偷窥陈佐千的脸色，陈佐千脸色铁板阴沉，颂莲的心就莫名地跳了一下，她拿着那条羊毛围巾送到他面前，老爷，这是我的微薄之礼。陈佐千嗯了一声，手往边上的圆桌一指，放那边吧。颂莲抓着围巾走过去，看见桌上堆满了家人送的寿礼。一只金戒指，一件狐皮大衣，一只瑞士手表，都用红缎带扎着。颂莲的心又一次咯噔了一下，她觉得脸上一阵燥热。重新落座，她听见毓如在一边说，既是寿礼，怎么也不知道扎条红缎带？颂莲装作没听见，她觉得毓如的挑剔实在可恶，但是整整一天她确实神思恍惚，心不在焉。她知道自己已经惹恼了陈佐千，这是她唯一不想干的事情。颂莲竭力想着补救的办法，她应该让他们看到她在老爷面前的特殊地位，她不能做出卑贱的样子，于是颂莲突然对着陈佐千莞尔一笑，她说，老爷，今天是你的吉辰良日，我积蓄不多，送不出金戒指皮大衣，我再补送老爷一份礼吧。说着颂莲站起身走到陈佐千跟前，抱住他的脖子，在他脸上亲了一下，又亲了一下。桌上的人都呆住了，望着陈佐千。陈佐千的脸涨得通红，他似乎想说什么，又说不出什么，终于把颂莲一把推开，厉声道，众人面前你放尊重一点。

陈佐千这一手其实自然，但颂莲却始料不及，她站在那里，睁着茫然而惊惶的眼睛盯着陈佐千，好一会儿她意识到发生了什么,她捂住了脸,不让他们看见扑簌簌涌出来的眼泪。她一边往外走一边低低地碎帛似的哭泣,桌上的人听见颂莲在说,我做错了什么,我又做错了什么?

即使站在一边的女仆也目睹了发生在寿宴上的风波,他们敏感地意识到这将是颂莲在陈府生活的一大转折。到了夜里,两个女仆去门口摘走寿日灯笼,一个说,你猜老爷今天夜里去谁那儿?另一个想了会儿说,猜不出来,这种事还不是凭他的兴致来,谁能猜得到?

两个女人面对面坐着,梅珊和颂莲。梅珊是精心打扮过的,画了眉毛,涂了嫣丽的美人牌口红,一件华贵的裘皮大衣搭在膝上,而颂莲是懒懒的刚刚起床的样子,手指上夹着一支烟,虚着眼睛慢慢地吸。奇怪的是两个人都不说话,听墙上的挂钟嘀嗒嘀嗒响,颂莲和梅珊各怀心事,好像两棵树面对面地各怀心事,这在历史上也是常见的。

梅珊说我发现你这两天脾气坏了,是不是身上来了?

颂莲说这跟那个有什么联系,我那个不准,也不知道什么时候来,什么时候又去了。

梅珊说聪明女人这事却糊涂,这个月还没来?别是怀上了吧?

颂莲说没有没有哪有这事?

梅珊说你照理应该有了,陈佐千这方面挺有能耐的,晚上你把小腰儿垫高一点,真的,不诓你。

颂莲说梅珊你真是嘴没遮拦的亏你说得出口。

梅珊说不就这么回事有什么可瞒瞒藏藏的，你要是不给陈家添个人丁，苦日子就在后面了。我们这样的人都一回事。

颂莲说陈佐千这一阵子根本就没上我这里来，随便吧，我无所谓的。

梅珊说你是没到那个火候，我就不，我跟他直说了，他只要超过五天不上我那里，我就找个伴。我没法过活寡日子。他在我那儿最辛苦，他对我又怕又恨又想要，我可不怕他。

颂莲说说这事多无聊，反正我都无所谓的，我就是不明白女人到底是个什么东西，女人到底算个什么东西，就像狗、像猫、像金鱼、像老鼠，什么都像，就是不像人。

梅珊说你别尽自己糟践自己，别担心陈佐千把你冷落了，他还会来你这儿的，你比我们都年轻，又水灵，又有文化，他要是抛下你去找毓如和卓云才是傻瓜呢，她们的腰快赶上水桶那样粗啦。再说当众亲他一下又怎么样呢？

颂莲说你这人真讨厌，我不是这个意思，我是说我自己。

梅珊说别去想那事了，没什么，他就是有点假正经，要是在床上，别说亲一下脸，就是亲他那儿他也乐意。

颂莲说你别说了真让人恶心。

梅珊说那么你跟我上玫瑰戏院去吧，程砚秋来了，演《荒山泪》，怎么样，去散散心吧？

颂莲说我不去，我不想出门，这心就那么一块，怎么样都是那么一块，散散心又能怎么样？

梅珊说你就不能陪陪我，我可是陪你说了这么多话。

颂莲说让我陪你有什么趣呢，你去找陈佐千陪你，他要是没工夫你就找那个医生嘛。

梅珊愣了一下,她的脸立刻挂下来了。梅珊抓起裘皮大衣和围脖起身,她逼近颂莲朝她盯了一眼,一扬手把颂莲嘴里衔着的香烟打在地上,又用脚碾了一下。梅珊厉声说,这可不是玩笑话,你要是跟别人胡说我就把你的嘴撕烂了。我不怕你们,我谁也不怕,谁想害我都是痴心妄想!

飞浦果然领了一个朋友来见颂莲,说是给她请的吹箫老师。颂莲反而手足无措起来,她原先并没把学箫的事情当真。定睛看那个老师,一个皮肤白皙留平头的年轻男子,像学生又不像学生,举手投足有点腼腆拘谨。通报了姓名,原来是此地丝绸大王顾家的三公子。颂莲从窗子里看见他们过来,手拉手的。颂莲觉得两个男子手拉手地走路,有一种新鲜而古怪的感觉。

看你们两个多要好,颂莲抿着嘴笑我还没见过两个大男人手拉手走路呢。飞浦的样子有点窘,他说,我们从小就认识,在一个学堂念书的。再看顾家少爷,更是脸红红的。颂莲想这位老师有意思,动辄脸红的男人不知是什么样的男人。颂莲说,我长这么大,就没交上一个好朋友。飞浦说,这也不奇怪,你看上去孤傲,不太容易接近吧。颂莲说,冤枉了,我其实是孤而不傲,要傲总得有点资本吧。我有什么资本傲呢?

飞浦从一个黑绸箫袋里抽出那支箫,说,这支送你吧,本来也是顾少爷给我的,借花献佛啦。颂莲接过箫来看了看顾少爷，顾少爷颔首而笑。颂莲把箫横在唇边，胡乱吹了一个音，说，就怕我笨，学不会。顾少爷说，吹箫很简单的，只要用心，没有学不会的道理。颂莲说，就怕我用不上那份心，我这人的心像沙子一样散的，收不起来。顾少爷又笑了，那就困难了，我只管你的箫，管不了你的心。飞浦坐下来，看看颂莲，又看看顾少爷，目光中闪烁着他特有的温情。

箫有七孔，一个孔是一份情调，缀起来就特别优美，也特别感伤，吹箫人就需要这两种感情。顾少爷很含蓄地看着颂莲说，这两种感情你都有吗？颂莲想了想说，恐怕只有后一种。顾少爷说有也就不错了，感伤也是一份情调，就怕多，就怕你心里什么也没有，那就吹不好箫了。颂莲说，顾少爷先吹一曲吧，让我听听箫里有什么。顾少爷也不推辞，直箫便吹。颂莲听见一丝轻婉柔美的箫声流出来，如泣如诉的。飞浦坐在沙发上闭起了眼睛，说，这是《秋怨曲》。

毓如的丫环福子就是这时候来敲窗的，福子尖声喊着飞浦，大少爷，太太让你去客厅见客呢。飞浦说，谁来了？福子说，我不知道，太太让你快去，飞浦皱了皱眉头说，叫客人上这儿来找我。福子仍然敲着窗，喊，太太一定要你去，你不去她要骂死我的。飞浦轻轻骂了一声，讨厌。他无可奈何地站起来，又骂，什么客人？见鬼。顾少爷持箫看着飞浦，疑疑惑惑地问，那这箫还教不教？飞浦挥挥手说，教呀，你在这儿，我去看看就是了。

剩下颂莲和顾少爷坐在房里，一时不知说什么好。颂莲突然微笑了一声说，撒谎。顾少爷一惊，你说谁撒谎？颂莲也醒过神来,不是说你,说她,你不懂的。顾少爷有点坐立不安,颂莲发现他的脸又开始红了,她心里又好笑,大户人家的少爷也有这样薄脸皮的,爱脸红无论如何也算是条优点。颂莲就带有怜悯地看着顾少爷,颂莲说,你接着吹呀,还没完呢。顾少爷低头看看手里的箫,把它塞回墨绸箫袋里,低声说,完了,这下没情调了,曲子也就吹完了。好曲就怕败兴,你懂吗?飞浦一走箫就吹不好了。

顾少爷很快就起身告辞了。颂莲送他到花园里,心里忽然对他充满感激之情,又不宜表露,她就停步按了按胸口,屈膝道了个万福。顾少爷说,什么时候再学箫?颂莲摇了摇头,不知道。顾少爷想了想说,看飞浦安排吧,又说,飞浦对你很好,他常在朋友面前夸你。颂莲叹了口气,他对我好有什么用?这世界上根本就没人可以依靠。

颂莲刚回屋里,卓云就风风火火闯进来,说飞浦和大太太吵起来了。颂莲先是愣了一下,接着就冷笑道,我就猜到是这么回事。卓云说,你去劝劝吧。颂莲说,我去劝算什么?人家是母子,随便怎么吵,我去劝算什么呢?卓云说,你难道不知道他们吵架是为你?颂莲说,耶,这就更奇怪了,我跟他们井水不犯河水,干吗要把我缠进去?卓云斜睨着颂莲,你也别装糊涂了,你知道他们为什么吵。颂莲的声音不禁尖厉起来,我知道什么?我就知道她容不得谁对我好,她把我看成什么人了?难道我还能跟她儿子有什么吗?颂莲说着眼里又沁出泪花,真无聊,真可恶。她说,怎么这样无聊?卓云的嘴里正嗑着瓜子,这会儿她把手里的瓜子壳塞给一边站着的雁儿,卓云笑着推颂莲一把,你也别发火,身正不怕影子斜,无事不怕鬼敲门,怕什么呀?颂莲说,让你这么一说,我倒好像真有什么怕的了。你爱劝架你去劝好了,我懒得去。卓云说,颂莲你这人心够狠的,我是真见识了。颂莲说,你太抬举我了,谁的心也不能掏出来看,谁心狠谁自己最清楚。

第二天颂莲在花园里遇到飞浦。飞浦无精打采地走着,一路走一路玩着一只打火机。飞浦装作没有看见颂莲,但颂莲故意高声地喊住了他。颂莲一如既往地跟他站着说话。她问,昨天来的什么客人,害得我箫也没学成。飞浦苦笑了一声,别装糊涂了,今天满园子都在传我跟太太吵架的事。颂莲又问,你们吵什么呢?飞浦摇了摇头,一下一下地把打火机打出火来,又吹熄了,他朝四周潦草地看了看,说,待在家里时间一长就令人生厌,我想出去跑了,还是在外面好,又自由,又快活。颂莲说,我懂了,闹了半天,你还是怕她。飞浦说,不是怕她,是怕烦,怕女人,女人真是让人可怕。颂莲说,你怕女人?那你怎么不怕我?飞浦说,对你也有点怕,不过好多了,你跟她们不一样,所以我喜欢去你那儿。

后来颂莲老想起飞浦漫不经心说的那句话,你跟她们不一样。颂莲觉得飞浦给了她一种起码的安慰,就像若有若无的冬日阳光,带着些许暖意。

以后飞浦就极少到颂莲房里来了,他在生意上好像也做得不顺当,总是闷闷不乐的样子。颂莲只有在饭桌上才能看到他,有时候眼前就浮现出梅珊和医生的腿在麻将桌下做的动作,她忍不住地偷偷朝桌下看,看她自己的腿,会不会朝那面伸过去。想到这件事她心里又害怕又激动。

这天飞浦突然来了,站在那儿搓着手,眼睛看着自己的脚。颂莲见他半天不开口,扑哧笑了,你葫芦里卖的什么药,怎么不说话?飞浦说,我要出远门了。颂莲说,你不是经常出远门的吗?飞浦说,这回是去云南,做一笔烟草生意。颂莲说,那有什么,只要不是鸦片生意就行。飞浦说,昨天有个高僧给我算卦,说我此行凶多吉少。本来我从不相信这一套,但这回我好像有点相信了。颂莲说,既然相信就别去,听说那里土匪特别多,割人肉吃。飞浦说,不去不行,一是我想出门,二是为了进账,陈家老这样下去会坐吃山空。老爷现在有点糊涂,我不管谁管?颂莲说,你说得在理,那就去吧,大男人整天窝在家里也不成体统。飞浦搔着头沉默了一会,突然说,我要是去了回不来,你会不会哭?颂莲就连忙去捂他的嘴,别自己咒自己。飞浦抓住颂莲的手,翻过来,又翻过去研究,说,我怎么不会看手纹呢?什么名堂也看不出来。也许你命硬,把什么都藏起来了。颂莲抽出了手,说,别闹,让雁儿看见了会乱嚼舌头。飞浦说,她敢我把她的舌头割了熬汤喝。

颂莲在门廊上跟飞浦说拜拜,看见顾少爷在花园里转悠。颂莲问飞浦,他怎么在外面?飞浦笑笑说,他也怕女人,跟我一样的。又说,他跟我一起去云南。颂莲做了个鬼脸,你们两个倒像夫妻了,形影不离的。飞浦说,你好像有点嫉妒了,你要想去云南我就把你也带上,你去不去?颂莲说,我倒是想去,就是行不通。飞浦说,怎么行不通?颂莲搡了他一把,别装傻,你知道为什么行不通。快走吧,走吧。她看见飞浦跟顾少爷从月牙门里走出去,消失了。她说不清自己对这次告别的感觉是什么,无所谓或者怅怅然的,但有一点她心里明白,飞浦一走她在陈家就更加孤独了。

陈佐千来的时候颂莲正在抽烟。她回头看见他时的第一个反应就是把烟掐灭。她记得陈佐千说过讨厌女人抽烟。陈佐千脱下帽子和外套,等着颂莲过去把它们挂到衣架上去。颂莲迟迟疑疑地走过去,说,老爷好久没来了。陈佐千说你怎么抽起烟来了?女人一抽烟就没有女人味了。颂莲把他的外套挂好,把帽子往自己头上一扣,嬉笑着说,这样就更没有女人味了,是吗?陈佐千就把帽子从她头上捞过来,自己挂到衣架上,他说,颂莲你太调皮了。你调皮起来太过分,也不怪人家说你。颂莲立刻说,说什么?谁说我?到底是人家还是你自己,人家乱嚼舌头我才不在乎,要是老爷你也容不下我,那我只有一死干净了。陈佐千皱了下眉头说,好了好了,你们怎么都一样,说着说着就是死,好像日子过得多凄惨似的,我最不喜欢这一套。颂莲就去摇陈佐千的肩膀,既不喜欢,以后不说死就是了,其实好端端的谁说这些,都是伤心话,陈佐千把她搂过来坐到他腿上,那天的事你伤心了?主要是我情绪不好,那天从早到晚我心里乱极了,也不知道为什么,男人过五十岁生日大概都高兴不起来。颂莲说,哪天的事呀?我都忘了。陈佐千笑起来,在她腰上掐了一把,说,哪天的事?我也忘了。

隔了几天不在一起,颂莲突然觉得陈佐千的身体很陌生,而且有一股薄荷油的味道,她猜到陈佐千这几天是在毓如那里的,只有毓如喜欢擦薄荷油。颂莲从床边摸出一瓶香水,朝陈佐千身上细细地洒过了,然后又往自己身上洒了一些。陈佐千说,从哪儿学来的这一套。颂莲说,我不让你身上有她们的气味。陈佐千踢了踢被子,说,你还挺霸道。颂莲说了一声,想霸道也霸道不起呀,忽然又问,飞浦怎么去云南了?陈佐千说,说是去做一笔烟草生意,我随他去。颂莲又说,他跟那个顾少爷怎么那样好?陈佐千笑了一声,说,那有什么奇怪的,男人与男人之间的有些事你不懂。颂莲无声地叹了一口气,她摸着陈佐千精瘦的身体,脑子里倏尔浮现出一个秘不可告人的念头。她想飞浦躺在被子里会是什么样子?

作为一个具有了性经验的女人,颂莲是忘不了这特殊的一次的。陈佐千已经汗流浃背了,却还是徒劳。她敏锐地发现了陈佐千眼睛里深深的恐惧和迷乱。这是怎么啦?她听见他的声音变得软弱胆怯起来。颂莲的手指像水一样地在他身上流着,她感觉到手下的那个身体像经过了爆裂终于松弛下去,离她越来越远。她明白在陈佐千身上发生了某种悲剧,心里有一种奇怪的感情,不知是喜是悲,她觉得自己很茫然。她摸了下陈佐千的脸说,你是太累了,先睡一会儿吧。陈佐千摇着头说,不是不是,我不相信。颂莲说,那怎么办呢?陈佐千犹豫了一会,说,有个办法可能行,就是不知道你肯不肯?颂莲说,只要你高兴,我没有不肯的道理。陈佐千的脸贴过去,咬着颂莲的耳朵,他先说了一句话,颂莲没听懂,他又说一遍,颂莲这回听懂了,她无言以对,脸羞得极红。

她翻了个身,看着黑暗中的某个地方,忽然说了一句,那我不成了一条狗了吗?陈佐千说,我不强迫你,你要是不愿意就算了。颂莲还是不语,她的身体像猫一样蜷起来,然后陈佐千就听见了一阵低低的啜泣,陈佐千说,不愿意就不愿意,也用不着哭呀。没想到颂莲的啜泣越来越响,她蒙住脸放声哭起来。陈佐千听了一会,说,你再哭我走了。颂莲依然哭泣,陈佐千就掀了被子跳下床,他一边穿衣服一边说,没见过你这种女人,做了婊子还立什么贞节牌坊?

陈佐千拂袖而去。颂莲从床上坐起来,面对黑暗哭了很长时间,她看见月光从窗帘缝隙间投到地上,冷冷的一片,很白很淡的月光。她听见自己的哭声还萦绕着她的耳边,没有消逝,而外面的花园里一片死寂。这时候她想起陈佐千临走说的那句话,浑身便颤得很厉害,她猛地拍了一下被子,对着黑暗的房间喊,谁是婊子,你们才是婊子。

这年冬天在陈府是不寻常的,种种迹象印证了这一点。陈家的四房太太偶尔在一起说起陈佐千脸上不免流露暧昧的神色,她们心照不宣,各怀鬼胎。陈佐千总是在卓云房里过夜,卓云平日的状态就很好,另外的三位太太观察卓云的时候,毫不掩饰眼睛里的疑点,那么卓云你是怎么伺候老爷过夜的呢?

有些早晨,梅珊在紫藤架下披上戏装重温舞台旧梦,一招一式唱念做都很认真,花园里的人们看见梅珊的水袖在风中飘扬,梅珊舞动的身影也像一个俏丽的鬼魅。

四更鼓哇

满江中啊人声寂静

形吊影影吊形我加倍伤情

细思量啊

真是个红颜薄命

可怜我数年来含羞忍泪

枉落个娼妓之名

到如今退难退我进又难进

倒不如葬鱼腹了此残生

杜十娘啊拼一个香消玉殒

纵要死也死一个朗朗清清

颂莲听得入迷,她朝梅珊走过去,抓住她的裙裾,说,别唱了,再唱我的魂要飞了,你唱的什么?梅珊撩起袖子擦掉脸上的红粉,坐到石桌上,只是喘气。颂莲递给她一块丝帕,说,看你脸上擦得红一块白一块的,活脱脱像个鬼魂。梅珊说,人跟鬼就差一口气,人就是鬼,鬼就是人。颂莲说,你刚才唱的什么?听得人心酸。梅珊说,《杜十娘》,我离开戏班子前演的最后一出戏就是这。杜十娘要寻死了,唱得当然心酸。颂莲说,什么时候教我唱唱这一段?梅珊瞄了颂莲一眼,说得轻巧,你也想寻死吗?你什么时候想寻死我就教你。颂莲被呛得说不出话,她呆呆地看着梅珊被油彩弄脏的脸,她发现她现在不恨梅珊,至少是现在不恨,即使她出语伤人。她深知梅珊和毓如再加上她自己,现在有一个共同的仇敌,就是卓云。颂莲只是不屑于表露这种意思。她走到废井边，弯下腰朝井里看了看，忽然笑了一声，鬼，这里才有鬼呢，你知道是谁死在这井里吗？梅珊依然坐在石桌上不动，她说，还能是谁？一个是你，一个是我。颂莲说，梅珊你老开这种玩笑，让人头皮发冷。梅珊笑起来说，你怕了，你又没偷男人，怕什么，偷男人的都死在这井里，陈家好几代了都是这样。颂莲朝后退了一步，说，多可怕，是推下去的吗？梅珊甩了甩水袖，站起来说，你问我我问谁，你自己去问那些鬼魂好了。梅珊走到废井边，她也朝井里看了会，然后她一字一句念了个道白：屈、死、鬼、哪——

她们在井边断断续续说了一会话，不知怎么就说到了陈佐千的暗病上去。梅珊说，油灯再好也有个耗尽的时候，就怕续不上那一壶油哪。又说，这园子里阴气太旺，损了阳气也是命该如此，这下可好，他陈佐千陈老爷占着茅坑不拉屎，苦的是我们，夜夜守空房。说着就又说到了卓云，梅珊咬牙切齿地骂，她那一身贱肉反正是跟着老爷抖你看她抖得多欢恨不得去舔他的屁眼说又甜又香她以为她能兴风作浪看我什么时候狠狠治她一下叫她又哭爹又喊娘。

颂莲却走神了，她每次到废井边总是摆脱不了梦魇般的幻觉。她听见井水在很深的地层翻腾，送上来一些亡灵的语言，她真的听见了，而且感觉到井里泛出冰冷的瘴气，湮没了她的灵魂和肌肤。我怕。颂莲这样喊了一声转身就跑，她听见梅珊在后面喊，喂你怎么啦你要是去告密我可不怕我什么也没说过。

这天忆云放学回家是一个人回来的,卓云马上就意识到什么,她问,忆容呢?忆云把书包朝地上一扔说,她让人打伤了,在医院呢。卓云也来不及细问,就带了两个男仆往医院赶。他们回家已是晚饭时分,忆容头上缠着绷带,被卓云抱到饭桌上。吃饭的人都放下筷子,过来看忆容头上的伤。陈佐千平日最宠爱的就是忆容,他把忆容又抱到自己腿上,问,告诉我是谁打的,明天我扒了他的皮。忆容哭丧着脸,说了一个男孩的名字。陈佐千怒不可遏,说他是谁家的孩子?竟敢打我的女儿。卓云在一边抹着眼泪说,你问她能问出什么名堂来?明天找到那孩子,才能问个仔细,哪个丧尽天良的禽兽不如的东西,对孩子下这样的毒手?毓如微微皱了下眉头,说,吃你们的饭吧,孩子在学堂里打架也是常有的事,也没伤着要害,养几天就好了。卓云说,大太太你也说得太轻巧了,差一点就把眼睛弄瞎了,孩子细皮嫩肉的受得了吗?再说,我倒不怎么怪罪孩子,气的是指使他的那个人,要不然,没冤没仇的,那孩子怎么就会从树后面窜出来,抡起棍子就朝忆容打?梅珊只顾往碗里舀鸡汤,一边说,二太太的心眼也太多,孩子间闹别扭,有什么道理好讲?不要疑神疑鬼的,搞得谁也不愉快。卓云冷冷地说,不愉快的事在后面呢,这口气怎么咽得下去?我倒是非要搞个水落石出不可。

谁也想不到的是,第二天吃午饭的时候,卓云领了一个男孩进了饭间,男孩胖胖的,拖着鼻涕。卓云跟他低声说了句什么,男孩就绕着饭桌转了一圈,挨个看着每个人的脸,突然他就指着梅珊说,是她,她给了我一块钱。梅珊朝天翻了翻眼睛,然后推开椅子,抓住男孩的衣领,你说什么?我凭什么给你一块钱?男孩死命挣脱着,一边嚷嚷,是你给我一块钱,让我去揍陈忆容和陈忆云。梅珊啪地打了男孩一个耳光,放屁,我根本就不认识你个小兔崽,谁让你来诬陷我的?这时候卓云上去把他们拉开,佯笑着说,行了,就算他认错了人,我心中有个数就行了。说着就把男孩推出了吃饭间。

梅珊的脸色很难看,她把勺子朝桌上一扔,说,不要脸。卓云就在这边说,谁不要脸谁心里清楚,还要我把丑事抖个干净啊。陈佐千终于听不下去了,一声怒喝,不想吃饭给我滚,都给我滚!

这事的前后过程颂莲是个局外人,她冷眼观察,不置一词。事实上从一开始她就猜到了梅珊,她懂得梅珊这种品格的女人,爱起来恨起来都疯狂得可怕。她觉得这事残忍而又可笑,完全不加理智,但奇怪的是,她内心同情的一面是梅珊,而不是无辜的忆容,更不是卓云。她想女人是多么奇怪啊,女人能把别人琢磨透了,就是琢磨不透她自己。

颂莲的身上又来了,没有哪次比这回更让颂莲焦虑和烦躁了。那摊紫红色的污血对于颂莲是一种无情的打击。她心里清楚,她怀孕的可能随着陈佐千的冷淡和无能变得可望而不可即。如果这成了事实,那么她将孤零零地像一叶浮萍在陈家花园漂流下去吗?

颂莲发现自己愈来愈容易伤感,苦泪常沾衣襟。颂莲流着泪走到马桶间去,想把污物扔掉。当她看见马桶浮着一张被浸烂的草纸时，就骂了一声，懒货。雁儿好像永远不会用新式的抽水马桶，她方便过后总是忘了冲水。颂莲刚要放水冲，一种超常的敏感和多疑使她萌生一念，她找到一柄刷子，皱紧了鼻子去拨那团草纸，草纸摊开后原形毕露，上面有一个模糊的女人，虽然被水浸烂了，但草纸上的女人却一眼就能分辨，而且是用黑红色的不知什么血画的。颂莲明白，画的又是她，雁儿又换了个法子偷偷对她进行恶咒。她巴望我死，她把我扔在马桶里。颂莲浑身颤抖着把那张草纸捞起来，她一点也不嫌脏了，浑身的血液都被雁儿的恶行点得火烧火燎。她夹着草纸撞开小偏屋的门，雁儿靠着床在打盹。雁儿说，太太你要干什么？颂莲把草纸往她脸上摔过去，雁儿说，什么东西？等到她看清楚了，脸就灰了，嗫嚅着说不是我用的。颂莲气得说不出话，盯视的目光因愤怒而变得绝望。雁儿缩在床上不敢看她，说，画着玩的。不是你。颂莲说，你跟谁学的这套阴毒活儿？你想害死我你来当太太是吗？雁儿不敢吱声，抓了那张草纸要往窗外扔。颂莲尖声大喊，不准扔！雁儿回头申辩，这是脏东西，留着干吗？颂莲抱着双臂在屋里走着，留着自然有用。有两条路随你走。一条路是明了，把这脏东西给老爷看，给大家看，我不要你来伺候了，你哪是伺候我？你是杀我来了。还有一条路是私了。雁儿就怯怯地说，怎么私了？你让我干什么都行，就是别撵我走。颂莲莞尔一笑，私了简单，你把它吃下去。雁儿一惊，太太你说什么？颂莲侧过脸去看着窗外，一字一顿地说，你把它吃下去。雁儿浑身发软，就势蹲了下去，蒙住脸哭起来，那还不如把我打死好。颂莲说,我没劲打你,打你脏了我的手。你也别怨我狠,这叫做以其人之道还治其人之身,书上说的,不会有错。雁儿只是蹲在墙角哭,颂莲说,你这会儿又要干净了,不吃就滚蛋,卷铺盖去吧。雁儿哭了很长时间,突然抹了下眼睛,一边哽咽一边说,我吃,吃就吃。然后她抓住那张草纸就往嘴里塞,发出一阵撕心裂肺的干呕声。颂莲冷冷地看着,并没有什么快感,她不知怎么感到寒心,而且反胃得厉害。贱货。她厌恶地看了一眼雁儿,离开了小偏房。

雁儿第二天就病了,病得很厉害,医生来看了,说雁儿得了伤寒。颂莲听了心里像被什么钝器割了一下,隐隐作痛。消息不知怎么透露了出去,佣人们都在谈论颂莲让雁儿吞草纸的事情,说四太太看不出来比谁都阴损,说雁儿的命大概也保不住了。

陈佐千让人把雁儿抬进了医院。他对管家说,尽量给她治,花费全由我来,不要让人骂我们不管下人死活。抬雁儿的时候,颂莲躲在房间里,她从窗帘缝里看见雁儿奄奄一息地躺在担架上,她的头皮因为大量掉发而裸露着,模样很怕人。她感觉到雁儿枯黄的目光透过窗帘,很沉重地刺透了她的心。后来陈佐千到颂莲房里来,看见颂莲站在窗前发呆。陈佐千说,你也太阴损了,让别人说尽了闲话,坏了陈家名声。颂莲说,是她先阴损我的,她天天咒我死。陈佐千就恼了,你是主子,她是奴才,你就跟她一般见识?颂莲一时语塞,过了会儿又无力地说,我也没想把她弄病,她是自己害了自己,能全怪我吗?陈佐千挥挥手,不耐烦地说,别说了,你们谁也不好惹,我现在见了你们头就疼。你们最好别再给我添乱了。说完陈佐千就跨出了房门,他听见颂莲在后面幽幽地说,老天,这日子让我怎么过?陈佐千回过头回敬她说,随你怎么过,你喜欢怎么过就怎么过,就是别再让佣人吃草纸了。

一个被唤做宋妈的老女佣,来颂莲这儿伺候。据宋妈自己说,她在陈府里从十五岁干到现在,差不多大半辈子了。飞浦就是她抱大的,还有在外面读大学的大小姐,也是她抱大的。颂莲见她倚老卖老,有心开个玩笑,那么陈老爷也是你抱大的啰。宋妈也听不出来话里的味道,笑起来说,那可没有,不过我是亲眼见他娶了四房太太,娶毓如大太太的时候他才十九岁,胸前佩了一个大金片儿,大太太也佩了一个,足有半斤重啊。到娶卓云二太太,就换了个小金片儿,到娶梅珊三太太,就只是手上各戴几个戒指,到了娶你,就什么也没见着了,这陈家可见是一天不如一天了。颂莲说,既然陈家一天不如一天,你还在这儿干什么?宋妈叹口气说,在这里伺候惯了,回老家过清闲日子反而过不惯了。颂莲捂嘴一笑,她说。宋妈要是说的真心话,那这世上当真就有奴才命了。宋妈说,那还有假?人一生下来就有富贵命奴才命,你不信也得信呀,你看我天天伺候你,有一天即使天塌下来地陷下去,只要我们活着,就是我伺候你,不会是你伺候我的。

宋妈是个愚蠢而唠叨的女佣。颂莲对她不无厌恶,但是在许多穷极无聊的夜晚,她一个人枯坐灯下,时间长了就想找个人说话。颂莲把宋妈喊到房间里陪着她说话,一仆一主的谈话琐碎而缺乏意义，颂莲一会儿就又厌烦，她听着宋妈的唠叨，思想会跑到很远很奇怪的角落去，她其实不听宋妈说话，光是觉得老女佣黄白的嘴唇像虫卵似的嚅动，她觉得这样打发夜晚实在可笑，但又问自己，不这样又能怎么样呢？

有一回就说起了从前死在废井里的女人。宋妈说那最后一个是四十年前死的，是老太爷的小姨太太，说她还伺候过那个小姨太太半年的光景。颂莲说，怎么死的？宋妈神秘地眨眨眼睛，还不是男男女女的事情？家丑不可外扬，否则老爷要怪罪的。颂莲说，那么说我是外人了？好吧，别说了，你去睡吧。宋妈看看颂莲的脸色，又赔笑脸说，太太你真想听这些脏事？颂莲说，你说我就听，这有什么了不得的？宋妈就压低嗓门说，一个卖豆腐的！她跟一个卖豆腐的私通。颂莲淡淡地说，怎么会跟卖豆腐的呢？宋妈说，那男人豆腐做得很出名，厨子让他送豆腐来，两个人就撞上了。都是年轻血旺的，眉来眼去地就勾搭上了。颂莲说，谁先勾搭谁呀？宋妈嘻地一笑说，那只有鬼知道了，这先后的事说不清，都是男的咬女的，女的咬男的。颂莲又问，怎么知道他们私通？宋妈说，探子！陈老爷养了探子呀。那姨太太说是头疼去看医生，老太爷要喊医生上门来，她不肯。老太爷就疑心了，派了探子去跟踪。也怪她谎撒得不圆。到了那卖豆腐的家里，挨到天黑也不出来。探子开始还不敢惊动，后来饿得难受，就上去把门一脚踹开了，说，你们不饿我还饿呢。宋妈说到这里就咯咯笑起来。颂莲看着宋妈笑得前仰后合的。她不笑，端坐着说了声，恶心。颂莲点了一支烟，猛吸了几口，忽然说，那么她是偷了男人才跳井的？宋妈的脸上又有了讳莫如深的表情，她轻声说，鬼知道呢，反正是死在井里了。

夜里颂莲因此就添了无名的恐惧，她不敢关灯睡觉。关上灯周围就黑得可怕，她似乎看见那口废井跳跃着从紫藤架下跳到她的窗前，看见那些苍白的泛着水光的手在窗户上向她张开，湿漉漉地摇晃着。

没人知道颂莲对废井传说的恐惧，但她晚上亮灯睡觉的事却让毓如知道了。毓如说了好几次，夜里不关灯，再厚的家底都会败光的。颂莲对此充耳不闻，她发现自己已经倦怠于女人间的嘴仗，她不想申辩，不想占上风，不想对鸡毛蒜皮的小事表示任何兴趣。她想的东西不着边际，漫无目的，连她自己也理不出头绪。她想没什么可说的干脆不说，陈家人后来发现颂莲变得沉默寡言，他们推测那是因为她失宠于陈老爷的缘故。

眼看就要过年了，陈府上上下下一片忙碌，杀猪宰牛搬运年货。窗外天天是嘈杂混乱。颂莲独坐室内，忽然想起了自己的生日，自己的生日和陈佐千只相差五天，十二月十二。生日早已过去了，她才想起来，不由得心酸酸的，她掏钱让宋妈上街去买点卤菜，还要买一瓶四川烧酒。宋妈说，太太今天是怎么啦？颂莲说，你别管我，我想尝尝醉酒的滋味。然后她就找了一个小酒盅，放在桌上，人坐下来盯着那酒盅看，好像就看见了二十年前那个小女婴的样子，被陌生的母亲抱在怀里。其后的二十年时光却想不清晰，只有父亲浸泡在血水里的那只手，仍然想抬起来抚摩她的头发。颂莲闭上眼睛，然后脑子里又是一片空白，唯一清楚的就是生日这个概念。生日。她抓起酒盅看着杯底，杯底上有一点褐色的污迹，她自言自语，十二月十二，这么好记的日子怎么会忘掉的？除了她自己，世界上就没人知道十二月十二是颂莲的生日了。除了她自己，也不会有人来操办她的生日宴会了。

宋妈去了好久才回来，把一大包卤肺、卤肠放到桌上。颂莲说，你怎么买这些东西，脏兮兮的谁吃？宋妈很古怪地打量着颂莲，突然说，雁儿死了，死在医院里了。颂莲的心立刻哆嗦了一下，她镇定着自己，问，什么时候死的？宋妈说，不知道，光听说雁儿临死喊你的名字。颂莲的脸有些白，喊我的名字干什么？难道是我害死她的？宋妈说，你别生气呀，我是听人说了才告诉你。生死是天命，怪不着太太。颂莲又问，现在尸体呢？宋妈说，让她家里人抬回乡下去了，一家人哭哭啼啼的，好可怜。颂莲打开酒瓶，闻了闻酒气，淡淡地说了一句，也没什么好哭的，活着受苦，死了干净。死了比活着好。

颂莲一个人呷着烧酒，朦朦胧胧听见一阵熟悉的脚步声，门帘被哗地一掀，闯进来一个黑黝黝的男人。颂莲转过脸朝他望了半天，才认出来，竟然是大少爷飞浦。她急忙用台布把桌上的酒菜一股脑地全部盖上，不让飞浦看到，但飞浦还是看见了，他大叫，好啊，你居然在喝酒。颂莲说，你怎么就回来了？飞浦说不死总要回家来的。飞浦多日不见变化很大，脸发黑了，人也粗壮了些，神色却显得很疲惫的样子。

颂莲发现他的眼圈下青青的一轮，角膜上可见几缕血丝，这同他的父亲陈佐千如出一辙。

你怎么喝起酒来了，借酒浇愁吗？

愁是酒能消得掉的吗？我是自己在给自己祝寿。

你过生日？你多大了？

管它多大呢，活一天算一天。你要不要喝一杯？给我祝祝寿。

我喝一杯，祝你活到九十九。

胡诌。我才不想活那么长，这恭维话你对老爷说去。

那你想活多久呢？

看情况吧，什么时候不想活就不活了，这也简单。

那我再喝一杯，我让你活得长一点，你要死了那我在家里就找不到说话的人了。

两个人慢慢地呷着酒，又说起那笔烟草生意。飞浦自嘲地说，鸡飞蛋打，我哪里是做生意的料子，不光没赚到，还赔了好几千，不过这一圈玩得够开心的。颂莲说，你的日子已经够开心的了，哪有不开心的事？飞浦又说，你可别去告诉老爷，否则他又训人。颂莲说，我才懒得掺和你们家的事，再说，他现在见我就像见一块破抹布，看都不看一眼。我怎么会去向他说你的不是？

颂莲酒后说话时不再平静了，她话里的明显的感情倾向对着飞浦来的。飞浦当然有所察觉。飞浦的内心开放了许多柔软的花朵，他的脸现在又红又热，他从皮带扣上解下一个鲜艳的绘有龙凤图案的小荷包，递给颂莲。这是我从云南带回来的，给你做个生日礼物吧。颂莲瞥了一眼小荷包，诡谲地一笑说，只有女的送荷包给情郎，哪有反过来的道理呀？飞浦有点窘迫，突然从她手里夺回荷包说，你不要就还给我，本来也是别人送我的。颂莲说，好啊，虚情假意的，拿别人的信物来糊弄我，我要是拿了不脏了我的手？飞浦重新把荷包挂在皮带上，讪讪说，本来就没打算给你，骗骗你的。颂莲的脸就有点沉下来了，我是被骗惯了，谁都来骗我，你也来骗我玩儿。飞浦低下头，偶尔偷窥一下颂莲的表情，沉默不语了。颂莲突然又问，谁送的荷包，飞浦的膝盖上下抖了几下，说，那你就别问了。

两个人坐着很虚无地呷酒。颂莲把酒盅在手指间转着玩，她看见飞浦现在就坐在对面，他低下头，年轻的头发茂密乌黑，脖子刚劲傲慢地挺直，而一些暗蓝的血管在她的目光里微妙地颤动着。颂莲的心里很潮湿，一种陌生的欲望像风一样灌进身体，她觉得喘不过气来，意识中又出现了梅珊和医生的腿在麻将桌下交缠的画面。颂莲看见了自己修长姣好的双腿，它们像一道漫坡而下的细沙向下塌陷，它们温情而热烈地靠近目标。这是飞浦的脚，膝盖，还有腿，现在她准确地感受了它们的存在。颂莲的眼神迷离起来，她的嘴唇无力地启开，嚅动着。她听见空气中有一种物质碎裂的声音，或者这声音仅仅来自她的身体深处。飞浦抬起了头，他凝视颂莲的眼睛里有一种激情汹涌澎湃着，身体尤其是双脚却僵硬地维持原状。飞浦一动不动。颂莲闭上眼睛，她听见一粗一细两种呼吸紊乱不堪，她把双腿完全靠紧了飞浦，等待着什么发生。

好像是许多年一下子过去了，飞浦缩回了膝盖，他像被击垮似的歪在椅背上，沙哑地说，这样不好。颂莲如梦初醒，她嗫嚅着，什么不好？飞浦把双手慢慢地举起来，作了一揖，不行，我还是怕。他说话时脸痛苦地扭曲了。我还是怕女人。女人太可怕。颂莲说，我听不懂你的话。飞浦就用手搓着脸说，颂莲我喜欢你，我不骗你。颂莲说，你喜欢我却这样待我。飞浦几乎是哽咽了，他摇着头，眼睛始终躲避着颂莲，我没法改变了，老天惩罚我，陈家世代男人都好女色，轮到我不行了，我从小就觉得女人可怕，我怕女人。特别是家里的女人都让我害怕。只有你我不怕，可是我还是不行，你懂吗？颂莲早已潸然泪下，她背过脸去，低低地说，我懂了，你也别解释了，现在我一点也不怪你，真的，一点也不怪你。

颂莲醉酒是在飞浦走了以后，她面色酡红，在房间里手舞足蹈、摔摔打打的。宋妈进来按她不住，只好去喊陈老爷陈佐千来。陈佐千一进屋就被颂莲抱住了，颂莲满嘴酒气，嘴里胡言乱语。陈佐千问宋妈，她怎么喝起酒来了？宋妈说我怎么会知道，她有心事能告诉我吗？陈佐千差宋妈去毓如那里取醒酒药，颂莲就叫起来，不准去，不准告诉那老巫婆。陈佐千很厌恶地把颂莲推到床上，看你这副疯样，不怕让人笑话。颂莲又跳起来，钩住陈佐千的脖子说，老爷今晚陪陪我，我没人疼，老爷疼疼我吧。陈佐千无可奈何地说，你这样我怎么敢疼你？疼你还不如疼条狗。

毓如听说颂莲醉酒就赶来了。毓如在门口念了几句阿弥陀佛，然后上来把颂莲和陈佐千拉开。她问陈佐千，给她灌药？陈佐千点点头。毓如想摁着颂莲往她嘴里塞药，被颂莲推了个趔趄。毓如就喊，你们都动手呀，给这个疯货点厉害。陈佐千和宋妈也上来架着颂莲，毓如刚把药灌下去，颂莲就啐出来，啐了毓如一脸。毓如说，老爷你怎么不管她？这疯货要翻天了。陈佐千拦腰抱住颂莲，颂莲却一下软瘫在他身上，嘴里说，老爷别走，今天你想干什么都行，舔也行，摸也行，干什么都依你，只要你别走。陈佐千气恼得说不出话，毓如听不下去，冲过来打了颂莲一记耳光，无耻的东西，老爷你把她宠成什么样子了！

南厢房闹成一锅粥，花园里有人跑过来看热闹。陈佐千让宋妈堵住门，不让人进来看热闹。毓如说，出了丑就出个够，还怕让人看？看她以后怎么见人？陈佐千说，你少插嘴，我看你也该灌点醒酒药。宋妈捂着嘴强忍住笑，走到门廊上去把门。看见好多人在窗外探头探脑的。宋妈看见大少爷飞浦把手插在裤袋里，慢慢地朝这里走。她正想让不让飞浦进去呢，飞浦转了个身，又往回走了。

下了头一场大雪，萧瑟荒凉的冬日花园被覆盖了兔绒般的积雪，树枝和屋檐都变得玲珑剔透、晶莹透明起来。陈家几个年幼的孩子早早跑到雪地上堆了雪人，然后就在颂莲的窗外跑来跑去追逐，打雪仗玩。颂莲还听见飞澜在雪地上摔倒后尖声啼哭的声音。还有刺眼的雪光泛在窗户上的色彩。还有吊钟永不衰弱的嘀嗒声。一切都是真切可感，但颂莲仿佛去了趟天国，她不相信自己还活着，又将一如既往地度过一天的时光了。

夜里她看见了死者雁儿,死者雁儿是一个秃了头的女人,她看见雁儿在外面站着推她的窗户,一次一次地推。她一点不怕。她等着雁儿残忍的报复。她平静地躺着。她想窗户很快会被推开的。雁儿无声地走进来了,戴有一种头发套子,绾成有钱太太的圆髻。颂莲说,你上哪儿买的头发套子?雁儿说,在阎王爷那儿什么都有。然后颂莲就看见雁儿从髻后抽出一根长簪,朝她胸口刺过来。她感觉到一阵刺痛,人就飞速往黑暗深处坠落。她肯定自己死了,千真万确地死了,而且死了那么长时间,好像有几十年了。

颂莲披衣坐在床上,她不相信死是个梦。她看见锦缎被子上真的捅了一根长簪,她把它摊在手心上,冰凉冰凉。这也是千真万确的,不是梦。那么,我怎么又活了呢,雁儿又跑到哪里去了呢?

颂莲发现窗子也一如梦中半掩着,从室外穿来的空气新鲜清冽,但颂莲辨别了窗户上雁儿残存的死亡气息。下雪了,世界就剩下一半了。另外一半看不见了,它被静静地抹去,也许这就是一场不彻底的死亡。颂莲想我为什么死到一半又停止了呢,真让人奇怪。另外的一半在哪里?

梅珊从北厢房出来,她穿了件黑貂皮大衣走过雪地,仪态万千容光焕发的美貌,改变了空气的颜色。梅珊走过颂莲的窗前,说,女酒鬼,酒醒了?颂莲说,你出门?这么大的雪。梅珊拍了拍窗子,雪大怕什么?只要能快活,下刀子我也要出门。梅珊扭着腰肢走过去,颂莲不知怎么就朝她喊了一句,你要小心。梅珊回头对颂莲嫣然一笑,颂莲对此印象极深。事实上这也是颂莲最后一次看见梅珊迷人的笑靥。

梅珊是下午被两个家丁带回来的。卓云跟在后面,一边走一边嗑着瓜子。事情说到结果是最简单了,梅珊和医生在一家旅馆里被卓云堵在被窝里,卓云把梅珊的衣服全部扔到外面去,卓云说,你这臭婊子,你怎么跑得出我的手心?

这天颂莲看着梅珊出去又回来,一前一后却不是同一个梅珊。梅珊是被人拖回北厢房去的,梅珊披头散发,双目怒睁,骂着拖拽她的每一个人。她骂卓云说我活着要把你一刀一刀削了,死了也要挖你的心喂狗吃。卓云一声不吭,只顾嗑着瓜子。飞澜手里抓着梅珊掉落的一只皮鞋,一路跑一路喊,鞋掉啰,鞋掉啰。颂莲没有看见陈佐千,陈佐千后来是一个人进北厢房去的,那时候北厢房已经被反锁上了。

颂莲无心去隔壁张望,她怀着异样沉重的心情谛听着梅珊的动静。她很想知道陈佐千会怎么处置梅珊。但是隔壁没有丝毫的动静。一个家丁守在门口,摇着一串钥匙,开锁,关锁。陈佐千又出来了,他站在那里朝花园雪景张望了一番,然后甩了甩手,朝南厢房里走过来。

好大的雪,瑞雪兆丰年哪。陈佐千说。陈佐千的脸比预想的要平静得多。颂莲甚至感觉到他的表现里有一种真实的轻松。颂莲倚在床上,直盯着陈佐千的眼睛,她从中另外看到了一丝寒光,这使她恐惧不安。颂莲说,你们会把梅珊怎么样?陈佐千掏出一根象牙牙签剔着牙,他说,我们能把她怎么样?她自己知道应该怎么样。颂莲说,你们放她一马吧。

陈佐千笑了一声说，该怎么样就怎么样。

颂莲彻夜未眠，心如乱麻。她时刻谛听着隔壁的动静，心里想的都是自己的事情。每每想到自己，一切却又是一片空白，正好像窗外的雪，似有似无，有一半真实，另外一半却是融化的虚幻。到了午夜时分，颂莲忽然又听见了梅珊唱她的京戏，有点不相信自己的耳朵，屏息再听，真的是梅珊在受难夜里唱她的京戏。

叹红颜薄命前生就

美满姻缘付东流

薄幸冤家音信无有

啼花泣月在暗里添愁

枕边泪呀共那阶前雨

隔着窗儿点滴不休

山上复有山

何日里大刀环

那欲化望夫石一片

要寄回文只字难

总有这角枕锦衾明似绮

只怕那孤眠不抵半床寒

整个夜里后花园的气氛很奇特，颂莲辗转难眠，后来又听见飞澜的哭叫声，似乎有人把他从北厢房抱走了。颂莲突然再也想不出梅珊的容貌，只是看见梅珊和医生在麻将桌下交缠着的四条腿，不断地在眼前晃动，又依稀觉得它们像纸片一样单薄，被风吹起来了。好可怜，颂莲自言自语着，听见院墙外响起了第一声鸡啼，鸡啼过后世界又是一片死寂。颂莲想我又要死了，雁儿又要来推窗户了。

颂莲迷迷糊糊半睡半醒着。这是凌晨时分，窗外一阵杂沓的脚步声惊动了颂莲，脚步声从北厢房朝紫藤架那里去。颂莲把窗帘掀开一条缝，看见黑暗中晃动着几个人影，有个人被他们抬着朝紫藤架那里去。凭感觉颂莲知道那是梅珊，梅珊无声地挣扎着被抬着朝紫藤架那里去。梅珊的嘴被堵住了，喊不出声音。颂莲想他们要干什么，他们把梅珊抬到那里去想干什么。黑暗中的一群人走到了废井边，他们围在井边忙碌了一会儿，颂莲就听见一声沉闷的响声，好像井里溅出了很高很白的水珠。是一个人被扔到井里去了。是梅珊被扔到井里去了。

大概静默了两分钟，颂莲发出了那声惊心动魄的狂叫。陈佐千闯进屋子的时候看见她光着脚站在地上，拼命揪着自己的头发。颂莲一声声狂叫着，眼神黯淡无光，面容更是像一张白纸。陈佐千把她架到床上，他清楚地意识到这是颂莲的末日，她已经不是昔日那个女学生颂莲了。陈佐千把被子往她身上压，说，你看见了什么？你到底看见了什么？颂莲说，杀人。杀人。陈佐千说，胡说八道，你看见了什么？你什么也没有看见。你已经疯了。

第二天早晨，陈家花园爆出了两条惊人的新闻。从第二天早晨起，本地的人们，上至绅士淑女阶层，下至普通百姓，都在谈论陈家的事情,三太太梅珊含羞投井,四太太颂莲精神失常。人们普遍认为梅珊之死合情合理,奸夫淫妇从来没有好下场。但是好端端的年轻文静的四太太颂莲怎么就疯了呢,熟知陈家内情的人说,那也很简单,兔死狐悲罢了。

第二年春天,陈佐千陈老爷娶了第五位太太文竹。文竹初进陈府,经常看见一个女人在紫藤架下枯坐,有时候绕着废井一圈一圈地转,对着井中说话。文竹看她长得清秀脱俗,干干净净,不太像疯子,问边上的人说,她是谁?人家就告诉她,那是原先的四太太,脑子有毛病了。文竹说,她好奇怪,她跟井说什么话?人家就复述颂莲的话说,我不跳,我不跳,她说她不跳井。

颂莲说她不跳井。

妇女生活

娴的故事

汇隆照相馆坐落在街角上,漆成橘红色的楼壁和两扇窄小的玻璃门充分显示了三十年代那些小照相馆的风格。橱窗里陈列的是几个二流电影明星的照片和精心摆设的纸花。那些女明星的美艳和欢乐对于外面凄清萧条的街道显得不合时宜莫名其妙。从远一点的高处看汇隆照相馆,它就像一只打开的火柴盒子,被周围密集的高大房屋挤压得近乎开裂。有时候可以看见一只燕子从那里飞起来,照相馆的屋檐下曾有过燕巢。如果再注意后窗,还可以发现晾衣竿上挂着的女人的小物件和旗袍,没有男人的东西。

那是娴的家。娴的父亲去世后,汇隆照相馆由娴和她的母亲经营。娴那年只有十八岁，刚从女子高中毕业。她不懂照相业的经营之道，并且对此也不感兴趣。娴眼睁睁地看着家里这份产业破败下去而一筹莫展。有一天她梳妆打扮好准备去电影院看好莱坞片子时，母亲把她堵在楼梯上说，记住，这是最后一场电影，明天你要坐柜台开票了。我已经把开票的辞退了。娴说，为什么？她母亲说，什么为什么？你难道不明白家里的底细，没人上这儿来拍照，拿什么付人家工资？只有靠你和我自己了。

1938年，娴在照相馆里开票。生意每天都很清淡，娴聊以打发时间的是各种电影画报。她喜欢看电影，但现在看得很少了，因为白天离不开柜台，而晚上出门又受母亲的种种限制，娴只能在画报上寻求一种飘渺的慰藉。她最喜欢的电影明星是胡蝶和高占非，还有袁美云。在女中曾有人说娴长得很像袁美云，娴淡淡地说，袁美云去我家照过相，她也这样说的。她喜欢披斗篷，很高级的英国货，上面有金线和珍珠。那时候娴被认为是见过世面的人，深受女生们的信赖和羡慕。现在当娴手握《明星》画报，枯想往事时心情不由烦躁忧郁起来。娴是个不安分的女孩。

外面刮着风，透过玻璃门，可以看见穿着臃肿的行人和漫空飞舞的梧桐树叶，街角上的美丽牌香皂和花旗参的广告画被风吹得噼啪作响。有一个人推开了玻璃门，摘下了头上的礼帽，他手中的银质司的克的光泽异常强烈。正是这种光亮让娴猛地从画报上抬起头来，她看见那个男人站在柜台前约五尺远的地方，手执礼帽向她颔首微笑。娴后来回忆当时的情景总说她有一种晕眩的感觉，她似乎预知孟老板的出现会改变她以后一生的命运。

先生，拍照吗？

不，我不拍照。

那么你取照片？把收据给我吧。

不。我不拍照。但我想给你拍一张。那人说。

娴看见孟老板把礼帽和司的克放在长沙发上，慢慢地从大衣口袋里掏出一只小型相机，他往后退了一步，对娴说，就坐在那儿，手放到柜台上，托着下巴。娴下意识地按照要求摆出了当时最流行的拍照姿势。镁光灯咔嚓一闪，她听见孟老板说，好了，多么自然的表情，太好了。

后来当娴的那张照片登在《明星》画报上时，她已经成为孟老板的电影公司的合同演员。娴放下了照相馆的工作，投身于梦寐以求的电影业。1938年冬天，娴与孟老板的关系飞速发展，她与孟老板双双出入于舞厅和跑马场，引起了圈内人的注意。也就是这年冬天，娴拍了她一生最初的两部也是最后的两部片子。一部是清代宫廷片，娴在里面扮演一个聪明伶俐的小宫女，是配角。而另外一部是很重要的角色，娴扮演一个卷入三角恋爱的摩登女性，最后悲惨地投河自尽。

娴很快搬离了她家的照相馆。孟老板为她准备了一套公寓房子，那是配有电梯的八层楼房，楼下有弹子房、舞厅和咖啡馆，孟老板经常在那里玩至深夜，然后乘电梯到八搂娴的房间来度过一个甜蜜的夜晚。娴知道孟老板是有妻室的人，知道她自己处于什么地位，但她无法顾及这些，那时候她想得最多的是角色问题，怎样与头牌明星争夺主角，怎么疏通摄影师，使自己略嫌瘦长的脸在银幕上光彩照人。

母亲经常打电话到公寓来，向娴叹述照相馆生意的苦经。

娴对此感到厌烦，她对母亲本来就没什么感情，更难以忍受她的絮叨。后来她抓过电话，只要听到是母亲的声音，就啪地挂上电话。

1938年春天的一次出游，给娴留下难以磨灭的印象。娴和公司的女明星们一起到苏州春游，其中包括陈云裳和袁美云等大明星。她们坐在一条大木船上，一边啃甘蔗，一边欣赏河两岸初春的田园景色。船快到虎丘塔时，大批的记者蜂拥而至，照相机的快门咔哒咔哒响成一片，娴在这个时刻充分体会了荣耀和快乐。她后来一直保存着那次春游的照片。照片上娴和一群女明星坐在船头上，她们都在啃甘蔗。背景是虎丘塔和大片盛开的油菜花地。

娴在年老色衰以后经常从箱底找出那张照片，细细地端详。昔日的美貌和荣华随时光流逝一去不返，它们如此短暂脆弱，她甚至无法回忆1938年命运沉浮的具体过程。多少年来她已习惯于把悲剧的起因归结为那次意外的怀孕。另外，她也不能原谅孟老板的错误，有一次他坚持不肯用那种美国产的保险套，酿成了她以后一生的悲剧。

在娴的妊娠反应日趋强烈后，孟老板驾车把娴送到一家僻静的私人医院。娴坐在一张长凳上，等着医生给她进行堕胎手术。恐惧使娴浑身颤抖，她脸色苍白，无望地看了看孟老板。孟老板坐在旁边读当日出版的《申报》。他对娴说，别怕,一会儿就好了。当女演员的都上这儿来,朱医生的医术相当高明。娴摇了摇头,她说,我怕,我真的怕极了。

手术室内传来一种清脆的刀剪碰撞声,里面好像正在进行手术。娴听见一个女人凄厉地尖叫着诅咒着。她瞪大眼睛倾听着,整个身体颤抖得更加厉害,突然娴从长凳上跳起来,双手掩面冲出门外。孟老板追出去,拉住她的手说,你怎么啦?你跑什么?娴哭泣着说,我怕,我不做这个手术了。孟老板的脸沉了下来,他说,别耍小孩脾气,这手术非做不可。娴抓住汽车车门上的把手,头靠在车窗上哭泣,她说,送我回去,求求你送我回去吧。孟老板站着不动,他说,你到底怕什么?娴说我怕疼,我实在怕极了。孟老板沉默了一会儿,后来他拉开车门,将娴粗暴地推上车,娴听见他恶狠狠地骂了一句脏话,臭婊子。

娴就是从这一天失宠于孟老板的。当时她十八岁,在应付男人方面缺乏经验。她错误地幻想等腹中孩子降生后孟老板对她的态度会重新好转。娴后来闭门思过,她想如果那天做了手术,一切都会好起来。悲剧的另一个起因是她太年轻,她怕疼。就因为怕疼断送了以后的锦绣前程。

这年春天,日本人开进了城市。混乱的时局和混乱的秩序下人心浮躁。街道上人迹稀少,偶尔能听见远处传来的枪声。娴蛰居在公寓里,每天凭窗眺望灰蒙蒙的天空、街道和行人,心乱如麻。宽松的裙裾再也不能掩饰她孕妇的体态,她的脸上长出了一些褐色的蝴蝶斑。她不能也没有片子可演,终日无所事事,唯一盼望的事情是孟老板来。但孟老板几乎不来了。

她打电话到公司到孟宅，甚至跑到楼下弹子房去找他，结果每次都失望而归。

有一天娴接到电影公司的电话，让她务必去公司一趟。娴不知道是什么事。她精心打扮一番叫了一辆出租车。在车里她用小镜子不时地评判自己的容貌，担心会引起其他女演员的攻击。当她到达公司时，才发现气氛异样，到处乱糟糟的，服装、道具和损坏的灯架扔得满地都是。一个摄影师站在布景棚高高的横架上对她喊，散伙啦，散伙啦，赶紧去领最后一笔工资，去晚了就领不到了！娴慌慌张张地挤进抢领工资的人群中，她问一个女演员，孟老板呢？那个女演员没好气地瞪了她一眼，还提你那个孟老板，他卷走全部股金逃到香港去了。娴当时如遭巨石击顶，感到一阵强烈的眩晕，随即昏倒在嘈杂的人群里。

灾难不期而至地降临了。娴在公寓的床上度过了难捱的三天。她天天瞪着天花板，用所有肮脏的字眼咒骂着孟老板。她把孟老板的丝绸睡衣剪成一条一条，从窗口扔出去。第四天邮递员送来了一张汇款单，是孟老板从香港寄来的。娴瞥了一眼汇单上的数目，轻蔑地冷笑了一声，她对邮递员喊，谁要这几个臭钱，给我退回去。当邮递员疑惑地离开后，娴又后悔起来，她已经没多少钱了。她似乎看见黑暗的未来就埋伏在明天、后天，她以后该怎么办？这时候娴再次清醒起来，她突然想起在医院的事情。她想如果我不从医院里逃走，如果那天顺从孟老板而不是惹恼孟老板，情况就不会变得这样糟，也许这时候她跟着孟老板一起去香港了。娴揪着自己的头发，这时她深深地体会了一失足成千古恨的感觉。

公寓管理员登门的时候，娴从他尴尬的脸色中预感到了什么。她坐在床上一动不动，听见管理员絮絮叨叨地诉说他的苦衷。娴打断说，你对我说这些干什么。这房子不是付过款了吗？管理员说，是付过了，但付的是一年的租金。娴说，那就对了，不是说一年吗？我住进才半年呀。管理员面露难言之色，他搓着手想了想说，反正孟老板已经远走高飞了，我就向你抖个实情吧：你住进来之前孟老板已经租过半年了，那会儿是另外一个女演员住这儿。娴不再说话，她把枕巾抻了一下，捡起上面一根细细的发丝凝视着，她说，我明白了，你放心，我不会赖在这儿的。

一个初夏的早晨，娴离开了那座豪华公寓。天空高而清澈，微风吹动公寓门口的夹竹桃的红色花朵。娴跟着脚夫走向黄包车前，她回头仰望着八层的那个窗口，天鹅绒的窗帘依然半掩，她听见窗内有人哭泣，那个女人就是她自己。娴用手捂住耳朵，哭泣声仍然持续。娴真的听见自己在八层公寓里大声哭泣，那不是幻觉而是另一种现实。

去哪儿？车夫回头问。

随便。娴说。

你想逛商店还是游乐场？车夫又问。

哪儿也不去。送我去汇隆照相馆。娴说。

小姐原来想去拍照。车夫疑惑地说，那小姐干吗要带两只箱子？

别废话了。娴突然尖叫起来，送我回家！回家！

娴提着两只箱子推开了汇隆照相馆的门。外面玻璃橱窗里的明星照片已经更换成花圈和寿衣，她没有注意，直到她走进店堂，看见一排各式花圈悬在半空中，娴才发出了惊叫声。寿衣店的老板认识娴，他说，你回来了？回来了就好。娴把箱子放下来，惊魂未定地说，这是怎么回事。寿衣店老板说，你母亲上个月就把店面盘给我了。她还在楼上住，你去问问她吧。

楼上原来放摄像架的地方现在放着一只煤炉。炉子上炖着一只砂锅。娴闻到了鸡汤的香味，她这才想起已经几顿没吃饭了。她揭开锅盖，不顾烫手就掰下了鸡腿送进嘴里。房门轻轻地打开了，娴不用回头就知道她母亲站在身后，娴仍然吃着鸡腿。

你怎么回来了？母亲说，不当电影明星了？

公司解散了。娴说。

你那个大老板呢？他不要你了？

死了。娴说。他死了，心脏病发作。

撒谎。把你的身子转过来，让我看看你的肚子。

有什么可看的？娴吐出一根鸡骨，她说，你不是也大过肚子吗？

贱货。母亲怒喝一声，让人把肚子搞大了回家下种吗？谁让你回来的？

这是我的家。娴走到原来她住的房门口推门，门推不开，里面上了插销。娴拼命推着门说，谁在里面？是一个男人吧？

门开了，果然是一个男人。娴认识他，是国光美发厅的老王，经常替她母亲做头发的老王。娴对老王笑了笑，然后又回头对母亲说，谁是贱货？你才是贱货。卖了家业在楼上藏男人，你才是个不要脸的贱货。她看见母亲的脸紫胀着说不出话，心中有一种复仇和得胜的快乐。她已经好多天没尝到快乐的滋味了。

娴从前的闺房现在弥漫着一股气味。她知道这是为什么。她现在非常痛恨这种气味。她走到窗前拉开了窗帘，猛然看见离家前随手放于窗台的那盆三色堇依然鲜活，小巧玲珑的花朵和纤细碧绿的叶子在阳光下静若处子。娴面对着三色堇潸然泪下，这是她的第一次哭泣。

在寿衣店楼上的小房间里，挂钟嘀嗒嘀嗒地走动，娴临窗而坐，计算着时间怎样慢慢地消失。她无事不出门，害怕别人看见她怀孕的模样。娴无望地等待着产期的来临，这是她一生中最灰暗沉闷的时期。

娴看见楼下那些披麻戴孝的人从店里撤走一个又一个花圈，寿衣店的生意比照相馆红火多了，因为每天都会有人死去。娴不无辛酸地想，也许她应该买一个花圈祭奠她这一段绝望的生活。

整个夏季炎热多雨，雨点枯燥地拍打照相馆的铁皮屋顶。娴注视着雨中的街道，心如死水。有一天她看见一个小报童在雨中奔跑，狂热地向行人挥动手中的报纸。特大新闻，特大新闻，电影明星阮玲玉自杀身死。娴想看那份报纸，她喊住那个报童，从窗口吊下去一只小竹篮和零钱，买了报纸。

她看见了阮玲玉最后的仪容，她的微笑因死亡变得异常美丽动人。娴把报纸细细读了一遍，叹了一口气，她想如果她一样地吞药自杀，舆论是不会这样强度轰动的，没有几个人知道她的名字，她死去抑或活着对这个世界都无足轻重。

娴的产期将至，她母亲对她说，你准备在哪儿生这杂种？娴说随便。母亲说就在家里喊个接生婆吧，别出去丢人现眼的。娴说随便，现在我连死都不怕，还怕疼吗？

1938年10月，娴在照相馆楼上生下了一个女婴。女婴只有四斤重，抱在手上好像一只可怜的小猫。

那个女婴就是芝。

娴曾经给孟老板去过好几封信，索要芝的赡养费，结果都是石沉大海。有一封破破烂烂地退回了，封皮上有查无此人的字样。娴恨透了孟老板，这种仇恨也影响了她对芝的感情。她很少哺乳，也很少给婴儿换尿布，她想婴孩也许活不长，她也可能活不长，没有必要去履行母亲的义务。很多时间娴在芝嘶哑的哭声中安然入睡，产后的娴更加慵懒了。

芝却以正常的速度生长着，她从早晨啼哭到深夜，但她活着。娴有一天细细地打量了芝，发现女儿的眉眼更多的像自己，而不像孟老板，这使娴动了恻隐之心，她把乳头塞进芝的小嘴里，拍着芝说，你为什么要像我？像了我以后没有好下场的。我是世界上最苦命的女人。

产后的娴不事修饰，终日蓬头垢面，她很长时间不照镜子。再次站到镜子前她几乎认不出自己，身材变得肥胖不堪，而那双曾备受摄影师称赞的凤眼也因嗜睡失去了光彩。她想以她这种模样是再也无法上银幕了。

理发师老王频繁地进出于娴的家中,娴看不起这个瘦小的女人腔的男人。她从来不跟老王说话,而老王总是有话无话地搭讪。在饭桌上老王一边赞美菜肴的味道,一边用膝盖轻轻地碰撞娴的腿。娴把腿缩回来,说,恶心。娴的母亲自然不知道其中的前因后果,她对娴说,嫌恶心你别吃,谁让你吃了?娴觉得这种情景很有趣,像电影中的场面,但却真实地出现在她的家庭生活中。另外,她也觉得母亲很可怜,活了半辈子后把自己托付给这个没出息的男人。娴还担心母亲会不会把积蓄倒贴给老王。如果是这样,娴不会听之任之,她会做主把老王赶走。

预料不到的是事情后来发生了奇怪的变化。

有一天老王对娴说,你的头发该做一做了,跟我去美发厅吧,我给你做个长波浪,包你满意。娴没有说话。老王又说,你放心,不收一文钱,跟你收钱不是见外了吗?娴摸了摸她的乱发,她想是该做做头发了。但是她不想出门。所以她还是没说话。老王最后说,你要走不开,我可以把工具带回来,凭我的手艺在家里也能做出长波浪,娴说了一句。随便。娴后来习惯于对人说这随便两字。

下午老王果真带了一包美发工具回来。娴洗好了头发以后就端坐在凳子上,起初她怀里抱着芝,老王让她把孩子放下,她就顺从地把芝放到了床上。娴端坐着恍惚想起上次做头发还是孟老板陪她去的,是一家最有名的美发厅。好像还看见了胡蝶，她也在那里做头发。现在想起来一切已经恍若隔世了。

你的头发很好，我就喜欢这种又软又松的头发。老王的手轻轻抚弄着娴的头发。

别奉承我了，没意思。娴回头说，你快点做吧。

做头发不能急。老王在后面笑了笑，好事都不能着急。

娴感到老王的手柔软地梳弄着她的头发，电吹风嗡嗡地响了起来。热风不停地吹向娴的头部，她觉得脑子里一片空白，昏昏欲睡，不知什么时候她警觉起来。老王的一只手开始顺着她的脖颈下滑，它已经停留在她的肩背处了。

老王，规矩点。娴说。

做头发都是这样的，尤其是在家里做头发。

胡说八道。我就知道你没安好心。娴在老王的那只手上狠狠地打了一记，她喊道，我可不是她，让你白吃了豆腐。你也不看看自己，配不配在我身上瞎摸？

这话说哪里去了？我可是一片好心。老王不羞不恼地嬉笑着说，亏你还拍过电影，这么不开化？

娴受到了伤心的一击，她的眼圈有点红了。同时娴的紧张戒备的身体开始松弛下来，她突然觉得老王的攻击毋需抵抗。也许她已经没有资格对老王做这种抵抗。娴回头看了看老王的那只手，那只手与孟老板的具有惊人的相似之处，一样的硕大苍白，充满了情欲，娴心想男人与男人并无二致，随它去吧。

电吹风嗡嗡地响着，老王的手温柔地游弋于娴的敏感部位，娴渐渐呼吸急促起来，她觉得脸上很热，而身体像风中杨柳无力地颤栗,奶汁被挤压后洇湿了内衣。她有一种快速坠落的感觉。当娴和老王倒在地上时,她听见电吹风仍然嗡嗡地响着,床上的芝哑声啼哭,她还听见楼下寿衣店里有人在大声争吵,好像是为了一只花圈的价格问题。

对于娴来说,这个午后不可思议,但是已成定局,娴后来总是回忆起一只苍蝇,那只苍蝇从窗外飞来,叮在老王白皙而瘦削的臀部上。

娴视一切如流水。当娴的母亲把老王揪出被窝时,娴只是把被子卷紧,没有任何表情。她看见母亲尖叫着追逐赤条条的老王,用扫帚抽打他的背部。娴笑了笑说,打吧,狠狠地打,这种男人该打。当时的场面不忍卒看,娴的母亲涕泪交加大发雷霆,理发师老王东躲西藏,而摇篮里的芝因受惊吓拼命地啼哭,只有娴静静地躺着,漠然注视着他们。娴的目光与母亲相遇。母亲的眼神里有一种冰凉的绝望的东西,这使娴心有所动,她翻了个身,把脸对着墙壁。墙上的白纸已经破裂,阳光透进窗子在纸缝里闪闪烁烁。这是1939年的秋季。

隔了几天,娴正在午睡,她听见母亲喊她的名字。娴觉得母亲的声音非常模糊,她好像隔着门跟娴说话。而娴始终没睁眼睛。

老王拿了我两只大戒指,你什么时候去要回来。

你给他的,你不会自己去要吗?娴说,真让人恶心。

我要出门了。我顾不上这些了。母亲最后幽幽地说。

娴听见了母亲走下楼梯的迟缓滞重的脚步声,她当时无法预知母亲从此一去不返，只是根据脚步声判断母亲离家时穿了一双高跟皮鞋。

母亲失踪的最初几天，娴没有往坏处想，她猜她也许去苏杭一带旅游散心了，甚至还猜测母亲会不会有另外一个男人，也许他们私奔去了什么地方。半个月后，娴被告知，她母亲的尸体在近郊的湖中被渔民的渔网捕捞起来，尸体已经发臭了。警察局的人对娴说，你去收尸吧。娴如梦初醒，她脸色苍白，摇着头说，不，我不去，随便你们处理吧。我最怕见死人了。警察说，可她是你亲生母亲呀。娴沉默不语，她掰弄着手指甲想着什么，最后她自言自语说，真不值得，为这个臭男人寻死，太不值得了。

娴记住了母亲最后的遗言。后来她抱着芝去了国光美发厅。在美发厅里娴充分地显露了她性格中泼辣的一面。她看见老王后扬手就扇了他一巴掌，美发厅里秩序大乱。众多的理发师和顾客围了上来，娴当众勒下了老王手上的那只金表，然后索要另外二只戒指。理发师老王窘迫至极，矢口否认两只戒指的存在。娴想它们肯定已经戴在哪个女人手上了。而且母亲一死死无对证，对此她早已有所预料。在一番互相羞辱以后，娴打了老王第二记耳光。她说，两记耳光换两只戒指，老王你又讨大便宜了。在众目睽睽之下，娴把那只金表往衣服上擦擦，戴在自己的左手腕上，然后她抱着芝从容不迫地离开了国光美发厅。

娴大闹国光美发厅的轶事被目击者谈论了好几天，过后也就被渐渐遗忘了，因为两个当事人都缺乏名望。

故去的照相馆老板娘给娴留下了五百块大洋和一小盒金器，娴翻箱倒柜搜寻了家中的每个角落，最后确认她不会找到其他东西了。她冷静地盘算了一下，这些钱财最多能维持三五年的生活。娴对未来第一次感到深深的迷惘和忧虑。她站在窗前凝望外面繁华的街道，一家商店的留声机播放着金嗓子周璇的歌。一个她认识的女演员从皮货店里拎着貂皮大衣出来，上了一辆小汽车。一阵鞭炮声从广东饭店传来，那肯定是婚宴的场景。娴想她已经被外面的世界彻底抛弃了，现在她只有五百块大洋和一小盒金器。追本溯源，她不得不想到芝，某种程度上是芝酿成了她的悲剧。有时候娴听到芝在摇篮里饥饿的哭声，她让芝长时间地哭着，似乎这样使她的怨恨冲淡了一些。

到了秋末风凉的季节，娴结束了半年多的幽居生活。在一个阳光明媚的午后，她抱着芝从楼梯下来，倚着寿衣店的柜台和店员聊天。人们对她短暂的银幕生涯表现了强烈的好奇心。娴说电影都是假的骗人的东西。又说演电影没意思，哪儿有坐在家里舒服？不难发现娴的话是言不由衷的，她拿着那张和陈云裳袁美云一起春游苏州的照片，脸上是无可奈何花落去的表情，这一点娴无法掩饰。有时候她抱着芝坐在一只破藤椅上，母女俩散淡地观望街市的风景，1939年就这样从她们身边无声地消失了。

这是娴一生中最为缠绵凄恻的年代。

芝的故事

芝的容貌酷肖她的母亲娴。芝看上去要比实际年龄老一些,而娴正好相反,偶尔地芝和母亲一起出门,有人会误以为她们是姐妹俩。这使芝产生一种极不舒服的感觉,她不太愿意和母亲一起出门。另外,芝也不喜欢母亲的鲜艳别致的衣裙,她认为这与她的年龄不相称。

1958年芝从一所中等专业学校毕业。她学的是一种枯燥冷僻的专业:水泥制造。她的同学中多为男性,他们终日围着芝转,但芝总是恰如其分地表现出沉静冷淡的仪态,不为所动。其实那时候她已经看上了邹杰。芝和所有的男性都说话,唯独不跟邹杰说话。邹杰一直为此苦恼。直到两年的学校生活结束,临近毕业分配的时候,芝在食堂里问邹杰,你想去哪儿工作?邹杰说了一家水泥厂的名字,芝说,那我也去那里吧。芝又对邹杰说,你去那边窗口排队买菜,我在这儿买饭,我们一起吃吧。邹杰欣喜若狂。从这天起芝和邹杰的关系就明朗化了。

芝把她和邹杰的事瞒着母亲,但娴似乎对一切都了如指掌,每次芝和邹杰看电影或者溜冰回家,娴就用一种异样犀利的目光审视芝,芝感到一种莫名的惶恐。

你交男朋友了?

没有。芝摇了摇头。

别想骗我,我是过来人。这种事怎么逃得过我的眼睛?

你说有就有吧。芝觉得她的脸红了。

是什么人？干什么的？

同学。芝淡淡地说。

我是问你他家里是干什么的？

不知道。我没问过他。芝说，他家里跟我有什么关系？

不知道？你连他的家境都不知道就跟他好了？

我知道他是党员，他是我们学生中唯一一个党员。

就因为他是党员你就跟他好了？党员值多少钱一斤？

他思想觉悟高，他是篮球队长，他还会吹笛子。芝说。

这算什么本事？跟他赶紧断掉，世界上男人多的是，要慢慢地筛选，千万别随随便便去和男人好。

不。芝说。

你不懂男人好坏，以后我会给你找个称心的。你明天就去跟那个党员断掉。

不。芝咬着嘴，她的声音放高了。

娴当时正在剥花生仁。当芝说出第二声"不"时，娴突然大发雷霆，她把筐里的花生壳抓起来朝芝的脸上扔。芝仍然说，不。娴就把那只筐一起砸到芝的身上，她喊道，不听我的话就给我滚，贱货。芝躲闪一边，她扶着门站了一会，忍着眼里的泪水。后来她说，滚就滚，我本来就不想在这个家里呆。你以为我稀罕这个家吗？

芝走出家门，暗暗发誓以后不再回家，但是她一时不知道该往哪里去，她在学校宿舍的床位已经撤掉了，铺盖也拿回了家。她也没有特别要好的女友可以借宿。芝想她只有找邹杰了。邹杰是她唯一依赖的人了。

邹杰的家很远,而且芝从来没去过,她只是凭着他抄给她的地址找到了邹家。天已经黑了,她站在一条很深很破败的弄堂里敲邹家的门,敲得很怯懦。芝希望开门的是邹杰而不是他家里的人,否则她会很尴尬的。当邹杰开门的时候,芝的眼泪一下奔涌而出,扑向邹杰的怀抱。

邹杰拉着芝的手让她进去,芝坚决不肯。芝在这种状况下仍然保持了她的矜持。她就站在弄堂里和邹杰说话,说着说着抽泣起来。邹杰说,这有什么可哭的?你离开那样的家庭也是好事,干脆住到我家来吧。芝又摇头,她说那怎么行,不明不白的让人说闲话。邹杰想了想说,那你住到我姐姐家去吧,那样就没人说闲话了,我们还可以经常在一起。芝说,可以是可以,只怕时间不能住长,在别人家总归是拘束的。邹杰说,干脆我们结婚吧,下个月我们就结婚。这时芝在黑暗中笑了一笑,她没有再说话。

1958年芝所在的学校也开展了大炼钢铁的运动,操场上升起了一只简易高炉。芝偷偷地跑回家中寻找破铁锅和其他废铜烂铁。她是趁娴午睡时回家的,她不想被娴看见自己回家,但她在翻找那只破铁锅时惊醒了娴。娴穿着背心和睡裤站在她身后看着她。娴说,你拿破铁锅去卖钱吗?能卖几个钱?芝头也不回地说,你一天到晚光知道钱,破铁锅能炼钢铁,你不懂。娴轻声地叹了一口气,她伸出手摸了摸芝的辫子,说,我是让你气死了,这两天饭也吃不下。明天回家吧,带上你那位党员同志,我做点好菜给你们吃。芝这时朝母亲看了一眼,她说,怎么又变了?你不是让我们断吗?娴做了个无可奈何的表情,娴说,随便你了,反正是你想跟他结婚,又不是我结婚,你要找谁就找谁吧,谁让我养了你这个宝贝女儿呢?

第二天芝带了邹杰回家。桌上摆了四只小菜,量虽少但非常精美。邹杰夹了一筷子红肠往嘴里塞,被芝打了一下,芝轻声说,到我家不能胡来,我母亲很重规矩,邹杰说,怎么香肠还有红颜色的?我从来没吃过。这时候娴走出了房间,一眼就可以看出娴精心打扮过了,她穿着蓝底黄花的丝质旗袍,腰部以上绷得很紧。娴的嘴唇也浅浅地涂了口红。

娴打量着邹杰,她的直露而奇怪的目光使邹杰很不自在,芝也一样。她忍不住对娴说,你别这样看人家,他又不是小偷。娴莞尔一笑,她说,看看有什么要紧?我看小邹长得不错,很像高占非。

高占非是什么人?邹杰有点局促地问。

你连高占非都不知道?娴想了想说,也难怪,他演电影出名的时候,你们还不知道有没有呢。

原来是演电影的。我不喜欢演电影的,他们都好吃懒做,他们都是资产阶级寄生虫。邹杰严肃地说。

芝捅了捅邹杰。邹杰说漏嘴了。芝以为母亲会变脸,没想到娴没有生气,娴点着头说,对了,他们都是寄生虫,你说得一点不错。不过,能过上寄生虫日子也要靠本事,这点你就不懂了。

娴后来婉转地问到邹杰的家庭状况,邹杰自豪地说,我们家三代工人,我是第一个有文化的人。娴听后脸上的表情莫测高深。后来她说,工人家庭也好,现在是新社会了,工人吃香，有钱有势的人反而不吃香了。

当芝把结婚的事告诉娴时，娴先是惊愕，过后她就哭起来，哭声持续了很长时间。芝茫然地看着母亲扭曲痛苦的脸，不知所措。娴对此的反应超出了芝的预计，芝猜不透她的心。娴进了厕所间，她插上门在里面一边哭泣一边摔打着东西。娴说，滚吧，就当我养了条狗。反正我也不要靠你，你别指望我会给你一分钱。芝觉得很滑稽，她说，我本来就没有跟你要东西。芝的心一下就冷了，她说完就走进了自己的房间，砰地撞上房门。

夏日的一天芝嫁到了邹家。芝没有嫁妆，带到邹家的只有一只磨损了的皮箱。箱子里是她的衣服，还有那些关于水泥制造的专业书籍。芝不想声张她的婚事，但邹家坚持要办两桌酒席。邹杰的母亲对她说，虽然你家没什么人，但我们的亲戚多，礼钱都收了，总归要热闹一下的。

在婚礼上芝穿着一件素色连衣裙，其神情落落寡合，满腹心事。来客都问邹杰，新娘为什么不高兴？邹杰说，她天生这样，她从来不笑。来客说，哪有这种道理？我们要听新娘唱歌。邹杰对芝说，你就唱一支歌吧。芝静坐不动说我不会唱歌。来客不依不饶，要新娘跳舞。芝又说，我不会跳舞，婚礼的气氛立刻沉闷起来，除了芝自己，所有的人都觉无趣。邹杰只好拿了笛子来，给大家胡乱吹了几支曲子。

邹家的房子很拥挤。邹杰的妹妹和父母合并到一起，才给邹杰和芝腾出了一个房间。房间很小，没有窗户，灯从早到晚是开着的，一盏15瓦的电灯昏黄地照着简陋的几件家具，照着芝的新婚生活。

最初几天,芝经常坐在床上垂泪不止。邹杰怎么哄也没用。他有点生气地说,我家是无产阶级,就这个条件,你应该有思想准备的。

不。芝擦着泪说,我不是为这个,我是害怕。

怕什么?有我在你怕什么?

我说不清。芝低下头看着地上的两双拖鞋,她说,也许我们太草率了,我对以后的生活心里没有底。我就是害怕以后,以后我们不好了该怎么办呢?

你这人小资情调太严重。邹杰叹了口气说,团支部没有批准你入团,就是这个原因。

芝当时已经和邹杰一起分到了水泥厂工作。工厂离家很远,他们几乎每天都早出晚归,回家后疲惫至极。芝每天都是匆匆吃几口晚饭就上床休息了。芝把她的脏衣服塞到盆里用水泡着,但她总是忘了去洗。芝与邹家人的矛盾最初就是从洗衣服上产生的。芝有一天听见小姑在门外摔摔打打地说,耍什么小姐脾气?自己的衣服让别人洗。芝知道这是针对她的。她走出去,看见邹家人的脸色都很难看。邹杰的母亲把芝的衣服从盆里拎出来,她对芝说,你看,浸了两天都臭了,还是我给你洗吧。芝的脸涨得通红,她夺过那堆衣服,又把它们扔回盆里,一言不发地洗起来。那次芝又落泪了,她从中感觉到邹家人对她怀有某种敌意,也许直接原因就是他们的家庭出身问题。

后来又出现了洗碗的问题。芝虽然洗了自己的衣服,但她每次吃完饭把碗一推就走了,邹杰家人看不惯。邹杰的母亲在饭桌上诉说她做新媳妇时的种种艰辛,芝并没有领会她的暗示,直到邹杰有一次对她说,你也该洗洗碗了,别老让人伺候你。芝这时深深意识到她与邹家的人格格不入。芝冷冷地说,不洗,我情愿不去吃饭也不洗碗。

芝果然两天没在桌上吃饭,她在街上吃点馄饨包子权作晚餐。到第三天,邹杰的母亲对芝说,你要是跟着我们吃不惯,就另吃吧,家里还有一只煤炉。芝说,我随便,我吃不吃无所谓的。邹杰的母亲说,邹杰就跟你吃了,邹杰最喜欢吃红烧肉。芝说,我不会做红烧肉,他想吃让他自己做。

芝的婚姻生活从一开始就有不愉快的插曲。她知道一部分原因来自于她自身。另外一方面,她对邹家充满了鄙视情绪,她认为这个家庭庸俗琐碎,并不优于她和母亲组成的两人家庭。再其次,芝怎么也不习惯使用马桶,她每次出门倒马桶都从内心感到厌恶透顶。

芝让邹杰打报告向工厂申请房子,遭到了拒绝。邹杰说,我是党员,怎么能带头向组织上伸手要房呢。再说,我们现在有房子住。芝说,这也叫房子?连扇窗子也没有,整天透不过气。反正这儿我住不下去了。邹杰说,这点困难你就克服不了?我早就知道你有娇骄二气,吃不了苦,你还不承认。芝说,随你怎么说吧,我不想住这儿了。明天我回娘家去,我情愿受我母亲的气,也不在这儿受你们一家人的气。邹杰的脸挂下来了,他愤怒地盯着芝看了好久,最后带着决绝的意味说,好吧,你走,你嫌弃这儿,我不嫌弃。芝这时候意识到争斗的结果将造成她和邹杰的分离,这并不是她的初衷。她疑惑地说,你不跟我走?邹杰背转身说,我不走。我不愿去你家,我讨厌你母亲。芝咬着嘴唇说不出话,她对邹杰感到深深的失望和忌恨。

1958年,昔日的汇隆照相馆经改建重修后重营旧业,只是性质有了根本改变,现在它是国营红旗照相馆。红旗照相馆在楼下,楼上单独另开了一扇门,那扇门里住着芝和她的母亲娴,一层楼板把公共事业和私人生活严格地分开了。

芝回到娘家,娴的反应非常平淡,她说,我知道你会回家的,你毕竟是我的女儿。又问芝,是不是邹杰欺负你了?芝一声不吭,她显得倦怠憔悴,不愿意说一句话。娴很冷峻地打量着芝,突然说,你从来不把我当母亲看,早知道这样,当初我咬咬牙也就挺过来了。芝没听懂母亲的意思,她朝房间里走,说,求求你让我清静一会儿吧。她关门的时候又听见母亲说,我真后悔,我为什么会逃走?

芝也后悔。她后悔不该这么匆忙地嫁给邹杰,至少她要对邹杰的一切考察一段时间。终身大事是不允许任何感情冲动的。芝卧在原先睡的铁床上,看见白床单上那一小块发黄的痕迹,从前的未婚少女的气息梦一样地围绕着她。芝感到怅然若失,整个世界都变得黯然神伤了。

在分居的那几天里,芝躲避着邹杰。在水泥厂的简陋的办公室里,隔着一堵木板墙,她能看见邹杰的乱蓬蓬的头发。邹杰的脑袋一会儿从墙上升起来,一会儿沉下去,芝装作没看见。有一天下班后邹杰骑着车跟在她身后,从工厂一直跟到红旗照相馆门口。芝仍然装作没看见,但他在照相馆的玻璃橱窗前站了会儿,又骑上自行车走了。芝一下觉得非常失望,心里像浇了一瓢凉水。

事实上芝等着邹杰去她家,但芝对此没有把握。芝在焦躁和无聊中过了九天。第九天芝怨恨交加,她想她只能再等一天了,如果邹杰明天再不来,她永远也不会和他继续过婚姻生活。芝其实是一个外柔内刚的女人。

第十天下雨,窗外的瓢泼大雨使芝心灰意冷。芝伏在临街的窗前扫视雨中的街道,看见一辆自行车犹犹豫豫地停在楼下,邹杰穿着雨衣跳下车,轻轻地敲门。芝的心中涌起一股暖流,她对着楼下喊起来,门没关,门是开着的!

邹杰带了条被子来,被子外面虽然用牛皮纸包了一层,还是被雨淋湿了。芝把被子晾到竹竿上,她说,你带被子来干什么?邹杰说,我睡自己的被子。我不睡你们家的被子。芝说,这是为什么?邹杰有点不好意思,脚臭,怕弄脏了你家的被子。芝捂着嘴扑哧笑了,你还挺自觉。

夜里雨仍然下着。芝难以成眠,她看着枕边的邹杰,邹杰已在梦里,他的嘴唇翕动着,下唇上长了一个水泡。芝摸了摸邹杰的脸,心中突然有些后怕。如果今天邹杰不来,他们之间将会发生什么样的事情?

邹杰的迁入使照相馆上这家人的生活改变了格局。娴把买米拖煤之类的家务交给了邹杰。这很自然,邹杰轻松地干掉了许多力气活,他不怕累。邹杰身强力壮,有着超人的充沛的精力。娴后来经常当着芝和邹杰的面夸奖邹杰能干。娴又说,我年轻的时候怎么就碰不到这样的男人?芝有点反感娴说这类话,芝反感娴在所有男人面前的轻佻言行和举止。

有时候芝感觉到他们夫妻与娴同住一处的微妙细节,芝知道她的母亲是什么样的女人,她总是赶不走一个难以言传的幻觉,芝怀疑娴窥视他们的性生活,所以夜里芝每每要求邹杰的动作保持轻捷,不能发出任何声音。芝怀疑娴躲在门口偷听他们的动静。这种怀疑令芝感到羞愧,她没有办法向邹杰解释。

一天早晨芝被门外的响声惊醒,她睁开眼睛看见气窗上娴的脸一闪而逝,芝叫出了声。她的幻觉竟然被证实了。邹杰被芝的叫声惊醒,醒来看见芝脸色惨白地坐着发愣。邹杰问,你怎么啦?芝捂着脸重新睡下来,她说,没什么,我看见了一只老鼠。

第二天芝就将气窗玻璃用报纸蒙上了。第二天芝看见母亲时心里有一种厌恶的感觉。娴显得若无其事,她说,你们窗玻璃上有只苍蝇,我把它打死了。芝没说什么,她想,但愿真的是一只苍蝇。

芝的敏感多疑的性格导致她对这件事情耿耿于怀,好几天闷闷不乐。邹杰不知其中缘故。他说,你这人怎么情绪无常,前两天不还是挺高兴的吗?芝烦躁地说,你别管我。我们没有自己的家,我是高兴不起来的。邹杰说,是你自己要住过来的,你要不想跟你母亲过我们就回家。芝摇了摇头说,那也不是我的家，不想去。就在这儿住吧，她迟早要死，死了就安心了。

以后的夜里芝做了许多类似的梦。其中有个梦是娴站在邹杰的背后替他整衣领。这也是芝唯一敢回想的梦境。这些梦折磨着芝，芝知道一切应了日有所思夜有所梦的民谚，她怨恨自己为什么老想这种无聊肮脏的事，况且那是不可能发生的事。即使她不相信母亲，她也应该相信邹杰。邹杰与母亲是格格不入的两种人。

后来芝想起那段时间自己古怪的心态，觉得很可笑。她只能把一切归咎于她内心根深蒂固的不安全感。它由来已久，芝记得她很小的时候经常被母亲反锁在屋子里，她害怕极了。她很小的时候，有个牙科医生经常到家里来，他一来母亲就让芝到另外的房间睡觉。芝一个人在黑暗里害怕极了，她光着脚跑去母亲那儿敲门，门始终不开。芝只能哭泣着回到黑暗中，她真的害怕极了。后来芝想起这些往事，她又把一切归咎于对母亲的忌恨与恐惧。芝如果有了办法，她是决计要离开母亲的，可惜她没有办法。芝同时又是个孤僻而脆弱的女人。

1958年，芝作为水泥厂的年轻女技术员投身于火热的大跃进运动。芝的纤瘦的穿着蓝布工装的身影在水泥厂工地非常引人注目。她参与了白水泥的试制生产，因之得到了一枚劳动奖章。芝很珍惜这枚奖章，她把奖章放在她的绿丝绒首饰盒里。盒子里还装着一条赤金项链和一只翡翠戒指，那是她结婚后娴给她的全部嫁妆。

有一天芝正想出门被母亲娴喊住了。娴刚拔了一颗牙，她从嘴里掏出一个沾血的棉花团，对芝说，你还记得黄叔叔吗？他是个牙科医生，你小时候他经常给你吃巧克力的。

芝说，怎么不记得？他一来你就让我一个人睡。

我前天去口腔医院碰见他了，他还在当医生，就是他给我拔的牙，一点也不疼。

芝说，你到底想说什么？

黄医生还是那样风流倜傥，头发一丝也不白，腰板直直的，他妻子去年得败血症死了。

芝明白了母亲的潜台词，她不耐烦地说，你想嫁给他就嫁好了，我不管，我要去上班了。

等等，让我把话说明白了。娴又拉住了芝，她说，黄医生现在住宿舍，他要是来的话，你和邹杰就要出去了。

芝恍然大悟，愤怒和仇恨噬咬着她的心。芝咬着牙对娴说，他什么时候进来，我们什么时候出去，你别以为我们想赖在这儿。

以后的几天里芝和娴没有说过一句话。芝把这事瞒着邹杰，否则邹杰立刻就要回他的那间黑屋子去了。芝只有在厕所间里暗自啜泣。她痛恨自己生在这个阴冷的家庭里，她想也许她是世界上最不幸的女人了。

正当为今后的落脚点犯愁时，事情有了变化。娴有一天从外面回来，一进门就大骂黄医生是个色鬼，又骂世界上的男人都是色鬼，没有一个好东西。芝冷冷地说，到底怎么了？娴控制不住她的激愤情绪，尖声说，他跟一个护士勾勾搭搭。

芝忍不住刺了一句，那你跟他不也是勾勾搭搭吗？娴把手里的草编提包猛地砸到芝的身上，你幸灾乐祸，你们存心把我气死，气死我你们就有好日子过了。男上不是好东西，女人也不是好东西。世界上就没有一个好东西。芝把母亲的提包挂到墙上，回过头看看她那种歇斯底里的样子，心里充满厌恶，另一方面，她又庆幸母亲这场恋爱的结局，这样芝就不需要另起炉灶生活了。

芝又以全部精力投入了白水泥的试制生产。到了1958年，跃进牌白水泥投产了。投产那天市里和中央的领导来剪了彩，最后和技术人员合影留念。后来那张照片登在《解放日报》的头版头条。芝也在照片上。她站在人群的左侧，手捧一束鲜花。芝拍照时不喜欢笑，即使是这样的欢庆场面，芝看上去仍然是心事重重的样子。

芝和邹杰结婚后一直没有怀孕。芝不解其中的原因，他们的性生活是正常的。芝对这种事没有太多的激情，但她也不想采用任何避孕手段，她的潜意识里是希望有个小孩的。她发现邹杰很喜欢孩子。在某次平淡的房事后，芝问邹杰，你想要男孩还是女孩？邹杰说，女孩。你呢？芝郑重其事地说，我不要女孩，我想要个男孩。邹杰说，想不到你还有这种封建意识，新社会男女平等了，男女都一样。芝摇摇头说，不是这个意思，我的想法一时也说不清楚。好多事情女人有感受，男人没有。你懂吗？

芝有一天绝望地把邹杰推开，她望着天花板说，算了，也许我们中间谁有问题，我们应该去医院检查一下。邹杰说，不会的，再说我们又不光是为了生孩子。芝哑着嗓子说，我只对孩子感兴趣。邹杰看着芝倦怠灰心的神情，感到很沮丧，他突然意识到芝是应付他的，芝的目的只是为了孩子。如果这样，我不成了一匹种马吗？邹杰想着，他觉得受到了某种伤害和污辱，他的旺盛的性欲因之被抑制了，以后的几夜邹杰一上床就自顾呼呼大睡。

1959年的一个休息日，邹杰陪着芝去了医院。他在外面等了很长时间，突然听见芝在诊疗室里哭起来。邹杰猜到了什么，他一下感到体内变得空空荡荡，伴随着一种深深的凉意。芝从里面出来时泣不成声，她目光呆滞地看着邹杰，什么叫输卵管阻塞？我为什么这样苦，谁都能生育，我为什么就没有这个权利？邹杰扶着芝朝医院外面走，芝的步子摇摇晃晃的，芝继续哭泣着说，如果我有孩子，我会对他好，我不会让他受一点苦，老天为什么就不肯给我一个孩子？

从医院回来后芝的情绪低落到极点。几天沉闷伤心的日子过去，芝开始镇定下来。她站在镜子前端详着自己憔悴的脸，她的脸由于过多的哭泣变得浮肿起来。芝抓过一把梳子梳着头发，对邹杰说，你看我们该怎么办？

什么怎么办？邹杰说。

你考虑过离婚吗？芝沙沙地梳着头发，她说，你要是想离婚，我同意。我不愿意担上绝后的恶名。

别胡说了。邹杰很厌烦地说，我早就对你说过，事业第一，家庭第二，有没有孩子都一样。

现在这样想，时间一长就不同了。芝说，你总不能一辈子跟一个不会生育的女人在一起。

我拿你真是没办法。邹杰叹了口气,你老是自己折磨自己。难道你不相信我对你的感情?

一切都会变的,只有人的命运不会改变。芝把梳子扔到桌上,掠了掠头发,她说,我母亲把我生下来,就是为了让我承担她的悲剧命运,我恨透了她。我是一个私生女,本来就不该来到这个世界。所以我注定享受不到别人的幸福和权利。谁都能生育,我却不会生育,这是我的错吗?

芝那天说了很多。邹杰不耐烦地听着,他觉得芝流露了不健康的思想倾向,但他忽视了另外一种更为可怕的倾向。芝对生活感到了某种彻底的绝望,情绪低落到了极点。

1959年秋天的一个夜晚,芝躲到厕所间吞下了半瓶安眠药,然后她安然地回到床上躺在邹杰身边。芝准备就此告别世界。在厕所间的墙上她用圆珠笔写了给邹杰的遗书:邹杰,别忘了付给母亲这月生活费五十元。我是爱你的。

早晨邹杰醒来时发现芝还在安睡,他推了推她,芝一动不动。邹杰想等一会再叫醒她。他去上厕所,看见了墙上那行字后猛地醒悟到了什么。邹杰去敲娴的房门,他失声大叫,快起床,芝寻短见了。娴在里面生气地说,大清早的你胡说什么,好好的怎么会寻死?要寻死的是我,不会是她。邹杰知道娴不相信,他就把芝从床上抱起来往楼下跑。在清晨的大街上,邹杰抱着芝挡住了一辆送豆制品的三轮车。车主说,这女的怎么啦?邹杰又急又恨地说,她活腻了。车主又说,那这车豆制品怎么办?邹杰愤怒地说,人比豆制品值钱!他把芝往那堆油豆腐素鸡百叶上一放，推开车主就骑上车往医院去了。

芝在灌肠后仍然睡了二天二夜。邹杰和娴轮流看护她。芝在第三天的薄暮时分醒来，看见邹杰伏在她的脚边睡着了。她伸出一只手抚弄着他的头发，眼睛看着病室的窗外。窗外的石榴树上有一只小鸟跳上跳下的，芝依稀觉得她的灵魂和小鸟一样在外面流浪着，跳上跳下的。

你先别跟我说什么。芝对邹杰说，你到街上去给我买一束康乃馨。如果买来了，我就不会死；如果街上没有康乃馨，证明我没有权利生活下去，我还会走这条路的。

邹杰跑遍了半个城市，买回了一束红色的康乃馨。他推开病室的门，看见芝的眼睛亮了一下，随之又恢复了原先的淡漠。

你把花插在药瓶里吧。芝轻声地说。

芝，你到底为什么？邹杰一边插花一边生气地说。

不为什么。我就是有点害怕。

你到底怕什么？你怎么能把生命当做儿戏呢？

我怕失去你。日子一天天过去，你对我的爱一天天淡下去，最后没有爱了，说不定会恨我。我害怕的就是这些。芝侧过脸看着窗外，泪水盈满了她的眼眶。

1959年，邹杰发现妻子芝的行为越来越古怪病态。芝终日精神涣散，唯一的精力都用在对邹杰的严密控制上。芝不允许邹杰和年轻女性说话，她对邹杰的任何单独活动都表示忧虑和紧张。有一次他发现芝在检视他换下来的内裤,这种卑琐的举动使邹杰难以相信自己的眼睛。

医生认为芝患了忧郁症。邹杰不理解这种疾病的含义,他问医生,如果我们领养个孩子,她的病会不会好起来?医生对此不置可否,但他认为这个办法可以试一试。

到了年底,邹杰去儿童福利院抱领了一个弃婴。他想遵从芝一贯的意愿抱个男孩,但福利院中所有的弃婴都是女孩,没有男孩。邹杰觉得这种情况很不正常,他没有办法,最后抱回家的还是一个女婴。

邹杰给女婴取名为箫。他认为箫是一种有苦难言的乐器,就这样邹杰做了父亲,其实是箫的养父。

芝做了箫的母亲。她对箫的性别始终怀有不满的情绪。

娴做了箫的外祖母。娴说,就当养只波斯猫吧。

箫被拖回家的第二天,他们来到楼下的红旗照相馆,请熟识的摄影师照了一张全家福。摄影师让他们都要笑,邹杰和娴很自然地笑了,而病中的芝怀抱婴儿笑得略显茫然。后来这张合家欢就陈列在红旗照相馆的橱窗里,过路的行人都会朝它多看一眼,这是1959年冬季的事。

箫的故事

箫记得她小时候经常看见燕子。燕子在她家的门檐上筑了一个草巢。许多个早晨箫在燕声啁啾中醒来,她抱着一只破旧的布娃娃坐在铁床上，闻到一股熟悉的煎药气味弥漫了空间。楼梯上有人轻轻地走动。娴每天早晨把箫喊醒，娴的发髻散乱地披垂着，胸前挂着两朵白色的茉莉花。箫记得她起床后总是看见芝在水池边刷牙，芝的嘴角上凝结着牙膏的白沫，一柄塑料牙刷在芝的嘴里来回抽动，发出机械的沙沙的声音。

水池的左侧是煤炉。药煎在煤炉上噗噗地冒着热气，药味浓郁而古怪。箫知道再过一会儿，那罐药将被端下来，娴把药用纱布，滤成一碗黑水。端到芝的手中，芝每天都要喝这种黑水。娴又把一锅泡饭端到炉子上去。箫在上学前必须吃掉一碗泡饭，外加半块腐乳或者一条酱瓜。

箫有许多日记本。在历史最早的一本日记里箫这样写道：我生长在一个资产阶级家庭里。我的童年是不幸福的。我母亲患有精神病。她从来不关心我。我的外婆一把年纪还要打扮得妖里妖气。她每天让我吃泡饭。我没有办法，我只好天天吃泡饭。

箫回避了她的养父邹杰的存在。对于邹杰，箫从来不提。从十四岁那年开始，箫就害怕回忆养父邹杰的脸。在她的整个成长过程中，邹杰一直是她心灵上无法抹去的一块阴影。

1972年，箫十四岁。箫对十四岁前的记忆都是模模糊糊的，到了这一年，箫的经历就变得如泣如诉了。

箫那天玩得很累，晚上一上床就睡着了。大概是半夜时分，箫被突然惊醒。她看见一个黑影站在她的床头，箫想叫，一只手迅捷地捂住了她的嘴。箫认出了邹杰。她听见邹杰压低声音说,别叫,你把被子蹬掉了,我在给你盖被子,邹杰说完朝门外走去。箫发现邹杰是光着脚的,他的光脚在幽暗中泛出寒光。箫害怕起来,她跳下床去关门。门被邹杰抵住了。邹杰又闪了进来,他穿着短裤和棉毛衫,身上有一种膏药的气味。邹杰说,箫,你千万别叫,你是我抱回家的,我喜欢你,我不会欺负你。箫推着邹杰,你出去吧,我要睡觉。邹杰说,她有精神病,我不能和她离婚,可我也是个男人,箫,你懂男人和女人吗?箫快哭出来了,她摇着头说,我不懂,我要你出去,我要睡觉。她看见邹杰颤抖着,眼睛里有一点火光在跳动。她的手在空中挥舞着,碰翻了箱子上的一只水杯。

水杯清脆的碎裂声唤来了芝和娴。她们在外面敲门。箫听见了芝的尖厉的声音,邹杰,你这回总算让我抓住了。箫听见邹杰开门的声音非常沉闷,然后电灯亮了,灯光很刺眼。箫终于尖叫了一声,随后她捂住了自己的眼睛。她不知道死气沉沉的家里为什么突然发生了这场变故。

箫记得出事的第二天她仍然去上学了。那天有体育课。跳小山羊。箫怎么也跳不过去,脑子里总想着夜里发生的事。她看见娴出现在操场那一端,娴提着草编挎包朝箫招手。箫意识到有什么重大的事情在等着她。

跟我去铁路口。他卧轨了。娴说。

箫的脸色发白。她僵立着说不出话。

他装得像个正人君子,干这种下流事。他这是自食其果。娴说。

箫跟着娴赶到铁路道口,邹杰的尸体已经被拖走了。铁轨上有一大摊血,在阳光下呈现出奇怪的紫色。风吹动路上的灌木丛和杂草,箫凝视着那摊血,浑身颤抖。她感到一切都如在梦里。

芝坐在枕木堆上,她双手捧着一只被血溅红的解放鞋。邹杰的丧生使芝的精神有所缓和。芝对着鞋子说了许多话。

邹杰,你不该和我结婚。芝说。

邹杰,我不该吓你。我说要去告你,我其实是吓你的,你是个大男人,为什么就害怕了?芝说。

箫站在风中。一列黑色的货车从她的身边轰隆隆地疾驰而过。箫注视着那列货车远去,最后消失在天边,什么也看不见了。只有三个女人站在铁路上面对那摊紫色的血。这是1972年的一天,箫十四岁,箫十四岁的时候开始成熟了。

箫十六岁那年自愿报名去了农场插队,箫本来可以留在城里,但她一心想离开芝和娴,还有红旗照相馆楼上的阴暗潮湿的家。这是她早就酝酿过的。箫的选择充满了时代意识,因而受到了普遍的赞誉。箫自愿下乡接受再教育的通讯报道发表在1974年的《解放日报》上,与当年芝在水泥工地上的照片刊登时间相隔十六年。

箫去了农场以后才发现她陷入困境之中。在苏北荒凉的盐碱地上,生活的艰苦和劳动的强度远远超出了箫的想象范围。箫在水田里插秧时觉得自己像一只迷途的小狗,她的纤弱的身体无法承受农场生活。箫想回家,但家已经变得模糊而遥不可及了。许多个夜晚,箫在茅棚里听见大风吹过苏北贫困的原野,她想着红旗照相馆楼上的家,想着芝和娴的脸,竟然什么也想不起来,箫感到一种真正的孤单和恐惧。

箫下定决心回城,她采用了一个女友传授给她的病退方法,用冰块在膝盖上长期摩擦。女友说,咬咬牙,坚持一个月你去医院,医生就会诊断你有关节炎了。1976年冬天,箫抱着一块冰躲进农场简易漏顶的厕所,她仰望芦席棚顶上露出的灰暗天空,用冰摩擦着双膝。箫忍不住失声痛哭起来,她对自己说,既有今日,何必当初呢?

箫后来拖着两条僵硬的腿返回城市。她真的患上了可怕的风湿性关节炎。在肮脏拥挤的乡村公共汽车上,箫坐在她的简单的被包上想象回城后的生活。她感到一片茫然。当车窗外的田野农舍最后消逝时,她意识到自己的青春时光已经提前耗费光了。

箫的经历与她的同时代人基本相似。后来她一直在一家综合菜场的猪肉柜台上卖肉。对于这门职业箫没有嫌弃之心,她有思想准备。与箫前后病退回城的知青觅得的工作五花八门,有剃头的,炸油条的,烧锅炉的,还有一个女孩去殡仪馆当了化妆师。他们对箫说,你算是有福气的,卖肉这行当不错。箫说:我知足,你们以后买肉都来找我吧。

初上猪肉柜台的那几天里,箫老是从自己的衣服上闻到生猪肉的气味。这种气味就像植物一样在她的指甲、头发和鼻孔里生长,挥之不去。箫每天都去对面的公共浴室洗澡,但也无济于事。她没有办法了。随它去吧。箫想猪肉味总比农场生活易于忍受一些。箫后来就不去洗澡了,不去洗澡也就过来了。箫从中总结了对付生活的无为而治的新经验。

箫回城后发现芝的忧郁症病状日趋严重。芝终日坐在背光的窗前。手捧亡夫留下的一只解放鞋喃喃自语。每逢星期三的上午她离家出门,去铁路道口祭奠邹杰的亡灵。箫知道星期三是邹杰的忌日。想起邹杰她的心中就有一种浮冰的凉意。箫不希望留存邹杰的任何记忆,但她始终无法忘记十四岁那年的重大事件。邹杰留在铁轨上的那摊紫色污血在十年以后仍然散发着悲怆的气息。

箫的男朋友小杜有一天在铁路道口看见了芝,芝对亡夫的刻骨铭心的眷恋使他颇为感动,同时他也担心芝的安全。第二天小杜与箫在公园约会时提及此事,他发现箫的反应极为平淡。

你别让她去铁道口了。那里很危险。小杜说。

她有病。她要去,我有什么办法?箫说。我不管她。

你应该管管。虽然她不是你亲生母亲,但也是养母。你不管谁管她?

我不记得她是怎么养我的,我不知道自己是怎么长大的,所以我不领谁的情。箫低下头咬着嘴唇说。

小杜看见箫的眼圈有点发红,他知道箫对她家的事是讳莫如深的。但是好奇感促使小杜紧追不舍,他谈了一会儿闲话,突然又问,箫,你的养父是怎么死的?

箫沉默不语。她转过脸看着别处,过了好一会儿说,你为什么要打听这些？这跟我们的事有什么关系？

小杜说我只是随便问问，你要不想说就不说。

那天箫借口上厕所不辞而别离开了公园。箫和小杜的约会经常出现这种尴尬局面，许多次不欢而散，然后又再次见面。他们的恋爱不冷不热地持续着，其中一个重要的原因是双方都不想轻易地放弃对方。小杜三十一岁了，是同济大学毕业生，想结婚但没有房子，而箫也二十八岁了，箫是个卖猪肉的营业员，她在红旗照相馆的楼上有永远的房产继承权。他们都逾越了浪漫年龄，一切要从实际出发。

箫和小杜准备登记结婚的前夕开始着手处理养母芝的问题。箫为此调休一天，专程去芝以前工作的水泥厂商量。她直截了当地提出了送芝去精神病院的要求。水泥厂方面很吃惊，他们说，为什么要去那里？芝的病很轻，完全可以在家里调养。箫说，你们不了解情况，她经常去铁路道口，出了事怎么办？谁负这个责任？水泥厂方面说，你是她女儿，你当然有责任照顾她。再说她病休二十几年，厂里付的医药费已经够多了，住院的费用是付不出了。箫说，你们不肯付难道让我付吗？我一个月八十元工资，还要准备结婚，我拿什么付？箫说着说着就哭起来，许多伤心事一齐袭上心头，箫最后已是泣不成声。水泥厂方面因而动了恻隐之心，同意将芝送到郊外的精神病疗养院去。

一个春光明媚的周末上午，箫提着网兜和一口皮箱把芝送上了吉普车。芝一手抱着她最钟爱的红色康乃馨花束，一手抱着亡夫留下的解放鞋走上汽车。她没有做任何反抗，箫看了看芝的宁静木然的脸，轻声劝慰说，去吧，养好了病我再接你回家。

萧结婚的时候，娴已经瘫痪在床上了。萧和小杜的新婚之夜，娴不停地用棍子敲打墙壁，这让小杜感到非常扫兴，他说，她想干什么？萧说，可能又想吃东西了，别理她。她一天到晚躺着，光想吃。小杜说，老这样敲不是办法，你去看看她吧。萧说，不去，让她敲，她存心不让人安静，我恨死她了。小杜无奈地听着墙壁上的反弹声，他说，这样敲我们什么时候才能睡？你不肯去我去吧。

小杜披上毛衣推开娴的房门。娴躺在昏暗的荧光灯的光圈里，她的脸色微微发青，酷似一只苍老的苹果。

你想喝水吗？小杜站在门口问。

娴没有回答，她在翻着一本发黄的影集。

你想吃点什么？小杜又问。

娴抬起头看了眼小杜，然后指了指影集说，你知道吧？我从前是个电影明星。

萧结婚后的第二个月物价就上涨了。她事先得到消息后首先想到的是贮备食品，她买了许多猪肉、鱼、鸡蛋之类的东西，腌在坛坛罐罐里。厨房里放不下，萧让小杜把腌鱼腌肉放到桌子底下、阁楼上面。萧在家里走出走进，到处闻到从腌鱼缸里散发的腥臭，她厌恶所有不良气味，但她没有办法。萧当家，她必须精打细算，她必须每个月往银行里存一百块钱，才有可能在两年内置备电视机、冰箱和洗衣机。别人有的东西箫也想拥有，而这个目标的实现必须靠箫的努力。

箫裁减了所有不必要的开支。她首先减免了娴的牛奶。娴喝了几十年的牛奶，第一天喝速溶豆浆晶时她把碗摔在地上。娴说，我的钱呢，钱都到哪里去了？连一瓶牛奶也不给我喝了。箫说，坐吃山空，你的钱都让你吃光了。我反正一分钱没拿到你的，给你豆浆喝算我孝顺了。娴躺在床上又哭又闹。箫不为所动，后来她把豆浆碗拿走，说不喝也行，你就跟我们吃泡饭吧，我已经吃了三十年泡饭了，我连速溶豆浆也没喝过。

箫的第二步计划是逼小杜戒烟。小杜起初坚决不同意，小杜说，我活在世上就好个烟，你不能剥夺我抽烟的权利。箫说，什么权利不权利？你烧的不是烟，是钱。我们现在不需要权利，需要钱。我们需要电视机和冰箱，一切都需要钱，等有了钱置齐了东西，你抽不抽烟我就不管了，到那时候你再要回抽烟的权利吧。小杜惊异于箫思维的直接和轻灵。他顺从了箫。他深知箫限制的实际是他买烟的费用，所以小杜后来就成了个专门蹭烟抽的人。研究所的同事讥笑小杜怕老婆。小杜不承认，他说，我不是怕她，我其实是可怜她。她要钱我满足她，男人就应该满足女人的各种愿望，否则世界和人类就不会延续下去了。

后来的一次食物中毒使小杜对腌肉产生了深深的恐惧。小杜吃了家里最后那坛腌肉后腹泻不止，他知道是肉没腌透，时间一长就变质了。小杜硬撑着跑到医院去挂了一瓶盐水，他一个人躺在观察室里想到婚前婚后许多事，忽然感到婚姻的某些前景是黯淡的。后来箫急匆匆地来了。她坐在床边对小杜的病情百思不得其解。

食物中毒？箫不相信，她说；我也吃了腌肉，我怎么没中毒呢？

可能你吃惯了变质的东西，肠胃功能好。

别胡说。箫沉下脸说，如果你不想吃腌肉可以直说，也不用拿中毒来吓我。

小杜再也按捺不住，他说，从来没见过你这样庸俗无知的女人。

箫瞪大眼睛看着小杜，她回味着小杜的话，过了一会儿她低声哭泣起来。箫说，好吧，我庸俗，我无知，我害得你食物中毒，这个家我不当了，你愿意吃什么就买什么。

小杜说，这跟谁当家没有关系。

箫继续哭泣，她突然从皮包里掏出一叠钱摔到床上，箫说，这个月的工资给你，你来当家吧。我本来就不想当这个穷家。箫说完就站起身走了。走到门边，箫回头看看床头挂着的盐水瓶，意识到小杜是在输液。箫又慢慢地走回来，坐在床上。但她是用背对着小杜的，所以小杜看不见箫是否还在哭。小杜面对的是箫的后背。箫的后背浑圆有力，显示着女性柔韧的意志。小杜认为这种意志缺乏依据但却是难以抗拒的。

箫，我有一种奇怪的想法，好像是我嫁给了你，而不是你嫁给了我。小杜平静下来后对箫这样说。

箫没有听见，或者是听见了不想回答。她仰望着透明的输液管里慢慢流动的液体若有所思。箫在二十八岁上结了婚，箫有着所有已婚女人对生活的忧虑和幻想。后来她低头从指甲缝里抠出一块油污，弹在地上。

我有一种更奇怪的想法。箫突然说，我为什么不是个男人？我不喜欢女人的生活。你们做男人的不知道做女人有多苦，有多难。女人不一定非要结婚，可她们离不开男人，最后都会结婚。我不知道为什么，所以我瞧不起女人，我也瞧不起自己。小杜，你瞧得起我吗？

小杜躲避着箫的视线，他不愿意回答这个问题。箫怀着一种绝望的心情拧她丈夫的手臂，她说，你说呀，说实话，你瞧得起我吗？

瞧得起怎样？瞧不起又怎样？小杜歪过头去闭上眼睛，说，婚都结了，你都怀孕了，还能怎么样？

箫怀孕四个月的时候听说了小杜在外面的风流韵事。有个女友告诉她，看见小杜和一个女的在咖啡馆里喝咖啡。箫起初不相信，她说，小杜每月只留五块钱零花，他哪儿有钱请女人喝咖啡？女友说，你真傻，哪个男人没有私房钱？你就相信他只留五块钱？箫想了想说，我无所谓。他要在外面胡来，我也可以，一报还一报，可惜我现在怀孕了，这副样子太难看了，没有男人会看上我。

有一天小杜穿了一套西服出门，说是去参加朋友的家宴。箫从丈夫的神色中一眼看出了问题。她坐着织毛衣，淡淡地说，你去吧，早点回来。小杜刚下楼梯，箫就放下了手里的活计。她尾随其后，跟着小杜来到暮色渐浓的街道上。箫穿着睡裙和拖鞋，满腹狐疑地走在繁华拥挤的街道上。她看见小杜站在一块公共汽车路牌下，好像在等车。萧正在犹豫是否要跟他上汽车时，一辆汽车靠站了，小杜没有上车，他只是急切地扫视着从车上下来的人。他是在等人。萧这样想着就到路边小摊上买了一袋瓜子。她倚在广告牌后面，一边嗑着瓜子，一边注视着街道对面的小杜。小杜在暮色中的脸苍白而模糊，他的焦灼期盼的目光像剑一样刺着萧的心。萧觉得她的心正一点点慢慢地下坠，一种深深的凉意在她脆弱的体内荡漾开来。萧看了看天空，天空也正在一点点慢慢地黑下来，整个世界空空荡荡。

从车上下来的是一个穿杏黄色裙子的女人。萧看见了她的脸和身材。那是个和萧年龄相仿相貌平平的女人。萧很快对她作出了这个判断。她并不比我漂亮。萧想。她朝前走了几步，又往后退了几步。她犹豫着是否要走过去对他们说点什么。小杜和那个女人相拥着朝这面走过来了。萧听见了那个女人清脆快活的笑声。正是她的笑声最后激怒了萧。萧决定不再回避，她突然站在他们面前，不动声色地嗑完了最后几颗瓜子。最后萧响亮地清了清嗓子，朝他们脚下吐了一口痰，然后她把手里的瓜子壳全部扔到小杜的脸上。萧对小杜冷笑了一声，你的酒宴吃完了吧？吃完了就跟我回家，外面流行性病，你可别染上了。

萧始终不去正眼注视那个女人，这是表明她鄙视她的最佳手段。她扭着腰肢朝前走了一段路，回头再看他们，小杜僵立在路上，一动不动，而那个女人已经汇入大街上的人群，匆匆离去。萧站住等小杜过来，但小杜仍然不动。萧低声咒骂了一句，骚货。她自己也不清楚咒骂的对象是小杜还是那个女人。

那天小杜在外面待了很长时间才回家。萧不知道那段时间小杜在什么地方，她闻到了小杜身上有股强烈的酒味。小杜昏昏沉沉地爬到床上来，嘴里发出酒嗝的声音，身体散发出浑浊的热气，使萧感到厌恶透顶。她踢了小杜一脚，给我去洗个澡，你怎么这样臭？你要让我吐了。小杜没有吱声，他仰面躺着，呼呼地喘气。萧又踢了他一脚，快给我滚下床去，你这个下流男人，你有什么脸躺在我的床上？萧的脸上猛地挨了沉重的一击，她恍然意识到那是小杜的拳头，她不相信。萧头晕目眩地跳下床，她想找台灯的开关，却怎么也找不到了。她抓过一本书朝小杜身上砸去，她尖声叫起来，小杜，你敢打我，你有什么脸，竟然敢打我？小杜在黑暗中躺着，他说，打的就是你，你让我丢尽了面子。萧说，你还要面子？你要面子就别干下流事。小杜这时候冷笑了一声，我干下流事？我再下流也没跟自己的养父睡觉。你这种女人，你有什么资格来干涉我的自由？萧站在黑暗中颤抖着，她不知道是谁把这个致命的隐私告诉了小杜。萧的眼泪无声地淌过脸颊，绝望和悲愤使萧咬破了嘴唇，她站在冰凉的水泥地上无言以对。事到如今，什么都不用说了。萧想，不要解释了，事到如今，什么都不要解释了，她需要的只是报复伤害她的男人。

萧婚后一年，小杜提出了离婚要求。萧对此有足够的思想准备。当小杜阴沉着脸说出离婚这个不祥的字眼时,箫粲然一笑,她用讥嘲的口吻说,你是个大学生,怎么连婚姻法都不懂?女方怀孕期间,男方不能提出离婚要求。小杜说,那好吧,就等孩子出生后再离吧,反正我决心已定,你我无法再共同生活了。箫说,这事可不是全由你定,离不离婚还要看我高兴不高兴呢。小杜说,你到底什么意思,你不是也想离吗?箫看着小杜的脸凝神思考着什么,最后她说,离是要离,但我不会让你太便宜了。

此后就是长达三个月的分居。小杜住在单位的集体宿舍里,他重新回到了从前单身汉的快乐时光中,日子过得轻盈而充实。有一次他和女友一起骑车路过红旗照相馆,看见箫在路边菜摊上买莴苣。箫没有看见他们,她和菜贩耐心地讨价还价,最后拎着一篮莴苣满意地离去。小杜看见了箫的腹部沉重万分,想那里孕育着他的骨血,小杜感到惘然若失。他对女友说,你知道吗?婚姻其实是一只巨大的圈套,只要你钻进去,生活就变得莫名其妙。

1987年的夏天异常燠热。这年夏天有许多老人死于酷热的气候。娴就是其中的一员。当七月将近的时候,昔日汇隆照相馆的楼上已经热如蒸笼,娴在病榻上辗转反侧,她预感到死神正在渐渐逼近,但她除了大量吞食雪糕和冰水,没有其他办法反抗。娴得了褥疮,她时常哀求箫给她做全面的清洗,但箫只是敷衍了事地给擦洗一番。箫捂着鼻子,她对娴说,我这样也对得起你了,你看我挺着大肚子,我也很累,我也想让人给我洗一下呢,可我没这个福气,我在这个家里从来就没得到一点好处。娴后来又要求箫去买冰放到房间里,箫终于忍不住叫起来,够了,你别再烦我了,电扇一天到晚吹着,天天一度电,你还要冰。既然这么怕热,你当初怎么不跟那个老板去香港,香港有冷气,再热也不怕,还有佣人伺候,你为什么不跟他去?

娴老泪纵横。娴在弥留之际经常沉湎于往事的辛酸回忆中。一本发黄的影集就放在枕边,但她已经无力去搬来欣赏,影集里有她年轻时留下的美丽倩影,这是她一生中唯一为之骄傲的事情。娴觉得她的一生像纸片一样被渐渐风化,变成碎片。她想起1938年与孟老板短暂的欢情,想起对那次堕胎手术的逃避,又一次心如刀绞。

我怕痛。娴说,就因为怕痛,断送了我的一生。我要是做了手术,不会有芝,也不会有你,我就会过上好日子了。我要是跟他走了,现在也用不着看你脸色挨你骂了。

那不一定。女人永远没有好日子,这跟男人没有关系。箫一针见血地回答了娴的臆想。

娴在弥留之际好像被一种可怕的意象折磨着。她让箫给她拿一把刀来。箫说,你要干什么?娴的脸色潮红,双眼炯炯发光。箫走到厨房里,拿刀回来,正好看见娴微笑着溘然而逝。箫听见窗外飘来一阵如泣如诉的歌声。这是送娴去黄泉之路的唯一仪式了,箫想她为娴做了解脱,而女人与女人的心其实是相通的。女人的共同敌人是男人,但女人却是为男人而死,箫想这不是一件公平的事。

1987年的夏天萧独自居住在照相馆上。她每天中午从菜场回家，一半时间倚窗冥想，另一半时间用在拖地板楼梯这类家务事上。萧拖着沉重的身子，拎着水桶拖把来往于楼上楼下，重复着同一种单调的擦洗动作。从窗户门缝里挤进了1987年热闹的街市声，但是萧对外面的世界无动于衷。

萧现在是一个人生活了。她竭力把小杜留下的所有痕迹都抹去，其做法酷似当年被抛弃后的娴的做法。最后她站到椅子上，摘下墙上的结婚照。她取出照片细细端详了一番，用剪刀把照片剪成两半，一半是她自己，另一半是小杜。萧把小杜的那一半剪成许多碎片，捧着它们扔进抽水马桶，然后她很利索地放水冲掉了那些碎片。想到小杜的照片已经混迹于粪便和污水之中，萧憔悴的脸上第一次出现了稚气的笑容。

萧怀孕八个月的时候去医院做最后一次围产期检查。医生认为萧有早产的迹象。萧的神色立刻变得忧心忡忡。医生说，你别着急，不管是否早产，婴儿都能活下来。萧说，我不是这个意思，我是担心没有时间，我还有一件更重要的事情没办好呢。医生说，还有什么事情比分娩更重要呢？萧轻声地笑了笑，她说，当然有，不过这事我不能告诉你。

第二天萧像往常一样去菜场工作。她卖掉了很多肉，很快肉案上就空了。萧用抹布擦了擦刀，跑到别的肉摊上割了一块五花肉。她对同事说，晚上小杜回家，我要招待他吃红烧肉。萧后来就把那块肉连同刀一起塞进包里，有同事好奇地问，这么重的刀你带回家去？萧说，这刀快，好用，我带回家派用场。

箫在公用电话亭里给小杜打了电话。小杜很吃惊,因为箫从来没给他挂过电话。箫在电话里的声音柔弱而自然,她说,等会儿你回家吧。我请你吃饭,谈谈我们离婚的事情,这事不能再拖下去了。

傍晚时分小杜如约而至。他带来了一筐橘子和一袋话梅,那都是箫最爱吃的东西。箫的表现很平常,她在炉边忙着炒菜煨汤,她对小杜说,你别客气,现在还没离婚,我们还是夫妻,夫妻之间没什么客气的。

小杜的心情忐忑不安。他认为箫的邀请有所企图,所以一直等着箫的实质性话题。但箫始终不提,她只是殷勤地给小杜夹菜盛饭。小杜终于忍不住了,他说,箫,你想提条件尽管说吧,我会尽量满足你。说吧,你想要多少钱?箫从容不迫地盯了小杜一眼,她说,为什么提钱的事?我如果要十万元你拿得出吗?你拿不出,我也不想要你的钱。小杜说,那么孩子由我来付抚养费吧,每月八十元够吗?箫摇了摇头说我生的孩子我自己养,跟你没关系,孩子也用不着你抚养。小杜感到疑惑不解,他看着箫平静从容的脸,突然觉得她是一个完全陌生的女人,小杜说,我真的没想到你对我这么宽容,那么你到底还希望我做些什么?箫这时候妩媚地笑了一笑,她凝视着小杜的脸,过了很长时间,最后她用一种轻松自如的语调说,你今天睡家里吧,我跟你情义未断,今天夜里做最后一次夫妻吧。最后一次,一了百了,以后我们各走各的路,谁也别管谁。

夜里十点钟左右，小杜茫然地爬上了床。小杜与箫大约保持着一拳之隔的距离躺着。他再次温习了箫的身体所散发的女性气息，想起他的这段短暂的婚姻经历，小杜痛切地感受到生活的种种矛盾。有许多话想与箫谈，但箫对空泛抽象的话题从来是不感兴趣的。小杜偷偷地观察箫的睡姿。箫侧卧着，脸朝向他这一边。借着月光可以看见箫的眼睛是闭着的，刚刚烫过的头发无力地卷成一团，遮盖了她的一半脸部表情。小杜想她也许很累了，而他也很累了，他们都需要睡觉了。因为该说的话都已经说完，该做的事也都已做完。

凌晨二点，当窗外第一辆送牛奶的三轮车哐当当地驶过时，箫轻轻地下了床。她走到镜子前，借着那一点幽暗的反光整理了一下凌乱的头发，箫看见自己的眼睛在黑暗的房间里闪着灼热的光亮。她在房间里来回踱了一圈，最后从书架上抽出那把割肉刀。也就是这时候，箫感觉到了分娩前最厉害的阵痛，她的整个身体都在这种异常的痛楚中下坠，箫挣扎着朝床边走去。她一直想在分娩前完成这件重要的事情。但现在不行了，分娩前的阵痛使箫脆弱乏力，她的意志也在这一瞬间迅速崩溃，箫举着她用惯了的割肉刀，她知道她已经无法下手了，也许她本来就缺乏这种力量。绝望、恐惧和疼痛交织在一起噬咬着箫的心，箫猛地爆发出一声凄厉的哭声，她看见自己的持刀的手颓然垂下，当地一声，那把刀沉沉地掉落在地。

小杜惊醒时看见箫哭泣着朝门外挪。小杜说，你怎么啦？箫听见小杜的声音放声大哭，她断断续续地说，送我去医院，我的羊水破了,我要生了。

萧在市妇产医院产下了一个女婴。萧在分娩时不停地哭泣,助产士们以为她是怕疼,她们当然无法分辨产妇们哭泣的内容,其实每一种哭泣的内容都是不尽相同的。

小杜作为家属在产科病房里照顾萧和婴孩。萧从产床上下来后没有同小杜说过话。到了第三天,护士们把婴儿车从里面推出来,萧一眼就认出了她的女儿,她指着婴儿车对小杜说,左边第三个,去抱来吧,那是你的女儿。

萧的奶水很足,她给婴孩喂奶的动作协调而熟练,这让小杜很吃惊。小杜坐在一边,看萧给婴孩喂奶。阳光从病房的百叶窗折射进来,萧的憔悴而苍白的脸上浮现出一种隐隐约约的金黄色,萧凝视着她的孩子,目光柔情似水,旁若无人。小杜倏然发现萧原来也有着一种美丽,小杜又想,哺乳的女人也许都是美丽的。

后来萧终于说话了。萧一边轻轻拍着熟睡的婴儿,一边淡淡地问,你看见地上那把刀了吗?

看见了。小杜狡黠地一笑,他说,其实那天夜里我根本没睡熟,我知道你有阴谋。

你知道我想干什么吗?

知道。我还知道你下不了手,所以我一点也不害怕。

如果不是这孩子,说不定我就下手了。我豁出去了。

如果这样就会发生格斗。你怎么打得过我呢?一般来说,女人都敌不过男人。

我不相信。走着瞧吧,小杜,我不会轻易地放过你。

这是1987年的深秋。这一年许多青年妇女在打离婚,萧只是其中的一个。

另一种妇女生活

作为老字号店铺的简家酱园已经不复存在，昔日的后院作坊现在是一个普通的居家院落，长满了低矮的杂草和沿墙攀援的藤蔓，晾衣绳上挂着一些浅色的女人的衣裳，唯一让人想起往事的是五六只赭红色的古老的酱缸，它们或者摞在一起，或者孤单而残破地倚在墙角，缸里盛着陈年的污水和枯枝败叶。两扇被钉死的木门将院子和店堂严格地隔离，也将简氏姐妹清净枯寂的生活和嘈杂尘世画了一道界线。

店堂里仍然卖着酱油，是用黄鱼车从酿造厂拖来的统货，按照成色分甲乙两等价格出售，除此之外还有菜油、食盐、米醋、白酒和各种酱菜，店堂里终日洋溢着酱制品的酸甜而醇厚的气味。3个女店员卖酱油都卖了一段很长的历史，她们的头发、手指和皮肤上也沾满了酱油的气味，她们对此已经习以为常。正午以及午后时分这里经常是空寂而索然的，3个女店员头顶上的楼板便吱吱嘎嘎地响起来，那是简氏姐妹在楼上走动和打扫发出的声音。它们往往是轻轻的小心翼翼的，即使这样，女店员也能从中判断简氏姐妹离群索居的每一个生活细节。尤其是顾雅仙，她能准确地分辨楼上的姐妹在马桶里解手的声音，甚至听得见针线从绣花棚架上坠落在地板上的声音。

但是女店员们很少看见简氏姐妹。简氏姐妹进出走一扇旁门，那扇门异常地低而狭小，恰恰是为纤细小巧的主人特意设计的，男人进门必须低头弯腰，但是从来没有哪个男人走进那扇门里去。整条香椿树街的居民都知道简少贞和简少芬从未婚嫁，多少年来姐妹俩一直离群索居在酱园的楼上。只有卖酒酿的人经常看见她们，他知道她们喜欢酒酿，每次在酱园前敲打竹梆时，他会看见姐姐或者妹妹的苍白模糊的脸在楼窗上一闪而过，然后是一只同样苍白模糊的手，从窗内放下绳子和吊篮，吊篮里放着一角钱和一只蓝花细瓷的小碗。

天气时阴时晴，又是南方的梅雨季节了，从街角垃圾堆孳生的苍蝇一路追逐着空气中酱制品和咸鱼的气味，嗡嗡地飞入酱园来。趁午后店堂清闲了，3个女店员拿起了苍蝇拍到处追打讨厌的苍蝇，经常有被拍死的苍蝇掉进酱油缸里，她们就用手把它们从里面捞出来。这些行为是不符合墙上张贴的食品卫生条例的，但是眼不见为净，买酱油的人从来不计较酱油是否含有细菌。

3个女店员中粟美仙是资历最老的,她从17岁来酱园后一直就守着这片曲尺形的白木柜台,她看着店门上方的恒福酱园的牌匾雨打风蚀,最后颓然断裂,差点砸到酱园前摆摊修鞋的老皮匠头上。有时候粟美仙以一种饱经风霜的语调向顾雅仙和杭素玉发牢骚,说现在的酱油和乳黄瓜在从前都是上不了恒福酱园的柜台的,顾和杭都不屑于接粟的话茬,并且觉得这种牢骚发得莫名其妙。顾说管那些干什么,又不是你一个人在吃酱油,好坏大家一个样就没什么可埋怨的,杭则刻薄地说,你嫌它不好就别吃,还省得天天把个酱油瓶带出带进的。杭素玉的话锋直指粟美仙顺手牵羊的陋习,粟美仙难堪地沉默了一会儿,突然就用苍蝇拍在柜台上猛拍一记,对着虚拟的苍蝇说,你跑店里来拉屎吗?你以为你很干净吗?

她们之间的关系是微妙而多变的,3个女人互相不睦,但爆发嘴仗的往往是在粟和杭之间,一旦发生口角粟和杭都习惯于争取顾的支持。顾雅仙通常是袒护杭素玉的,但也有例外的时候,因为顾雅仙不想真正地得罪粟美仙,粟美仙的嘴惹人憎厌,手却巧得令人羡慕,她的针线活在香椿树街的妇女群中是数一数二的,顾雅仙有时候要托她给儿女缝衣裳做棉鞋。

酱园也有个店主任,叫孙汉周。孙汉周主要是街西糖果店的主任,兼职领导酱园的3个女人。每逢星期日他就到酱园来站柜台。孙汉周是个不太严肃的男人,喜欢和顾雅仙动手动脚地打闹,前来买油盐的居民在夏天曾经看见一个滑稽的场面,顾雅仙追着孙汉周要扒他的短裤,而孙汉周在黄酒酒坛和酱油缸之间绕来绕去，他的短裤不时地被顾雅仙扒下一部分，露出一块雪白的皮肉，然后又在尖叫和哄笑中掩上了。他们的游戏不愠不恼，而粟美仙和杭素玉在一边观望，脸上没有什么明显的表情。这种事情自然会在香椿树街上张扬出去，有妇女在街上拉住匆匆路过的粟美仙，向她刺探顾雅仙与孙汉周的关系，粟美仙微笑着站住，她的神情是洞察一切的。会咬人的狗不叫，粟美仙说，说完意味深长地一笑，好事的妇女干脆把粟美仙拉到自己的家里，她也不推辞，拎着只人造革的蓝包坐下来，一边嗑葵花籽一边娓娓道来。

其实顾雅仙跟孙汉周倒是清白的。粟美仙说到这儿就把话头打住，边上的人急于知道下文，但她把那只人造革包的两根袢手打了个结，站起来又要走了。她说，还要回家做晚饭呢，不在这儿嚼舌头了。

那么孙汉周到底跟谁呢？妇女们追着粟美仙到门口问。

你们自己猜吧，酱园里有3个女的，你们猜是谁？粟美仙边走边说。总不是我吧？我都老得像根酱瓜了。

结论是不言而喻的，有关杭素玉和孙汉周的风流韵事就这样在香椿树街不胫而走。几天后杭素玉的丈夫老宋操着把菜刀闯进酱园，直冲孙汉周而去。杭素玉和顾雅仙两个人合力抱住了暴怒的老宋，孙汉周脸色煞白，摊着两只沾满酱汁的手说，这是怎么啦？好端端的怎么要砍我？老宋从柜台上抓起几块玫瑰腐乳朝孙汉周脸上掷去。我砍不死你就要去告你，告你利用职权玩弄女人。老宋放开嗓门怒声大喊，看你还敢不敢碰我的女人。孙汉周苦笑着抹掉脸上的污渍，他看了眼杭素玉说,杭素玉,你当着大家的面说,我什么时候碰过你?我什么时候玩弄过你?杭素玉的眼睛里一半是泪水,一半是怒火,她夺过丈夫手里的菜刀,在柜台里烦躁地走了一圈,最后她站在粟美仙身边不动了。杭素玉朝粟美仙耳边嘀咕了一句脏话,猛地就将手里的菜刀砍定在白木柜台上。杭素玉厉声说,大家都听着,谁要再敢造我的谣,我就用这把刀把她的舌头割下来,割下来塞她的×缝。

这类事情搞大了也就收场了,并没有彻底澄清的必要。说到底香椿树街也非恪守礼仪之地。后来顾雅仙在谈论此事时采取了一种豁达宽容的态度,她对粟美仙悄悄地说,他们其实也就是掐掐摸摸那一套,你别大惊小怪的,比起肉联加工厂的那些骚货,我们酱园真该竖块贞节牌坊了。

孙汉周后来离开香椿树街,在城北的一家煤店当店主任,那里的人都知道孙汉周是因为生活作风问题调动工作的。他自己也不忌讳这个话题,口口声声说,跟女人在一起有苦说不出,被杀了头都不知道脑袋是什么时候落地的。并发誓说他的煤店再也不要女工了。奇怪的是后来孙汉周的煤店里也是清一色的女工,而且又闹出了类似的风波。这当然是另外的故事了。

酱园的柜台里仍然站着3个女店员,在店主任空缺的情况下由顾雅仙负责。有一天顾雅仙给顾客打完一斤酱油,突然想到什么,噗哧一声笑了起来。旁边的杭素玉问她笑什么,顾雅仙说,我想起了孙汉周那个倒霉蛋,他是酱园的第几个店主任了?杭素玉白了她一眼,没有说话。而粟美仙很认真地扳着手指算了算,最后说,从公私合营到现在,有十六七个了,我记得很清楚。顾雅仙收敛起笑容,若有所思地说,也奇怪,男人到我们这里都待不长。她说着扫视着两个女同事,又抬头看了看顶上的铺着报纸的楼板,楼上有简家姐妹轻缓的脚步声。顾雅仙说,大概这酱园的阴气太盛,是男人就不该来酱园吧?

透过窗外的霏霏雨线,可以俯视香椿树街的雨中风景。简少芬看见有一辆嫁妆车披红挂绿地经过泥泞的街道,两边有人打着伞遮蔽雨点。简少芬站了起来,她想看看那个在雨天出嫁的新娘,但新娘乘坐的车子也许已经过去了,她只看见一群孩子淋得湿漉漉的,追着那辆嫁妆车疯跑。

你在看什么?简少贞说。

结婚。有一辆嫁妆车过去了,6条被子,好像都是真丝和软缎。简少芬听见街东的方向有鞭炮声稀稀落落地响起,她说,好像是学校隔壁那家,那家有5个儿子。

这种阴雨天,结了婚也要倒霉的。简少贞的手在绣花棚架上拍了拍,语气很厌烦地说,把窗子关上吧。

简少芬应声关上了窗子,这样房间里的光线一下子就变得黯淡了,淅沥的雨声也被隔绝在外面。她重新坐到绣花架旁,分理着绞成一团的彩色丝线。她看见姐姐苍白得有点浮肿的脸上残存着一丝愠色。

开灯吧。简少贞又说,逢上阴雨天我就看不清丝线的颜色,听见下雨声我的心里特别烦。

简少芬就拉了拉身边的灯绳。楼上的这间大房间被昏黄的灯光映照着,显现出一种古典的繁琐的轮廓。笨重的红木家具环绕四壁排列,镜台上的座钟嘀嗒嘀嗒地响着,北墙上挂着已故的简老板夫妻的发黄的遗照,照片下面就是那张庞大的红木雕花大床,灯光乍亮时简少芬看见一只老鼠从床底下窜出来,最后消失在墙角不见了。

这样幽暗沉闷的生活年复一年,日复一日,简少芬这一年46岁,她记得姐姐比自己大8岁,那么姐姐已经是54岁了。有时候她静静地注视姐姐佝偻的瘦小的背影,心里就有一种对垂暮之年的惶恐。简少芬在发现自己提前绝经时,坐在马桶上哭了整整一个黄昏。这是一个衰老和灭亡的信号,预示她作为女人的某种权力已经丧失。她觉得自己对此是有心理准备的,但她无法抑制从心里喷发出来的哀愁。泪眼朦胧中她看见姐姐站在布帘旁边,无言而关切地注视着她。后来简少贞以一种淡淡的语气说,你怕什么?还有我呢。

你怕什么?还有我呢。简少芬记得幼年时姐姐经常这样劝慰她。她记得从前总是被姐姐搂着睡觉,尤其是在父母双双亡故后,姐妹俩总是相依相偎度过每一个漆黑阴沉的夜晚。这种亲昵的习惯一直持续到简少芬16岁那年,有一天夜里简少芬梦见一块巨石压在她胸前,使她喘不过气来。等她大汗淋漓地醒来,发现巨石原来就是姐姐的手,那只手正沉重而无知无觉地按在她双乳之间。简少芬搬开了姐姐的手,她的初隆不久的乳房有胀疼的感觉,这使她又惊又羞,从此她不愿意再和姐姐睡一个被窝了。她记得她搬了床棉被睡到小床上去，但是黑暗的空间和噩梦加深了恐惧的感觉，她当时16岁，却无法离开姐姐单独睡眠。几天后她又回到了那张红木雕花大床上，她采取了一个折衷的办法，她睡大床的内侧，让姐姐睡在外侧，每人盖自己的被子，姐姐没有反对，她只是略含幽怨地望着妹妹说，随你怎么睡。简少芬知道姐姐对她是宠爱有加的，特别是在从前。于是姐妹俩分而不离的睡眠习惯就这样延续至今。

简少芬记得从前经常有一些亲戚和邻居来敲门，他们大凡是来提亲的。起初是给姐姐提，姐姐总是以各种理由拒绝，其中最重要的一条是有关自己的。简少贞说，我不嫁人，我嫁了人让少芬怎么办？少芬离不开我。他们又提出几个愿意入赘的人选，简少贞还是摇头，她说，我们家不要外人进门。等到客人离去后，简少芬看见姐姐在厨房间摔摔打打的，脸色很难看。你别以为这些人是好心，他们都盯着爹娘留下的财产呢。简少贞冷笑着对妹妹说，我这辈子就没打算嫁男人。我这清清白白的身子为什么要去送给那些臭男人？及至后来，简少芬长成了一个小巧玲珑如花似玉的大姑娘，每次去刺绣厂送加工的绣品时，香椿树街上有几个男人的目光灼热地追逐她的背影，她走路时习惯低着头，习惯沿着路边房檐下走，但她还是感觉到了那种目光。她有点惶惑，有点惊喜，更多的则是犹如芒刺在背的不适应。简少芬背着装满绣品的包袱走在香椿树街上，脸忽红忽白，当她走过石码头空地时，她的眼神是一只惊慌的小鹿，阳光一无遮拦地直泻在简少芬身上，人们注意到她的皮肤在阳光下泛出雪白的光泽，就像又薄又脆的蜡纸。酱园简家的小女儿因此给人留下了美丽而又脆弱的印象。

后来上门提亲的几乎都是为简少芬而来的，他们耐心地劝说简少贞让妹妹出嫁，而简少芬就躲在房里，她用手指塞住耳朵，塞了一会儿又松开，她想听听外面的谈话，却又害怕听见任何实质性的内容。

你到底想不想嫁？简少贞曾经这样逼问过妹妹，她的表情是严肃而深思熟虑的，你要是想嫁我也不拦你，我会给你置办一份像样的嫁妆。

不。简少芬摇着头说，我害怕，我不嫁。

主要是没有合适的，没有合适的还不如不嫁。简少贞凝视着妹妹的脸，深深地叹了口气，她说，他们就是容不下我们简家，非要把我们姐妹拆散了罢休。你别看他们脸上热心，把那些人吹得天花乱坠，其实都在骗人，我才不相信他们的嘴，我只相信自己的眼睛。

我也不相信，我只相信姐姐。简少芬说。

简少芬处处依附姐姐，这在姐妹俩多年的幽居生活里成为一种坚固的定势，而她们有别于常人的生活方式也渐渐消解了岁月和香椿树街上的流言蜚语，一直到红颜消逝，不再有人频繁地踏响酱园残破的楼梯。

一个雨后的早晨，简家姐妹打开了朝西的窗户。西窗是用油毡封钉的，平时从来不开。简少芬擦拭着窗户上的灰尘和毛茸茸的霉斑，忽然发现院子里的那棵桃树上结了果子，两只淡黄色的镶有红彩的桃子就悬挂在窗外，伸出手就可以摘到。她很惊奇，那棵桃树从来是只开花不结果的，你来看，两只桃子。简少芬又让姐姐来看，她发现姐姐站在窗前的眼神是疑惧不安的。简少贞对着桃树凝视了片刻，最后果断地抓起剪刀，探出窗外剪掉了两只桃子。她们听见两只桃子坠落在院子里，正好落在一口老酱缸的积水中，扑通一声，声音显得空洞而绵长。

怎么剪掉了？简少芬不满地看着姐姐手里的剪刀，她说，好端端的两只红桃，为什么要剪掉呢？

你不懂，这是恶花。简少贞俯视着酱缸里的那两只桃子，然后她关上了擦到一半的西窗，我记得爹娘死的那一年，院子里的桃树也结了两只桃子。

可是我喜欢那两只红桃，你不剪它们最后也会掉枝的，为什么不留在枝上让我看几天呢？简少芬的手指拨弄着榫形的窗栓，她申辩的声音很低沉，因为她突然有一种哭泣的欲望，那是睹物伤情的悲哀。她忍着从胸腔慢慢上涨的呜咽声，以背部抵御姐姐敏锐的目光，幸好房间里的幽暗掩盖了颊上的泪水。

简少芬从小就容易哭泣，到了后来，她的哭泣会由各种契机引发，无法止住更无法控制。简少芬的脸因此也像她姐姐一样，经常是浮肿的，皮肤的褶皱里布满了晶莹的水花，那其实是眼泪留下的痕迹。

月末酱园关门盘点，顾雅仙发现了店里钱账上的问题。她怀疑两个同事中必有一个贪污了柜台上的钱。这种事情不宜多声张，以免打草惊蛇。顾雅仙在账目上做了点手脚，把钱账交上了，但从此就多了个心眼，她开始暗中盯紧两个同事的手脚，她觉得她必须抓到证据才能说话。

顾雅仙起初怀疑粟美仙，怀疑她的那只人造革的蓝包，她偷偷地摸掐那只包，结果里面除了酱油瓶，连一个硬币也没有。粟美仙收钱找钱的动作也是明快而一目了然的，从来不在钱箱那里多作停留。在多日的冷眼观察中，顾雅仙不得不佩服粟美仙几十年养成的职业习惯。剩下来的目标是杭素玉，杭素玉从不往店里带酱油瓶，她说她讨厌在菜里放酱油，那种味道熏都熏怕了。顾雅仙想也许这就是一个聪明的骗局，也许她带回家的不是另拷酱油，而是钱柜里的钱呢？顾雅仙相信知人知面不知心的道理。

顾雅仙又开始盯紧杭素玉，盯了几天后就心灰意懒了，杭素玉住得近，上班连包也不带，而且她站柜台从来是懒洋洋的，只要柜台边有别人，她甚至不愿意去接顾客的醋瓶和酱油瓶。顾雅仙没有从她身上发现任何蛛丝马迹，她想这到底是怎么回事，明明有贼，但这个贼却怎么也抓不到了。

时断时续的黄梅雨落在外面的青石板路面上，空气潮湿而凝重，酱园的地板上每天都是湿漉漉的，洇满了顾客的泥脚印和水渍。顾雅仙的心情很烦躁，有一天轮到杭素玉休息，顾雅仙不知出于什么心理，竟然把她的发现告诉了素有隔膜的粟美仙。她没有指名道姓，但在这种状况下谈及此事，目标无疑就是杭素玉了。

我早就猜她手脚不干净。粟美仙的反应是平淡无奇的，她望了望门外雨中的街道和路人，挨近顾雅仙的身边说，你想想,她哪来这么多钱,买这么多皮鞋?买这么多的衣料?你没听说她家还要翻盖楼房吗?她要不偷哪来这么多的钱?

偷钱盖楼房倒也不会,少了不过十几块钱,顾雅仙打断了粟美仙的联想,她突然有点后悔把事情告诉粟美仙,于是又收口了。没有抓到证据,也不好随便冤枉人家。顾雅仙板下脸告诫说,美仙,你可别出去瞎说,说出去你自己负责,反正我没跟你说什么。

你怕她,我又不怕她。粟美仙自得地冷笑了一声,她说,她仗着和孙汉周那一手,以为自己是×王,连公家的钱也敢朝家里拿了,我还就看不下去。

没有证据,你别再说她了,就算我轧账轧错了吧。顾雅仙说。

我不信抓不到她的贼手。粟美仙最后恨恨地说,她的眼睛里闪烁着某种热切的光亮。

几天后酱园里爆发了一场罕见的殴斗。殴斗是在粟美仙和杭素玉之间发生的。那时候天已黄昏,香椿树街上的店铺正在纷纷打烊,人们听见酱园店里响起女人尖厉的叫骂声。他们透过虚掩的铺板朝里张望,看见粟美仙和杭素玉扭打在一起,让人惊奇的是粟美仙的手,它固执地伸到杭素玉的裤腰下,掏着什么,杭素玉尖声咒骂着拉扯粟美仙的头发,用指甲掐她的手,而顾雅仙在一边劝架。但是谁都可以看出她的劝架是不得力的,或者像一种做出来的姿态。

我让你掏!我让你来捉赃!杭素玉突然大叫一声,从裤腰下抽出一条紫红色的卫生带,抡高了朝粟美仙脸上打去,粟美仙猝不及防，脸上溅了几点脏血，一时愣在那里，杭素玉这时咯咯笑起来，她说，这回你找到我偷的钱了吧？

旁观者起初目瞪口呆，紧接着都掩嘴笑起来。在香椿树街女人之间的干戈之争是常见的，但这种场面人们还是头一回目睹。后来是顾雅仙跑出来赶走他们，并把门关上了。他们隔着门板，听见3个女人的声音在店堂里吵成一片，渐渐地就难以分辨吵架的内容了。以后数日余波在扩大，杭素玉用卫生带抽粟美仙成为香椿树街一时的新闻。

顾雅仙向中心店的主任汇报了酱园店员不团结的状况，她认为这种状况是多年来形成的，粟美仙和杭素玉积怨已深，双方都负有一定的责任。她还向领导倾诉了自己的难处，她说她夹在粟美仙和杭素玉之间，很难开展工作。

你觉得应该怎么解决酱园的不团结问题呢？中心店主任这样征求顾雅仙的意见。

调走一个人。顾雅仙慎重地考虑了一会儿，她说，不是菜场和肉店都缺人吗？酱园有两个人其实也够了，只要组织上需要，我可以不轮休，可以天天连轴转的。

那么该把谁调离酱园呢？中心店主任又问顾雅仙。

这我就不好说了，要得罪人的。顾雅仙显得满腹疑虑，试探地说，要是组织上为我保密，我就谈谈我的意见。

你别怕，我们会保密的，再说调人都是由组织上决定，你用不着怕得罪谁。

那就调杭素玉吧，她工作一贯吊儿郎当的。顾雅仙最后说。

杭素玉从酱园调去肉店的事就这样初步决定了。中心店主任直接找她谈了话，谈着谈着杭素玉嚎啕大哭起来，她觉得这是顾雅仙和粟美仙联合整她的阴谋，杭素玉指责中心店主任听信一面之词，而且以死威胁说，你们要是让我去肉店，我就死给你们看。

连续几天，杭素玉在柜台里对新的仇敌顾雅仙恶语相加，她总结了顾雅仙整她的原因，不外乎是嫉妒自己和前店主任孙汉周的亲密关系，杭素玉好几次把醋瓶往顾雅仙面前送，你爱吃醋，你给人家打醋吧。杭素玉看看对方佯笑的脸，愈发觉得她心里有鬼，干脆把一坛子米醋抱到顾雅仙面前，她说，我买下这坛醋，送给你回家慢慢喝吧。顾雅仙终于无法保持宽容大度的姿态，她猛地扬起手，狠狠掴了杭素玉一记耳光。你以为我怕你？顾雅仙说着用抹布擦了擦手，扇你的臭嘴我还嫌脏了自己的手。

现在杭素玉恨透了顾雅仙，回到家洗菜烧饭时也在不断咒骂顾雅仙，她觉得顾雅仙可笑之至，只不过代理几天店主任就摆开了主任的架子。她决定让丈夫去报一箭之仇。

杭素玉的做建筑工的丈夫老宋这次故伎重演，他再次操起菜刀闯进酱园，当着顾雅仙的面把刀砍定在白木柜台上，老宋瞪着两个神色紧张的女人，用手掌拍击着刀背说，我反正从山上三进三出了，你们要是敢欺负素玉，我饶不了你们，最多再过一次山门。

从某种意义上说，是杭素玉的刁蛮泼辣阻遏了这次调动，事情就这样耽搁下来，最后不了了之。酱园里依然是人们熟悉的3个女店员，只是她们的阵营有了明显的变化，现在顾雅仙和粟美仙经常是结盟的，而杭素玉则是相对孤立的，杭素玉对别人说，我才不在乎她们，我就是不离开酱园，我为什么要让她们称心？对于顾雅仙和粟美仙的关系，杭素玉也作出了判断，她说，你别看她们现在合穿一只鞋子，说不定哪天也会翻脸的，两个人都不是好东西。

简少芬拎着一只竹篮下楼，竹篮里装了好几只瓶子。虽然楼上楼下一板之隔，但她习惯于一次性地把油盐酱醋买齐了，这样可以尽量少地和酱园的女店员们搭讪说话，简少芬不喜欢和这些叽叽喳喳的女人说话，也不知道该怎么跟她们说话。

听楼板的响声，我就知道是你下楼了。顾雅仙笑容可掬地接过那些瓶子，她说，刚到了一盆甜面酱，味道很鲜，你买半斤吧，先尝尝吗？说着就舀了半勺送过来。

那就买半斤吧，简少芬说。简少芬的眼睛看着甜面酱。

好久没见你姐姐了，她怎么就不下楼散散心？换了我成天闷在楼上，肯定要闷出病来的。

她是有病，简少芬淡淡地说，心脏不好，最近关节炎又犯了，天天在炖中药喝呢。

怪不得我闻到一股药味呢，顾雅仙恍然大悟，关切地望着简少芬说，服中药管用吗？要不要我介绍一位医生，专门治关节炎和心脏病的，我女儿的心脏病就是他开刀治好的。

不用麻烦了。我姐姐只相信中医，只相信城东胡老先生的药方。简少芬委婉地谢绝了顾雅仙的建议，她从一只黑丝绒钱包里掂出钱，轻轻放在柜台上。买货不需要找钱，这也是简家姐妹购物共同的习惯，她们从来不去触碰别人的手，不管营业员是男的还是女的。

她们看着简少芬无声地闪出门外，她衬衫上的那股樟脑味也随之淡去了，少顷酱园的楼梯就发出了轻柔的响动，简少芬已经回到楼上，她正从3名女店员头顶上经过。女店员的头顶上就是那个幽闭的不为人知的世界了。

她走路怎么这样小心？她像怕踩死蚂蚁似的。顾雅仙突然笑起来，她说，她们姐妹从来就没正眼看过别人。

那是家教，粟美仙以一种知情者的语气说，你不知道简家的规矩有多少，简老头活着的时候就不准两个女儿出门，少贞上学都是由女佣人接送，上的是教会办的女子学堂，到少芬长大，女子学堂没有了，简老头就没让少芬上过学，当初大概是让她们守妇道的，没想到简老头死了几十年，两个女儿还守在这爿破酱园里，像守着个金库一样。

可怜死了。顾雅仙感叹着，突然想到什么，凑到粟美仙耳朵边说了一句悄悄话，那姐妹俩活了大半辈子，大概连男人的那东西都没见过吧？

粟美仙咯咯地笑起来，她拍了拍顾雅仙的肩膀，说，那也不一定，只有天知道啦。

粟美仙和顾雅仙的仪态引起了柜台另一端杭素玉的注意，杭素玉正在剪指甲，她怀疑两个同事正在说自己的坏话，就朝地上响亮地啐了一口，谁在放闷屁？杭素玉使劲抽着鼻子，一边把柜台上的指甲屑掸下来，她说，屁放得不响，倒是挺臭的。

楼上锅铲碰撞的声音穿过楼板的缝隙懒懒地掉下来,简家姐妹在准备她们的午餐了,不用抬头去看店堂墙上的挂钟,现在肯定是中午12点钟。女店员们熟谙简家姐妹的生活规律,12点的钟把楼上枯寂的一天分成两半,一半是沉闷的早晨,另一半是更加沉闷更加漫长的午后。简家姐妹的岁月就在绣花棚架下一成不变地流逝了,作为同样的女性,酱园的女店员们觉得简家姐妹的生活是不可思议的,也是无法捉摸的,她们对此充满了猎人式的心理。

简少芬看见姐姐无声地站在她身后,姐姐的手里端着一碗发黑的药汁,凑到唇边。简少芬下意识地转过头,看着锅里的冬瓜汤。她不知道自己是怎么回事,特别害怕看见姐姐喝草药的动作,她害怕看见姐姐紧皱的眉头和药汁从唇边淌溢的痕迹,害怕听见那种痛苦的吞咽的声音。她也不知道姐姐为什么总是捧着药碗走到自己身边来,似乎这样能减弱草药的苦味。

你刚才下楼碰到谁了?简少贞把药碗合扣在桌上,突然问妹妹。

没碰到谁,我能碰到谁呀?

你怎么去了那么长时间呢?就是去酱园,怎么要那么长时间呢?简少贞用清水漱完嘴里残留的药汁后又问。

时间长吗?简少芬诧异地望着姐姐,她疾步走到房里看了眼座钟,钟表证实姐姐的话是荒谬的,她从下楼到回来只不过花了3到5分钟。简少芬说,姐,你怎么啦?我去了不过3分钟呀。

我觉得有老半天工夫了。简少贞轻轻摇了摇头,她说,大概一个人待在屋子里面是会有错觉的,你每次下楼,我一个人在家都觉得时间特别长,心里特别空,绣针也捏不住,我也不知道这是怎么了,好像是怕,又说不清怕什么。

你的身体太弱了。姐,以后你别拼命绣了,那些加工活我一个人绣得完。简少芬沉默了几秒钟,有点胆怯地瞟了姐姐一眼,她说,再说我们也不靠加工活过日子,我们不刺绣,靠爹娘留下来的家产也能活下去了。

这些鬼话是谁告诉你的?简少贞的脸上立刻有了愠怒之色,她摊开双掌逼问道,家产呢?家产在哪里?酱园早就是公家的了,娘留下的金器也抄家抄走了,你说那些家产在哪里呢?难道是我偷藏了?我偷藏了又有什么用?

我不知道,我只是听表姐她们说的,街上的老人也这么说过。简少芬啜嚅着避开了姐姐的咄咄逼人的目光。

你总是相信别人,简少贞轻蔑地哼了一声,她说,我一直在对你说,不要去相信别人,可是你总是不听我的。你情愿听那些长舌妇的,也不听我的。

简少芬起初没有辩解,她把冬瓜汤盛到碗里,然后端到桌上,她听见姐姐仍然在絮絮叨叨地埋怨自己。你情愿听别人的也不听我的,你总有一天会上当,简少贞说。简少芬突然失去了一贯的耐心和逆来顺受的性情,她猛地把一只碗摔在地板上,尖声叫道,我听谁的?我听谁的?我听了你一辈子的废话,你却还在嫌我不听你的。你到底要我怎么样呢?

难道我的日子就过得舒心吗?

瓷碗破碎的声音同样传到了楼下的酱园。3个女店员惊讶地抬起头望着楼板,以前她们从未在头顶上听见过类似的破坏性的声音。

你听,楼上好像吵起来了? 真的吵起来了,顾雅仙说。

不会吧? 唉呀,真的吵起来了,粟美仙说。

狗拿耗子多管闲事,杭素玉说。

梅雨骤歇的日子里,简家姐妹来到酱园的后天井,乘午后的太阳晾晒她们的衣物和布料。那些色彩淡雅的丝绸和棉布在阳光下闪烁着平静的光泽,使院子里的杂草和酱缸产生了新的意味。简少芬戴着一顶老式的式样古怪的遮阳帽端坐在一旁,一边刺绣一边看守着天井里的东西。这是姐姐关照的,她害怕酱园里的人从窗栅栏里伸进手,轻易地偷走绳子上的丝绸。

简少芬觉得初夏直射的阳光有点晃眼,刺绣的速度明显地放慢了,尽管这样,户外的劳作还是带来了某种新鲜而舒畅的感觉。她甚至想以后如果天气适宜,她就可以经常在天井里绣,绣所有的花鸟和流水,绣所有的荷叶和鸳鸯。简少芬把彩色的丝线挂在绳子上,那些丝线就随风轻轻拂动了,她发现丝线的颜色在户外的太阳下也显得分外美丽动人。简少芬换了个方向坐下,这样可以避免刺眼的阳光,她看见酱园的窗后有人在注意自己和晾晒的东西,她就朝那扇窗子微笑了一下。

窗后的女人是顾雅仙。她对简少芬已经观察了好久。顾雅仙思忖着怎样和她搭第一句话,猛然看见了简少芬手里的那幅绣品,她的眼睛就亮了。

多巧的手呀!顾雅仙赞叹地说,两只鸳鸯绣得活灵活现的,就像在水上游。我还从来没见过这么好的绣品呐。

简少芬又朝她微笑了一下,她的微笑是友善的,但是她什么也没说。

绣这么一件活能挣几块钱?顾雅仙问。

挣不了多少钱,简少芬含糊地回答。

我儿子快结婚了,到哪儿都买不到像样的枕套。顾雅仙叹了口气,少顷她又说,要是福生的喜床上铺了你的绣品,那就有福气了。不知道你能不能帮我绣一对枕套?就绣一对戏水鸳鸯好了。

行啊。简少芬随口应允了。

这个午后简少芬的心情很好,与顾雅仙的隔窗谈话随着阳光渐渐淡去而遗忘了。简少芬万万没有想到一句随意的承诺导致了未来生活的巨大动荡。

第二天一早简家的临街小门被咚咚地敲响了。简少芬以为是抄电表的人来了,打开门发现来者是顾雅仙。顾雅仙的腋下挟着一对天蓝色的的确良枕套,手里攥着一绞彩色丝线。顾雅仙没有在意简少芬尴尬的脸色,她说,东西都带来了,你替我绣一对鸳鸯好了,你的手艺我是绝对称心的。简少芬掩饰了内心厌嫌的情绪,心里很是懊恼。

在为顾雅仙绣枕套时简少芬受到了姐姐的多次责备。简少贞厌恶地看着那对蓝的确良枕套。她说,你揽下她们的活计?以后等着吧,什么人都会来找你绣这绣那的。简少芬愁眉苦脸地说,我也没办法,我不过是随口答应一声,没想到她就当真了。简少贞说,什么真的假的,她们是存心来搅事的。我让你别去搭理这种女人,你偏不信,你迟早会害在她们手上的。

简少芬避人耳目地把绣好的枕套交还了顾雅仙,顾雅仙察觉到她的用意,她说,你放心好了,我不跟她们说这事,这些人脸皮厚着呢,要是让她们知道了,说不定会拿什么东西麻烦你呢。简少芬无言地点点头,很快就从酱园拥挤的店堂里挤了出去。她发现柜台里的杭素玉用一种戒备的目光盯着她,她觉得有点莫名其妙。从酱园回到家,简少芬的心情轻松了一些,一个恼人的负担毕竟卸掉了。她没想到黄昏时顾雅仙再次敲响了临街的小门。

顾雅仙提着一只尼龙包,笑嘻嘻地站在门口,从包里拎出一盒糕点和几只苹果。简少芬知道对方是来登门酬谢的,她推挡着那些礼物,脸一下子就红了。简少芬缺乏这种应酬的经验,她觉得非常为难。你要是嫌礼轻了,等我走了你再扔。顾雅仙佯装生气地说,然后她提着礼物兀自朝楼梯上走去,简少芬跟在她身后,简少芬突然意识到自己成了一个木偶,被顾雅仙绕的线团牵住了,一切都身不由己。

简家姐妹就这样迎来了造访的客人。顾雅仙端坐在一张旧式太师椅上,在矜持而冷淡的气氛中并无局促之感,双眼朝向简氏姐妹和幽暗的房间顾盼生辉。简少芬倒了一杯茶,顾雅仙从杯口上嗅到了一股刺鼻的霉味，但她还是喝了一口。茶叶不知道放了多少年了，她想，这对可怜的姐妹就这样招待客人，也许她们并不知道茶叶已经发霉了。

现在的酱油臭烘烘的。简少贞突然对顾雅仙说了这句话，说完她就离开了客厅，在走进卧室时随手拉上了门帘。

她说什么臭烘烘的？顾雅仙回味着简少贞的话，她无法判断这句话的确切含义。

她说酱油呢。简少芬小声地解释道，我姐姐脾气怪，看什么东西都不顺眼，你千万别见怪。

我怎么会呢？顾雅仙朗声笑起来，她说，我猜她是在楼上闷坏了。说实在的，我真为你们姐妹俩担心，就这样闷着过下去，到老了可怎么办呢？

现在已经老了，过惯了清静日子，也就没什么可怕的。简少芬低着头，同样的话她已经对人说过许多遍，现在不得不再说一遍。回答别人的这些问题几乎已成为简少芬的一种义务，简少芬忌恨这些问题和同情的目光，奇怪的是她经常在等待它们，等待那种语言的钝器带来的痛楚，这时候她总是无法把握脸上的表情和舌齿间慢慢滑出的声音。

花布门帘后的咳嗽声无疑是含有逐客意味的。顾雅仙终于站了起来，她微笑着抓住简少芬摊在膝上的手，翻过来看那只苍白小巧的手掌。我会看相。顾雅仙长长的指甲在那只手掌上划来划去，她说，吉人天相，少芬你快要交好运了。简少芬还没来得及说什么，就被顾雅仙拉到了楼梯口，顾雅仙说，我差点把正事忘了，我家福生礼拜天结婚，酒席是我请厨师在家办的，你可一定要来喝喜酒。简少芬连连摇头说，不行，我们从来不到外面吃饭的。再说我手上活计忙，也没有空。顾雅仙仍然握着简少芬的手，焦急地拍打着，你就再赏我一次脸吧，顾雅仙恳切地望着简少芬，她说，我又不是谁都乱请的，我是真心请你来喝这杯喜酒，难道要老姐姐跪下请你吗？顾雅仙想到了什么，又补充说，少贞要是肯赏脸，让她也一起来吧。简少芬仍然摇头，苦笑着说，我姐姐就更不会去了，她也不会让我去。顾雅仙朝屋里瞟了一眼，神色有些不快，她撇了撇嘴，你连这也要听她的？活了大半辈子，你就不能给自己做一回主吗？

简少芬把顾雅仙送下楼，打开门发现外面的天色又晦暗下来，雨丝已经斜挂在狭窄的街道上，那些未带雨具的行人从酱园门口匆匆而过．顾雅仙啪地打开黑绸布雨伞，她朝简少芬的胯部轻轻拍了一下，连嗔带怨地说，你怎么就不肯爽快地答应一声呢？记住，礼拜天来我家喝喜酒，你要是体恤老姐姐，到时就别让我再上门三请四请的了。

那就去吧。简少芬望着街上湿漉漉的石板路面和低陷处的水洼，眼睛里是一种茫然而顺从的幽光，她的手将那扇小门的手柄拉了一下、两下，门轴就发出了吱吱嘎嘎的响声。她说，那就去吧。

礼拜天的早晨简少芬在燕声啁啾中醒来，看看桌上的钟才5点钟，但她还是起床了。她从姐姐的被窝上越过去，听见姐姐在问，起这么早干什么？今天别去菜场了。

简少芬走到窗边打开了西面的窗子，她看见一只紫黑色的燕子从屋檐的泥巢中飞起来，在院子里盘桓飞行。她想是她把燕子吓着了，于是她轻轻离开窗边，到厨房去打开煤炉的炉门，然后把一锅草药端到炉子上熬着。简少芬在干这些事时脑子里仍然想着那只燕子，燕子笨拙而慌张的飞行姿势使她联想到自己。她经常觉得巢里的燕子是她整个生活的一种写照。

你真的要去顾雅仙家喝喜酒吗？简少贞在床上大声问。

她是一片真心。简少芬说，看来不去是不行的。

你以为那喜酒是随便喝的吗？你要去就要送礼，我生来就讨厌那种拉拉扯扯的应酬，什么喜酒丧酒的？都是想从别人口袋里捞钱。

她说不收我的礼。如果一定要送就送吧，我去时带上10元钱好了。简少芬快快不乐地说。

不兴那样送礼的。要送就要赶在婚宴前送，否则人家拿了你的钱背后还要骂你，简少贞在床上窸窸窣窣地穿衣服，语调中带有明显的愠怒。她说，你非要喝那喜酒就去喝吧，不过你趁早把钱送给人家，人家等着呢。

简少芬没再说什么，她对姐姐的话半信半疑，但一种受骗的感觉还是像阴云一样浮上心头。简少芬看着药锅里的黑色药汁渐渐翻沸起来，用筷子在药锅里猛烈地搅了一下。不去了，不去了。简少芬听见愤怒而尖厉的声音从嘴里滑出来，她被自己惊呆了，不相信那是自己的声音。

不去了？简少贞已经站在水缸边刷牙了，她的嘴角沾满了牙膏泡沫，不时地因牙刷的深入而发出干呕的声音。不去就行了吗？简少贞又说，顾雅仙能放过你？你不去她会上门来请的。不信你就试试我的嘴巴。

烦死人了，你到底要不要我去？简少芬紧锁双眉地打开桌上的梳妆盒，盒子里是两把细齿木梳，一瓶三花牌头油和一只白银条簪。简少芬准备给姐姐梳头了，这也是姐妹俩每天早晨要干的头一件大事。多年来简少贞始终如一地梳着旧式的圆髻，每次都是简少芬替她梳的。

简少芬手里的梳子嵌满了姐姐灰白色的长发，它们纷乱无序地缠在梳齿间，就像一堆枯草。她看着那些落发，突然觉得一阵辛酸，手就迟滞地按在姐姐的头顶上不动了。她说，可怜，都要掉光了。

你说什么？简少贞回过头看了看妹妹，我没说不让你去，你想去就去好了，何苦要拦着你呢？

我是说头发，你的头发快掉光了，我的手快抓不住了。

掉光了才好。简少贞冷笑了一声说，掉光了你就用不着天天替我梳头了。

我不是这意思，我有点害怕。简少芬说。

你怕什么？我都不怕。就是真掉光了也不怕，反正我不出门。简少贞又回头看了看妹妹的齐耳短发，很快收回了视线，她说，你的头发还黑着呢，你怕什么？

不知道，我说不清楚。简少芬茫然失神，手中的梳子停留在半空中，她突然觉得梳子很重，而自己的手臂更加沉重，习惯和理智迫使梳齿靠拢姐姐灰白的长发，但她的心在抗拒那些难看的失去了弹性的白发，不管是缠在梳齿间的，还是依然残存在姐姐头上的,她差点发出呕吐的声音,这些复杂的心情她永远说不清楚,简少芬对此感到非常惶惑。

从中午开始简少芬有点心神不定。她倚窗观望外面的香椿树街,等待那辆披红戴绿的嫁妆车经过,但嫁妆车迟迟没有出现,她猜想它是从另外一个街口通过驶到顾雅仙家去了,后来她隐隐地听到远处有鞭炮声炸响,禁不住舒了一口气。她突然意识到这一天的牵挂就是这样热烈持久的鞭炮声。

顾雅仙果然上门来请简少芬了。顾雅仙先是在简家的小门上敲了一阵,没人下楼开门,她就从酱园里绕进去,打开了素日封死的那扇门,直接站在天井里对着楼上喊。简少芬苍白的脸后来出现在窗口,一半是茫然一半是感激地望着天井里的女人。顾雅仙向她挥着一只油腻的袖套喊,6点钟开席,你可一定要来。我忙得腿都抬起来用了,别让我跑第二趟。简少芬对她笑了笑。顾雅仙又说,你在忙什么?今天就别绣了,打扮打扮来喝喜酒吧。简少芬的身子朝窗外探了探,欲言又止的样子,最后她只是轻轻地说了一句,那就来吧。

这天顾雅仙家门口挤满了前来赴宴和看热闹的人,所有过路的人和车辆都必须小心翼翼地穿过这些欢乐而无所事事的人群,他们看见了酱园楼上的简少芬跟在顾家运酒水的黄鱼车后面。简少芬穿着一件颜色和式样都显得奇怪的丝绸衬衫,低着头走进拥挤的新婚人家。他们对简少芬的到来感到意外,目光都追逐着那个矮小的背影,后来有一个女人以知情者的口吻解开了人们的疑团,她说,她跟雅仙是很要好的。

简少芬一进去就后悔了。顾雅仙家里蚂蚁般的人群和乱哄哄的气氛都使她害怕。她不知道该坐在哪里,也不知道该跟谁说话。她看见顾雅仙在天井的临时搭就的厨房里搬着碗碟,就走过去了。来啦?去喝杯喜茶吧。顾雅仙嘴里招呼着,手却不停地在忙着什么。简少芬涨红着脸从提包里掏出一个红纸包,放在一只碟子上。你看你,这么客气干什么?顾雅仙佯嗔道,我让你别送礼,你还是送了,反倒让我难办了。简少芬摇了摇头,她看了四周围一眼说,真热闹。顾雅仙朗声笑起来,结婚喜日就要这份热闹,少芬,你去福生的新房玩玩吧,新郎新娘都在里面呢。简少芬走到新房的门口,看见里面人更多,喧哗的声音也更其热烈,她又折身离开了。她的内心再次充满了受骗的感觉,整个顾家没有一个适宜于她的地方,她不知道她为什么要来这儿。

开席时顾雅仙找简少芬入座,竟然不见她的人影了。有人说看见她已经走了。顾雅仙跺了跺脚,骂道,这个神经病女人。骂完就追了出去。顾雅仙在药店门口追到了简少芬,她把她往回拉拽着说,少芬,你这是干什么?我要是怠慢了你你可以骂我,你怎么能走呢?简少芬窘迫地低下头,任凭顾雅仙拽着她走,她嗫嚅着说,我只是有点害怕,人太多了。这样的场面我不懂该做什么该说什么。顾雅仙拍了拍大腿说,咳,你这个人呀,我是请你喝喜酒的,你什么也不说还不行吗?你走了可不行,今天我还要介绍你认识一个人呢。

简少芬回到顾家,邻座的客人都用揣测的目光望着她。顾雅仙拉着简少芬的手从6张桌子间穿梭而过,最后把她按在一张空凳子上,好了,你就坐在章老师旁边吧。顾雅仙在简少芬肩上用力一按，章老师也是个老实人，你们互相照顾，随便聊聊吧，谁也别客气。简少芬从眼角余光中判断那是个40来岁的男人，戴了副眼镜。她低下头，从提包里掏出一小团酒精棉花，将杯碗筷都擦了一遍，她的目光触及了章老师的两只脚，那两只脚上套着一双硕大的解放鞋，这种不合时宜的穿戴使简少芬无声地笑了笑。简少芬没有再朝章老师的鞋看，后来她看见章老师的手小心翼翼地伸过来，往她的碟子里夹了一块咸肉，听见他用同样小心翼翼的声音说，你吃。简少芬讨厌吃咸肉，但她还是很有礼貌地说，你吃，我吃不下。简少芬始终没有正眼看章老师，她想起顾雅仙刚才丢下的话风，脸上一阵一阵地发热，她悄悄地把用过的酒精棉花扔到地上时，听见章老师又说了一句话，讲卫生是很有好处的。这句话给简少芬留下了深刻的印象。后来简少芬回忆她与章老师接触交往的过程，她对他产生的好感也就是从那句话开始的。

杭素玉上班时路过绸布店，看见架子上新到了几种丝绸，她绕进去看了一会儿，后来就迟到了。她走到酱园门口，看见店堂里已经有人在打酱油了。柜台里顾雅仙和粟美仙都在，杭素玉想她干脆去铁匠铺看看，她托老铁匠打磨的剪刀是否已经弄好，反正已经迟到了，反正她们已经在考勤卡上做下记号了。杭素玉后来提着一把新磨的剪刀再回来，正好听见粟美仙嘴里蹦出一个敏感的名字：孙汉周。杭素玉的心往上拎了一下，站在门外偷听，但粟美仙的声音突然低下去了，怎么也听不清楚。虽然听不清楚，从店堂里传出的窃笑声中，杭素玉判定粟美仙又在背后说她的坏话。

杭素玉走进去，店堂里的人一下子噤声不语了，神态各异地望着她。杭素玉乒乒乓乓地撞进柜台里面，佩上围裙，戴上袖套，然后她突然把那把剪刀往柜台上一拍，谁再在背后嚼蛆，老娘就用这把剪刀剪了她的舌头，说剪就剪，老娘不怕吃官司。杭素玉的嘴唇颤抖着，她的目光充满了暴怒的挑衅，逼视着粟美仙。粟美仙却不看杭素玉。若无其事地把一包萝卜干塞进一个女人的菜篮里，她说，今天天气不对头，又闷又热，我看见公厕里的蛆爬得到处都是，恶心死了。

整整一天杭素玉就靠在货架上一动不动，偶尔地视线落在粟美仙身上，她的眼睛有一点明亮的光焰。杭素玉的情绪有些异常，顾雅仙和粟美仙都注意到了这点，但谁也没有更多的戒备，酱园女店员之间的口角是经常发生的。下午4点多钟，香椿树街又热闹起来，从工厂下班的人从酱园门口成群地经过，有的就拐进了酱园，杭素玉这时候离开了柜台，她在门口拉住一个男人问，我家老宋回来没有，那个男人说，回来了，在家门口跟人下棋呢。杭素玉笑了笑，回过头对顾雅仙说，我先走了，今天又迟到又早退，你都给我记上吧。

顾雅仙打开考勤卡，在杭素玉的名字后面又重重地打了一个×，她说，没见过这样厚脸皮的人，调她走不肯，留下来又不干活。顾雅仙气咻咻地抱怨着，突然发现柜台上的那把剪刀，她顺手把剪刀收了起来。这个泼货，她把剪刀带来干什么？顾雅仙说，怪吓人的，她什么事都做得出来。粟美仙在一边说，你别动剪刀，就放那儿，让大家看看这个泼货。

我就不相信她敢对我动剪刀。粟美仙话音未落，就看见酱园的门被踢开了，杭素玉和她丈夫老宋一前一后冲了进来。

粟美仙，我剪了你的舌头就去吃官司。杭素玉高叫着去抓柜台上的剪刀，顾雅仙想夺已经来不及了，她把粟美仙朝里面的仓库推，美仙，你快躲一躲。粟美仙踉跄着退到仓库，下意识地想拉住顾雅仙的手，但杭素玉已经冲了过来，整个身体抵住了仓库的门。杭素玉对她丈夫喊，你这个笨蛋，你快来揪住她，我要剪了她的烂舌头。老宋就过来捉住了粟美仙的双臂。杭素玉又喊，掰开她的嘴，我剪了她的烂舌头。老宋去掰粟美仙的嘴时手上被狠狠咬了一口，几乎是同时他的下身也被粟美仙捏了一把，老宋疼得跳了起来。粟美仙腾出了身子，和杭素玉扭打在一起，这时候她听见了顾雅仙尖厉的喊声，杀人啦！杀人啦！

人们从街上涌进酱园，阻挡了老宋夫妇对粟美仙的袭击。有人从杭素玉手中抢下那把锋利的剪刀，从仓库的窗户扔进了简家姐妹的天井里。当事人被一个个地架开了，除了老宋没有明显的外伤，杭素玉和粟美仙的脸上都留下了形状不同的抓痕和血印。酱园里挤满了人，他们望着3个当事人，对事态的发展议论纷纷。

顾雅仙严厉地指责了哭丧着脸的老宋，她指着老宋的鼻子说，你看你多没出息，女人间的臭事要你个大男人来瞎搅，你们杀了人难道不要偿命吗？

没想杀她。素玉只说要割她的舌头，她拖着我来我只好来。老宋捂着裤裆，有气无力地回答说。

割舌头就是要杀人。什么事情不好解决，非要动刀杀人吗？

杀人，杀人，你才在瞎搅。老宋很不耐烦，他的手在裤裆处摸了一下，突然苦笑着说，她也够狠的，连汗毛也没碰到她一根，倒把我的卵蛋给捏碎了，不信脱下来给你看看？

店堂里的人都笑起来，顾雅仙也忍俊不禁捂住了嘴。想想又不该笑，于是正色道，素玉和美仙这样闹下去不行，我要向领导反映的。我是酱园的负责人，万一出了人命我可负责不了。

这天酱园到很晚才打烊，等人去店空了，顾雅仙发现货架上的瓶装酱菜和味精、盐袋少了许多，明显是被人趁乱卷走的。顾雅仙想想就迁怒于杭素玉和粟美仙身上了，这些损失应该让她们两个人一起赔偿。

简少芬到天井晒衣服，发现地上有把剪刀，她把它捡起来放到一只倒卧的酱缸上，并没有把丢弃的剪刀和前几天酱园的那场殴斗联系起来，她从来没有观望邻里斗嘴打架的习惯，这也是简家古老的家规之一。那天黄昏楼下的喧闹她是听见的，她想下楼看被姐姐阻止了。

不知谁在天井里丢了剪刀。简少芬上楼时顺便把剪刀带回来了，她试了试刀锋说，还是把新剪刀呢。

放厨房里吧，剖鱼剪菜能用得着。简少贞说。

简少芬就把剪刀挂在了墙钉上，她不知道这把剪刀是怎么落到她家的天井来的，想想这件事情似有蹊跷之处。

几天来简少贞一直埋怨她的热伤风。伤风诱发了她的头疼病，也使她的脾性变得更加阴郁和易怒。简少芬建议姐姐脱掉那件蓝布罩衫和玄色裤子，她说，这么闷热的天，又不出门，你捂那么严干什么呢？在家穿什么都没有人看见的。简少贞对她的建议置若罔闻，她躺在大床上懒懒地摇着蒲扇，枕边放着一台老式的木壳收音机。收音机里传出越剧《碧玉簪》哀怨的唱腔，正好是"三盖衣"那个著名的片断。

什么三盖衣？简少贞突然关掉了收音机，鼻孔里哼了一声说，严小姐是个蜡烛货，自轻自贱的蜡烛货。

那是戏文，不能当真的。

说来说去男人更可恶。简少贞叹了口气，在额角上擦了一点薄荷油，然后她说，我头疼得厉害，好像是热火发不出来的样子，少芬，你来给我刮刮痧吧。

简少芬应声走出去端了一碗凉水，她走到床边替姐姐把衣服脱了。姐姐的雪白的松垂的上身就这样袒露在她的目光中，手指触摸之处是微凉而柔软的，鼓出的脊椎两侧还留有上次刮痧的红印。简少芬噙了一口水喷到姐姐的后背上，姐姐端坐着一动不动，简少芬自己反而颤栗了一下，她的手在空中犹豫了好久才落下来，用指关节扯动着姐姐后背上绵软的肌肤，看见红色的淤痕一点点地显露出来，简少芬的手指也莫名地颤栗起来，她觉得心里有一种重压下的疼痛的感觉。

你重一点，刮轻了起不出痧，没有用的。简少贞的嘴里发出轻轻的呻吟声，她用扇柄在床上敲了敲，你今天是怎么啦？干什么都心不在焉。

我也不知道，我觉得有点累。简少芬嗫嚅着侧过脸去，她望了望窗外，又看了看自己的手指，它们仍然微微地颤栗着，简少芬拨了拨头，把她的失去主张的手继续放到姐姐的背上，她说，天又暗下来了，衣服晾在天井里，我怕会下雨。

窗户半掩半合，从外面挤进来潮湿和闷热的南风，一只苍蝇也从窗外飞进了简家姐妹的房间，后来就是这只讨厌的苍蝇点燃了简少芬心底潜伏的无名怒火。

简少芬看见那只苍蝇嗡嗡地飞来，它就在简少芬的头顶上耐心地盘旋着，她用手去赶，苍蝇飞高了一些，仍然不肯离去，简少芬又挥手驱赶，如此重复了几次，那只苍蝇仍然固执地在她头顶半尺的空中营营嗡嗡，简少芬忍无可忍，她朝着苍蝇怒声叫了一句，讨厌的东西，快滚。

一只苍蝇，随它去。简少贞对妹妹的小题大做觉得不耐烦，她说，别管苍蝇了，继续刮吧。

不，我要拍死它。简少芬突然从姐姐手里夺过蒲扇，她咬着牙将扇子朝苍蝇挥去，苍蝇在屋里低低地盘旋着，最后终于飞向了窗外。简少芬扔下扇子追了过去，她对着窗外那个远去的黑点骂了一句刺耳的脏话，操不死的烂×。

简少贞惊诧万分，她猛地回过头注视着妹妹苍白失血的脸，目光里掠过一道疑虑和恐惧的光。简少贞说，少芬，你在骂脏话，你怎么骂起脏话来了？

我骂什么了？我骂脏话了？简少芬恍惚地反问，她缓缓地走回来坐在床上，她想把姐姐的身体扳过来继续刮痧，但简少贞把她的手推开了。

真丢人，你骂这样的脏话，简少贞的嘴角浮出一丝讥讽的微笑，她说，你现在跟酱园的那帮女人一模一样，这种脏话你怎么说得出口？

我也不知道怎么回事，我恨死了那只苍蝇。

恨苍蝇？简少贞冷笑了一声，开始拾起衣服往身上穿，她说，我知道你跟顾雅仙那种女人搅到一起去了，顾雅仙一向喜欢指桑骂槐，你现在学会了。我哪儿害了你，让你这么恨我？

我骂的是苍蝇，我没有骂你。简少芬沉默了一会，突然跳起来对姐姐尖声大喊，我没有骂你，我怎么敢骂你？然后简少芬呜呜地哭起来，她的哭声听上去喑哑而又空洞，伴随着贫乏重复的哭诉，我怎么敢骂你？她说，我怎么敢骂你？我骂的是苍蝇，我骂我自己。

简少芬哭得像个泪人似的，情绪才渐渐稳定下来。她走进厨房去洗脸，看见姐姐倚着墙用毛巾擦眼睛，她明显也是刚哭过的，眼睛还红肿着。简少芬摘下自己的毛巾就退了出去，顺手把门重重地关上了。她对着墙上的圆镜审视着自己的面容，镜子里的自己总是愁眉苦脸的，也许这样的表情经年不变地滞留在脸上，只是她自己不知道而已。而双颊的湿润的泪光使简少芬产生了深深的自怜，她抬头抚摸着脸部，疏淡而纤细的眉毛，浮肿的略显松弛的眼睑，精巧挺拔的鼻梁以及柔软的失血的双唇。这是何苦呢？简少芬突然又哽咽了一声，她伸出食指在镜子上画了一个叉，不知什么时候开始，她对镜子里的脸有了一种怨恨的情绪。

下午顾雅仙又来敲门，简少芬犹豫了一会儿，终于在姐姐的侧目而视下去开了门，听敲门声就知道是谁来了。

我腿都站酸了。顾雅仙总是这种容光焕发的高兴样子，她朝简少芬挤了挤眼睛说，你们姐妹俩待在楼上，难道也有什么好事做？

不知道是你。简少芬听那话刺耳，脸色就有点难看。

好了，我这张臭嘴该打。顾雅仙伸手在简少芬脸上捏了一下，她说，别生气，我闹着玩呢。我是给你送戏票来的。

什么戏票？简少芬蒙在鼓里。

新丰戏院的越剧票，都是名角。我好不容易弄了两张票，晚上我在戏院等你，顾雅仙说着就把一张戏票往简少芬手里塞，是我请你看，晚上7点钟，我们不见不散。

我不怎么爱看越剧，你还是请别人吧。简少芬推诿着，她捏住戏票觉得有点手足无措，你知道我晚上是不出门的。

别客气了，我成天听见你们楼上收音机响，尽是才子佳人的绍兴戏。顾雅仙脸上露出某种暧昧的笑容，她抓住简少芬的手摇了摇说，就是要请你去看。本来我们可以结伴的，但我还要到女儿家绕一趟，你就自己去吧，反正你这么大个人，也不怕谁把你拐跑。

简少芬不再做无益的申辩，她想了想什么就把戏票收进了丝绒钱包里。演的是哪出戏？她突然轻声问，是《碧玉簪》还是《楼台会》？

反正是出好戏。去了就知道了。顾雅仙抿嘴一笑。

晚上简少芬往拎包里塞卫生纸和手帕时注意到姐姐冷冷的目光，但简少贞没有开口探问。姐妹俩每次争执后都有这么一段僵持阶段，少则一二天，多则一个礼拜。这次是简少芬首先打破了沉闷的气氛，她拎起布包对姐姐说，顾雅仙约我去看戏，我去了，药在炉子上煎着。姐姐拧着脸没有搭腔，简少芬走到楼梯上，听见背后传来姐姐咬牙切齿的声音，你的魂让顾雅仙勾跑了，还管我的煎药？

简少芬提前一刻钟到了新丰戏院，她依稀记得还是小时候跟母亲来这儿看过戏，一晃几十年过去了。她站在戏院的门厅里等顾雅仙，直到开场的铃声响了，仍然不见顾雅仙的人影。简少芬疑疑惑惑地走进去，找到座位刚坐下来，突然看见那个章老师也正朝这边挤，章老师的手里抓着两瓶汽水。

这时候戏院的灯光恰巧暗下来，黑暗掩饰了简少芬尴尬的表情，她看见章老师在旁边笨拙地坐下，章老师穿着件洗旧了的白衬衫，简少芬闻到一股男人的淡淡的汗味，她悄悄地朝下看了看，章老师的脚上仍然穿着那双解放鞋。

我以为是雅仙呢。简少芬的脸有点发烫，身体下意识地往边上挪了挪。

喝汽水，天够热的。章老师递过来一瓶汽水。

不渴，才在家里喝过水的。简少芬推了推汽水瓶子说，你自己喝吧。

我也不渴。汽水是为你买的，既然你不喝就放一边吧。章老师自嘲地笑了笑，把两只汽水瓶子往座位下一塞。

事情已经很清楚，是顾雅仙擅自安排了这次约会。简少芬看着紫红色的帷幕渐渐拉开，舞台上红男绿女渐渐热闹起来，她的思绪却是乱纷纷的，有一个模糊而尖锐的声音来自看不见的地方，它在命令她离开此地，但简少芬发现她的身体不能履行这道命令，她无法起身离去。她努力地去关注戏台上的男女卿卿我我的剧情，看见那个小姐用一块绿丝帕半掩红唇，悲悲切切诉说衷情，简少芬的眼圈莫名其妙地红起来，眼泪也就挂到了面颊上。

这种戏就是骗女同志的眼泪的，女同志一般都心软。章老师在一边轻声说，我到现在也没看出个名堂来，不知道台上到底是怎么啦。

我也不知道是怎么了，我一看这种戏就要哭。简少芬从布包里掏出手绢擦着眼睛，突然想起什么，她说，不知道会演到几点，我怕到时赶不上末班公共汽车。

没关系，我用自行车驮你回去。章老师说。

那不行，到时再说吧。简少芬说着又把视线转向舞台，她听见自己的心跳声很响很急，整个夜晚这种六神无主的感觉伴随着她。幕间休息的时候灯光又亮起来，简少芬看见前排有人回头朝这里望，心里突然有点害怕，她在膝上卷弄着那只布包说，不早了，我想回家了。

才演了一半呀，章老师诧异地望了望简少芬的脸，他说，我知道你出来一趟不容易，既然来了就看完吧，不管多晚我都要送你回家，这也是顾大姐吩咐的。

那就看完吧。简少芬犹犹豫豫地说，我就是有点担心我姐姐，她一个人在家。

这有什么可担心的？章老师笑起来说，她也不是什么小孩子，再说，你也应该有你的自由，你姐姐不应该限制你的自由。

我们家的事别人是不懂的。简少芬沉默了一会说。后来直到散戏她没再说一句话。章老师对此很惶惑，他不知道是哪句话刺伤了她。

散戏后果然没有公共汽车了，简少芬不肯坐章老师的自行车。章老师只好推着车跟在她后面走。两个人在夜晚空寂的大街上忽快忽慢地走，只听见两只未开封的汽水瓶子叮叮咚咚地碰撞着，两瓶汽水现在挂到了章老师的自行车笼头上。快到香椿树街口时，简少芬问了章老师几个问题，都是实质性的问题，章老师反而舒了一口气。

你妻子哪年过世的？简少芬问。

前年，是出的车祸，章老师说。

你孩子今年几岁了？简少芬又问。

都上高中了，孩子平时跟着他外公外婆过。

可怜，简少芬叹了一口气，然后在一盏路灯下站住了，她用手指抠着木质电杆说，看来你也是个可怜人。

不出所料，顾雅仙隔天就来探问简少芬对章老师的看法，她们就在楼梯下面谈话，为的是避开简少贞警觉的耳朵。简少芬的眼神是躲躲闪闪的，说话也总是绕开正题，这使顾雅仙有点气恼，顾雅仙拍着大腿说，我拿你这样的人真是没办法，你既然不表态就算了吧，就当我这一片热心肠是狗屎，就当我是狗捉老鼠多管闲事吧。

简少芬被顾雅仙激将了一番，终于吐出了实话。简少芬低下头慢吞吞地说，他人挺好，也挺老实的。

那不就行了？顾雅仙笑起来，压低了嗓音说，那就选日子再见一次面？

不要见了。简少芬的表情倏而变得很痛苦，她说，我已经这样过了大半辈子了，就这样凑合下去吧。

不行，你能过下去我还看不下去。顾雅仙激愤地摇着头，她朝楼梯上瞟了一眼，少芬，你怎么这样傻？你就甘心一辈子做她的使唤丫头？她愿意受苦不说她了，可她凭什么拽着你一起受这份苦？

你们都误会了。简少芬的眼睛里已经沁出泪影，她扭过身子朝楼梯上迈了一步，仍然是低声地说，我也不光为了我姐姐，主要是我自己害怕，我从小就害怕男人。

少芬你错了。顾雅仙又暧昧地笑起来，她说，我还就觉得男人最好弄，男人一点不用怕，男人都觉得女人可怕呢。

简少芬往楼梯上跨第二步的时候衣角被顾雅仙抓住了，顾雅仙朝她专注地看了一会儿说，礼拜天在群众公园再见次面，好不好？简少芬站在楼梯上发怔，一只手下意识地护住被拽的衣角，最后她给顾雅仙丢下至关重要的一句话，那就再见一次面吧。而顾雅仙当时就预感到这回的媒人又做成功了，她很惊喜，尽管她已经无数次地充当过这个角色。

梅雨季好像快要过去了，雨水一天天地稀落，阳光则一天天地强硬起来。窗外的蝉声从早晨聒噪到夜晚，使凝滞的空气陡增了一份炎热，也使窗外的人陡增了一份烦闷的心情。到太阳落山的时候打开临街的楼窗，可以看见香椿树街头已经出现了乘凉的人群和形形色色的卧具。

酱园的楼上闷热无比，从天井的那些旧酱缸里孳生的蚊子穿过残破的窗纱，绕着白炽灯泡混乱地飞旋着，简少芬只好早早地就点燃起蚊香，就在点燃蚊香的一刹那间，简少芬鼓起了非凡的勇气，将一个艰难的话题向姐姐和盘托出。

简少贞起初没有说话，她的眼睛像细针一样盯紧了妹妹的脸，忽而闪亮，忽而又黯淡下去。她一直在听，等到妹妹终于说不下去了，她拧过身子，对着窗外发出了一声冷笑。

这么说是二婚头，你要做他的填房？

他人好，又老实又有文化，我就图这些。

这么个人你也要嫁？

他人好。简少芬几乎要哭出来，她嗫嚅着说，再说我也没有资格去挑挑拣拣了。

你就这么着急要嫁人？

什么叫着急？你说这话就昧了良心了。简少芬突然呜呜地哭起来，她跪在地板上，用手拍打着地板，边哭边说，我四十几岁的人了，你还说我着急，你怎么还说我着急？我要着急早就嫁了，何苦陪着你过这种没滋没味的日子？

那你就去嫁吧，我不要你陪，我从来没让你陪。简少贞从藤椅上站起来，她的嘴唇哆嗦着，双手径直伸过来抓住简少芬的手臂。现在就去嫁，现在就从简家滚出去吧。简少贞架住妹妹把她朝外面推，她说，现在就滚出去，去跟你的男人过吧。

简家姐妹就这样扭在一起，两个人的脸同样的苍白失血，同样的充满绝望和悲怆之色。酱园陈旧开裂的楼板因此颤索不止，板壁上简老板夫妇的遗照砰地坠落在地。简少芬这时候用力推了姐姐一把，看着她跌坐在床上。然后她掠了掠被汗水湿透的短发，走过去捡起了相框，相框玻璃上出现了一道裂缝，简少芬把相框重新挂好，这时候她又哽咽了一声，她说，你这样反而让我铁了心了。

简少贞坐在床上沉重地喘着气，眼睛里也噙满了泪。她从枕边摸出一个药瓶，连续吞咽下3颗药片。简少贞一边干呕着一边开始咒骂顾雅仙。简少贞说，这个搅家精，我让她不得好死。

你用不着赶我走，到时候我自己会走的。简少芬又说。她用丝帕蒙住脸走到窗前，看着下面黑黝黝的天井，那棵石榴树在夏季枝繁叶茂，像一把巨大的黑伞罩住了酱缸、草蔓和其他杂物。从酱缸里飞出的萤火虫在天井里萦回低旋，简少芬看见了那道微弱的蓝光在夜色中掠过，一切都应和了她此时此刻凄清的心境。

这天已经调离酱园的孙汉周又回到了旧地，他还是那副油头粉面轻轻松松的样子，倚着柜台和女店员们瞎聊了半个上午，惹得她们时而哄笑时而叱骂。孙汉周走的时候把黑包忘在了柜台上，是杭素玉追出去把黑包给他的。粟美仙因此发现了孙与杭重续旧情的蛛丝马迹。她觉得这样的小诡计是根本瞒不过她眼睛的。在杭素玉离柜的短短一分钟内，粟美仙与顾雅仙迅速地交换了狡黠的眼神，她将耳朵贴在临街的窗上尽量偷听，希望能听清一点实质性的内容。

在约地方鬼混呢，这个骚货。粟美仙朝顾雅仙眨眼睛。

你想捉奸吗？顾雅仙哂笑着说，真要约地方，你怎么听得见呢？

肯定是在仓库里。以前我在仓库里发现好多卫生纸，都是用过的脏纸。粟美仙说这句话时表情很暧昧。

仓库倒是个偷鸡摸狗的好地方。顾雅仙仍然嘻嘻地笑着，她抬头朝楼板顶棚瞥了一眼说，你要是从楼上简家绕到天井里，捉起奸来就更方便了。

我今天倒要试试，我就不信抓不到那骚货的把柄。粟美仙咬牙切齿地说。

这天夜里很闷热，简少芬刚洗完澡，正在洗衣服的时候听见了那阵轻轻的敲门声，她以为是顾雅仙又来了，下楼开门一看却是粟美仙。

少芬，我有样东西掉在你家天井里了，让我进去拿一下。粟美仙说着就径直走了进来，她的手里捏了只手电筒。

简少芬觉得粟美仙的神色很怪，她就跟在后面往夹弄走。通往天井的门开在夹弄里，平时是锁着的。简少芬打开了锁，疑惑地问，是什么东西？怎么会掉天井里呢？粟美仙这时候抿嘴一笑，她压低嗓门说，跟我来，有好戏看了。简少芬还是疑惑不解，她说，到底怎么回事？你把我弄糊涂了。粟美仙嘘了一声，示意她不要说话，然后她拉着简少芬的手，蹑足往天井里走。粟美仙很轻易地推开了平日封死的那道门，进入酱园黑漆漆的店堂，小心，千万别出声。粟美仙附在简少芬耳边轻声叮嘱，她拉紧了简少芬的手走到仓库的门前，自己先蹲下来，扒在锁眼上朝仓库里望。简少芬听见了粟美仙喉咙里压抑的笑声，紧接着她的头部也被粟美仙朝锁眼上按。你来看看里面是什么好戏？

起初简少芬只看见仓库里发黄的灯光和一些装满瓶罐的木条箱，当她终于看清楚地上的两个人时不由得发出了一声惊叫。简少芬从来没有见过这样的场景，她的第一个反应就是逃离现场。她跌跌撞撞地奔出酱园的店堂，一路踢翻了地上的几只玻璃瓶子，发出乒乒乓乓的巨响。

少芬，你别走，你是证人呐！粟美仙在后面喊了一声。

简少芬满脸燥热，她跑到院子里，听见酱园里已经响起最初的嘈杂声，好像是粟美仙和杭素玉隔着门在互相谩骂，其中还夹杂着一个男人沙哑的嗓音。简少芬看见姐姐也下了楼，姐姐站在天井里听了一会儿，走过去把通往酱园店堂的大门砰地关上，然后在门上别好了插销。

恶心。简少贞朝地上啐了一口，她说，通奸的和捉奸的都不是好货。

第二天粟美仙捉奸成功的消息就在香椿树街不胫而走，到酱园来买东西的妇女特别多，她们在柜台上没有看见杭素玉的人影，有人问顾雅仙，杭素玉呢？顾雅仙含笑答道，休病假啦。粟美仙在柜台里显得神采奕奕，当有人询问捉奸过程时，她便不厌其烦地重复一句话，从锁孔里看见的，楼上简少芬也看见的。

谁也没有预料到这件事情后来导致了闻名一时的香椿树街凶杀案发生。几天后香椿树街的居民听到了一个耸人听闻的消息，街西的老宋用一把菜刀砍死了妻子杭素玉，然后就把血淋淋的菜刀夹在自行车的后架上，骑车去了城东的煤球店，在那里老宋当着好多人的面砍了孙汉周五刀，最后他把菜刀扔到煤堆上，对旁边惊呆的目击者说，我马上去公安局自首。如果你们谁家的女人也偷汉子，赶快告诉我，我顺便也砍了他们。

杭素玉死后顾雅仙去吊了唁，原来粟美仙也跟着去的，但她刚刚走进灵堂就被人推了出去，死者的姐姐跺着脚对她喊，都是你搅出来的事，你还有脸来吊唁？粟美仙脸上很难堪，她在门口站了一会儿，后来就挟着一条被面离开了。留下的顾雅仙在灵堂里哭了很久，她掀起死者脸上的白布，发现杭素玉的遗容经过化妆后更显风韵，只是眉宇之间仍然留存着怨恨的神色。

那种事情谁都会沾点边，有什么大不了的？顾雅仙诚恳地对死者亲属说，怪只怪素玉苦命，嫁了这么个禽兽不如的男人。顾雅仙后来又回忆了多年前的往事，她说，当初素玉要嫁老宋时我就劝过她，她没肯听我的话，现在想想真可怜，素玉这条命也送在他手上了。

这个夏天香椿树街的居民在街头纳凉时经常谈起杭素玉之死的话题。他们普遍认为粟美仙是一个间接杀手，当粟美仙下班时总是有人在背后指指戳戳，而杭素玉娘家的亲戚对粟美仙都是横眉竖目的，他们骂她是个害人精。

在对凶杀案进行常规性调查时，酱园楼上的简少芬曾被传到居民委员会质询。简少芬面色惨白，坐在椅子上不停地打颤，她只是一味地说，我不知道，我没看见，我什么也没看见。

到了秋风初起的九月，简少芬终于和小学校的鳏夫章老师结婚了。事情是在相对保密的状态下进行的，因为简少芬不想让更多的人知道。顾雅仙自然而然成为新娘的女傧相，在喜庆日子里陪伴左右，婚宴上多为章老师的亲戚，他们对婚礼冷淡拘谨的气氛早有思想准备，所以当新娘后来躲在饭店卫生间长时间哭泣时，并没有人进去劝阻她。

第二天顾雅仙在酱园向某些人散发了喜糖。据顾雅仙描述，简少芬那天化了淡妆，穿了红色的呢裙，看上去并不显得太老，只是眼泡因为长久哭泣而浮肿着。顾雅仙又说起章老师的那个上了中学的儿子，她说，那孩子犟头犟脑的，大家都让他喊妈，偏偏他就不肯喊，最后拗不过了，就板着脸喊了声阿姨。

楼上的足不出户的简少贞就是这时候走进酱园的，简少贞穿着黑衣黑裤，脑后的发髻上插着一朵白绒花，是一副守丧打扮，她手里抓着一把剪刀悄悄地站在门口，以一种睥睨的目光盯着顾雅仙不停翻动的嘴唇，顾雅仙猛然刹住了话闸，她抬起头吃惊地望着简少贞，那个老女人苍白的扭曲的脸使她感到心悸。

搅家精，烂舌头。简少贞扶着柜台慢慢挪过来，她朝顾雅仙挥舞着那把剪刀，我要剪了你的烂舌头。

边上的人把顾雅仙推进了里面的仓库，顾雅仙躲在仓库里尖声叫骂，这个神经病的老×，我看她真是发疯了，她妹妹要嫁男人怪我什么事？我是好心，好心真是没好报。

围观者都看见了简少贞手里的那把剪刀，但谁也没有想到它就是死去的杭素玉用过的那把剪刀。他们听见简少贞又恶狠狠地嘟囔了几句，然后她深深地叹了口气，蹒跚地走出了酱园的店堂。围观者目睹那个苍老的背影离去，不由得议论纷纷，他们觉得简少贞的神经真的是出了毛病，也许是她老糊涂了，也许是被气出来的。

从此后简少贞几乎天天重复她的古怪乖张的行动，她总是在正午时分悄悄地来到酱园，身上穿戴着黑白两色的丧服，手里抓着那把半新半旧的剪刀。她盯着顾雅仙的两片嘴唇，只要顾雅仙开口说话，简少贞就会嘟嘟囔囔，搅家精，烂舌头，我要剪了你的烂舌头。顾雅仙后来对此习惯了，也就熟视无睹。有时候她对人说，她有神经病，我理她干什么？有时候想想又很怨恨，说，我真是倒大霉了，好心撮合了一门婚事，十八只蹄膀没有吃过，反而结下了这个倒霉的冤家。

简少芬婚后回来过几趟，每次都被姐姐骂出了家门，她带来的水果被姐姐一只一只地扔到大街上。有一次她和章老师一起回来，刚走上楼梯，简少贞就开始往楼梯上砸东西，先是脸盆凳子之类的，后来是垃圾，最后是一只马桶滚了下来，粪水溅了夫妻俩一身。简少芬站在门口哭起来，她抽泣着对章老师说，这下我死心了，我再也不回来了，除非哪天来给她收尸。

简少芬没有想到她一谶成真，冬天她重回香椿树街果然是来给姐姐收尸的。说起来及时发现简少贞死讯的还是顾雅仙。冬至那天简少贞没有下楼对顾雅仙履行常规的威胁性行为。简少贞没有来酱园，顾雅仙竟然有点心神不定，她对粟美仙开玩笑说，老东西今天怎么不来？会不会翘辫子了，那样我就省心了。顾雅仙说完朝头顶上的楼板扫了一眼，楼上好像是一片死寂，她看见楼板上糊的旧报纸颜色有些怪，有一块是红色的，椭圆形的，而且它在隐隐地放大，颜色也越变越深。不好了，楼上真的出事了。顾雅仙带一群人闯进陌生的简家，他们在楼梯上就闻到了一股酸酸的血腥味。

简少贞作为闻名香椿树街的怪人，她选择的死亡方式也是奇怪得出人意料的。简少贞用无数绣花针扎破了她的动脉血管，她就这样坐在绣花棚架边，坐在一张已被磨出白光的红木椅上等待血液流光，直至安静地死去。

匆匆赶来的简少芬把姐姐冰凉的身体搬到了床上，从她眼睛里已经看不到昔日的泪光。简少芬后来用手绢蘸上水，一遍一遍擦拭衣服上的血迹，顾雅仙也在旁边帮她的忙。顾雅仙猛然听见简少芬说了一句不堪入耳的话，她说，这个神经病的老×，死也不肯好好地死去，死了还要拖累别人。这句话听起来非常熟悉，但顾雅仙不相信它出自简少芬之口，顾雅仙不相信短短半年之内，简少芬竟然起了如此惊人的变化。

酱园楼上的简氏姐妹其实都是颇有名气的刺绣艺人，现在姐姐简少贞已经故世了，妹妹简少芬仍然活着。简少贞的最后一幅绣品没有完成，而且当时就已经被损坏。那是绣品中比较罕见的人像，绣的是一个女人脸部，模样酷似楼下酱园的店主任顾雅仙。被损坏的部位主要在女人的两片粉红色的嘴唇上，据简少芬回忆，她最初见到那幅人像绣口时，有一把剪刀插在女人的嘴上，丝绢上因此出现了一个无可挽回的伤口。

肉联厂的春天

人们把金桥所在的工厂称作屠宰厂，那是出于某种懒惰的因循守旧的语言习惯。当我在这里讲述金桥的故事时，我首先想替他澄清一个事实，金桥不在屠宰厂工作，金桥是东风肉联厂屠宰车间的工人。金桥确实与杀猪这门职业有关，但天天与生猪打交道并不证明他就是个杀猪的，况且金桥从走进肉联厂的第一天起就开始盘算怎样离开这个油腻得令人反胃的地方。

　　春天的太阳照耀在肉联厂的红色厂房和露天清洗槽上。这是生猪的丰收季节，从厂房的各个窗口传来机器切割猪肉的欢快的声音，冷库的女工们穿着臃肿的棉袄从金桥身后突然冒出来，她们倚靠在清洗槽上扯下口罩，一些粗俗的脏话纷乱地倾泻在金桥的耳朵里。女工们在咒骂一个人：猪头、下水、尿泡，她们在用一种职业术语咒骂一个人。金桥觉得很有趣，他不知道那些女工在骂谁，反正不会是骂他。金桥放下手里的刷子，关上水龙头，停止了刷洗衣服上那块污渍的动作，他回过头朝女工们笑了笑，他说，你们在骂谁？

谁？除了那只猪头还会骂谁？一个女工挥着手里的口罩说，她的声调起初是愤然的，但当她发现金桥是个陌生人时，身体便很消极地往后扭过去，重新半倚半坐在清洗槽上，你是新工人？她审视着金桥，突然噗哧笑了一下，她说，你拿着刷子刷什么？刷工作服？工作服有什么可刷的？今天干净了明天还会脏，你这么爱干净就不该到肉联厂来。

胸口弄上了一摊猪血，没想到猪血那么难洗，怎么刷也刷不干净。金桥说。

你不会是奸细吧？那个女工说，你不会去向他告密吧？

我向谁告密？金桥反问了一句。

猪头呀。女工这时近似卖弄风情地朝金桥挤了挤眼睛，然后她说，你要是敢告密，我们就把你拖到冰库里，跟生猪冻在一起。

金桥愣了一下，他刚想问什么，清洗槽边的女工们突然鸦雀无声，她们的目光一齐投向屠宰车间与浴室之间的路口，一个戴鸭舌帽的男人拖着一只袋子从那儿走过来。女工们几乎齐声骂了一句，猪头，下水，尿泡，一边骂一边仓惶地散去。金桥望着她们的背影在冰库的棉帘后面消失，他觉得肉联厂的人们行为有点古怪。金桥拿起刷子在右胸前又刷了一下，他眼角的余光迎接着那个戴鸭舌帽的男人，金桥已经注意到那个男人面色红润眉目清癯，他拖着袋子走路仍然显出一种干练敏捷的作风，他就是猪头，金桥想为什么把他叫做猪头呢，在他从小生长的城北地带，人们习惯于将那种容貌丑陋或性格反常的人斥为猪头，那是一种污辱性的说法，而拖着袋子迎面走来的那个人看上去酷似一个以风度、口才和修养闻名于世的外交家，当他的瘦长的身影和身后的蛇皮袋越来越近，金桥几乎目瞪口呆，假如没有那只沾满污渍的蛇皮袋，假如他穿上深蓝色的中山装，再在中山装口袋里插上一支钢笔，金桥真的相信他看见了那位已故外交家的亡灵。

猪头？金桥想起冷库女工们恶毒的声音，她们竟然骂他是猪头，金桥的心里突然升起一种代人受过的歉意，他的脸也莫名其妙地红了起来。我在这里提醒关心金桥事件的人注意这个细节，当金桥与徐克祥在肉联厂的清洗槽边初次相遇时，金桥用刷子最后刷了一下他的被玷污的工作服，然后他迅速整了整头发、衣领和皮带，人像一棵无精打采的植物突然受到了雨水和阳光的刺激，笔直地站得一丝不苟，当然更重要的是金桥注视徐克祥的目光，除了不必要的窘迫和慌乱外，还有一种深深的拜谒偶像式的崇敬。

你是金桥？徐克祥一眼就认出了金桥，他放下那只蛇皮袋子，走上去跟金桥握手，第一天上班吧？徐克祥说，怎么样，还习惯吗？

习惯，不，不是习惯，金桥有点语无伦次地端详着徐克祥，他说，眼镜，一副白框眼镜，你是不是也有一副白框眼镜？

我不戴眼镜，我就是徐克祥，叫我老徐好了，徐克祥说，肉联厂上上下下都叫我老徐，别叫厂长，也别叫我书记，就叫老徐好了。

老徐，我，我觉得你很像一个人。

像个工人？嘿，我本来就是工人出身。徐克祥突然朗声大笑，他的表情也显得更加快乐，别人都这么说，像工人就好，要是我老徐哪天不像工人像干部了，徐克祥倏地收住笑容，右手往肩后一挥，说，那我老徐就官僚了，你们就别叫我老徐，叫我徐官僚好了。

金桥又一次被徐克祥的手势震惊了，右手往肩后一挥，那个已故外交家在加重语气时右手就是这样的，轻轻地却是果断地往肩后一挥，没有人能够轻易地摹仿这种手势，金桥盯着徐克祥的右手，他想现在那只右手该握紧了撑在腰上了，金桥不知道是什么导致了这种神奇的事实，他看见徐克祥的手慢慢地撑在腰上了。

你怎么这样拘束？徐克祥一只手撑着腰部，另一只手亲昵地在金桥肩上拍了一下，他说，千万不要怕我，金桥，你看你还不知道我是谁，我却能叫出你的名字了，我看了你的档案材料，一下子就全记住了，我做领导别的本领不强，就是记性好，什么都能记住。

过目不忘，外交家都是这样的。金桥喃喃地说，太像了，你们简直太像了。

徐克祥这时候的注意力重新投向了脚边的蛇皮袋，他的神情突然变得凝重了，两道剑眉拧结起来，金桥，来，我们把这袋东西送回冰库去，他抓着蛇皮袋的一角，叹了口气说，这样下去不行,一定要刹一刹这股歪风了。

什么歪风?袋子里装的什么?

猪头、猪下水还有别的,有人总是想挖肉联厂的墙脚,他们把袋子偷偷拖到围墙边,扔出墙,外面有人接应,让我逮住好几回了。徐克祥说,猪头、猪下水难道就不是国家财产吗?怎么可以偷?这样下去不行,一定要刹一刹这股歪风。

金桥帮着徐克祥抬起蛇皮袋朝冰库走,蛇皮袋上的油污和血渍再次弄脏了金桥洗干净的双手,从袋子里渗出的猪内脏的腥味使他感到反胃,金桥尽量克制住呕吐的欲望,他顺应着徐克祥的步法走到冰库门前,终于忍不住地丢下袋子,哇的一声吐出来了。

你还没习惯肉联厂的环境,习惯了就不会吐了,习惯了就好了。徐克祥在后面说。

我受不了猪肉的腥味,金桥一边吐一边说,我以为这里是做罐头的,我搞错了。这么脏,到处是猪血,到处是腥臭,我不会在这里待下去的。

那你想去哪里工作?徐克祥在后面说。

哪里都比这里好。金桥从口袋里抓出那把刷子,又开始四处刷洗胸前和裤腿上新添的污渍,他的回答当然有点闪烁其词。他听见徐克祥在他身后发出一声冷笑,金桥猛地回过头来想看见他冷笑的模样,据说那位已故外交家与对手谈判时也常常突然发出一声冷笑,他的冷笑被誉作钢铁般的冷笑。但金桥看见的只是徐克祥的顽长的钢铁般的背影,徐克祥独自拖着那只袋子拉开了冷库的大门。

金桥站在冰库的大门前，冰库低于地面水平线，金桥现在可以更加全面地观察肉联厂，附近的一块稀疏的没有返青的草坪，土红色或者灰白水泥的厂房，厂房上空没有煤烟，天基本上是蓝色的，阳光也像是从电扇里均匀地吹出来的，吹到脸上都是春天的气息，只是生猪肉的腥味始终混杂在其中。金桥看见一朵云从更高的天空游弋而过，让他惊奇的是那朵云的形状就像一头小猪昏睡的形状。

从第一天起金桥就向许多人埋怨他的处境，他是个注重仪表风度的人，在报考外交学院三次失败后他做了委曲求全的准备，但是他没有准备天天与生猪打交道，假如不能走向联合国安理会椭圆形大厅的台阶，是不是就要他到肉联厂来向生猪们阐述他对世界和平的观点呢？金桥的语气悲凉而充满自嘲意味，他的朋友们注视着金桥嘴角上的一个水泡，他们等待着金桥对国际风云的预测，但金桥不再侃侃而谈，他说，猪，猪肉，猪肝，猪大肠，他妈的，我竟然天天和这些鬼东西在一起！有一个朋友大概想安慰金桥，他说：肉联厂其实也没有什么不好的，每人每月领三斤猪肉，一分钱不花。但那个朋友很快就知道，自己失言了，他看见金桥投来的目光令人心悸，阴郁、狂怒和悲伤，那是朋友们从未见过的金桥的目光。

金桥的小阁楼上气氛沉闷，一群年轻人零乱地坐在地铺上板凳上，他们一齐用怜悯的目光注视着金桥和他嘴角的水泡。临河的窗台上那只袖珍收音机仍然在播报新闻，有关非洲的饥荒，一个浑厚的客观的男中音告诉小城的人们，在遥远的沙漠地区，又有多少妇女和儿童死于干旱和饥饿。

有人悄悄地把手伸到窗台上关掉收音机。

别动。金桥猛地抬起头说，开着收音机，这是最新消息。

朋友们陪着金桥听新闻，但他们的目光开始在狭小的阁楼上游移不定，临河的民居和草草隔砌的阁楼里总是显得幽暗沉闷的，尤其是在宾客们都沉默无语的时候。春天在金桥家的那次聚会，唯有板壁上的那些彩色和黑白的人像栩栩如生，他们都是阁楼的主人金桥崇拜的中外外交家，是他们的笑容、动态在小阁楼里挥散着仅有的一点活力。

春天的那次聚会，朋友们记得金桥仍然穿着他钟爱的白色涤麻衬衫，衬衫领子下打了一条黑红条纹领带，他的装束也仍然与墙上的某一名外交家相仿。他们还记得金桥在长久的沉默后突然嗤地一笑，他指着墙上的一张人像说，肉联厂有一个人，跟这个老焦长得一模一样，你们想象不出他跟老焦有多么相像。

老焦是金桥对那名外交家的昵称。照片上的老焦正在与人交谈，他的右手富有个性地向肩后一挥，手的周围因此留下一圈白花花的空白。朋友们对老焦一知半解，他们只是听金桥说那位潇洒睿智的外交家已经在多年前含冤离世了。

金桥嘴角上的那个水泡也给人留下了深刻的印象，当然，熟悉金桥的朋友们不会简单地把它归为气候干燥的原因，春季固然干燥，但金桥不会因为季节而气血不畅，那个损害了金桥仪表的水泡无疑与一种恶劣的心情有关。

火车站的广场是眉君与金桥约会的地方。

眉君坐在喷泉池边，与往常一样，她身边放着金桥送给她的生日礼物，一只贵州苗族人编织的蜡染布包，眉君的两只红皮鞋互相弹击着，弹击声轻重缓急不一，似乎想演奏一支曲子。眉君从蜡染布包里拿出一盒橙汁，很响亮地吸着，而她的眼睛却愤怒地斜睨着路口的过往行人。

金桥终于来了，金桥修长挺拔的身影一出现眉君便低下头正襟危坐，扔下橙汁盒，从包里拿出一本书放在膝盖上，《白宫风云》，无疑这本书也是金桥送给她的。

小姐是去巴黎吗？金桥微微弯腰站在眉君身边，他说，开往巴黎的东方快车六点五十分开，你该上车了。

我不去巴黎。眉君说，哼，巴黎，巴黎算什么东西？

那么小姐是去索马里看望灾民？你应该先到雅温得或者开罗，然后搭非洲航空公司的班机到摩加迪沙。

我哪儿也不去。眉君突然合上书，她用一种讥讽和挖苦的表情盯着金桥，她说，我去屠宰厂，告诉我去屠宰厂怎么走？

金桥愣了一下，他在眉君旁边慢慢地坐下，你今天怎么啦？他说，一点幽默感也没有，你忘了幽默的十大妙用了？

为什么迟到？眉君几乎是叫喊了一声。

我在洗澡，主要是洗头发。金桥揪住自己的一绺头发给眉君看，为了来见你，我必须把头发上的油腻和猪肉味道洗掉，金桥说，你不知道洗掉那些东西有多么困难，我怎么能让你闻见肉联厂的气味？你别生气，我迟到是尊重女士的一种表现。

油嘴滑舌。眉君小巧而丰满的身子渐渐地朝金桥一侧扭过来，她瞪着金桥松软洁净的头发说，你还有闲心油嘴滑舌？你还洗什么头发？现在几点钟了？

六点五十分，怎么啦？

气死我了。眉君的身体再次愤怒地背离金桥，她站起来的时候脸涨得很红，我再也不管你的事了，我再管你的事我也是白痴，眉君拿起那只蜡染布包风一样地掠过金桥身边，跑出去几米远，她又回过头喊，金桥，你这种人天生就该在屠宰厂杀猪！

金桥伸手去抓眉君的裙子，但是没有抓住，与此同时他想起了与眉君的约定，六点半他们要去一个姓顾的干部家里，他想起那个姓顾的干部是眉君家的远房亲戚，更主要的是金桥想起那个人在劳动局工作，眉君说他或许能帮金桥，让金桥的档案从肉联厂退回劳动局。

你回来，金桥高声朝眉君的背影喊道，我们去劳动局，不，我们去你亲戚家里。金桥追着眉君跑了几步，但很快就站定了，因为火车站广场上的人都向他侧目而视，这给金桥带来了极其糟糕的压力，不管天大的事情，金桥绝不做任何斯文扫地的事，当然在众目睽睽之下追逐女友总是事出有因，问题是金桥的鞋带松了，左脚上的皮鞋很有可能在奔跑中掉落。不管天大的事情，金桥不会甘冒这种危险在火车站的广场前奔跑的。

眉君的背影在嘈杂的人流车辆中消失了，金桥能感觉到那是一个被伤透了心的女孩的背影。我怎么会把这件最重要的事忘了呢？金桥想想自己确实有点荒唐，每天想着告别肉联厂，却把付诸行动的第一个计划忘了，金桥回忆起他走进浴室之前还是记着六点半的行动的，但不知怎么当他淋浴完毕，当他把油腻的工作服扔进工具箱换上自己的白涤麻衬衫，当他以一种自我满意的姿态走近火车站和女友时，那些琐碎的实用性的计划便离开了他的思想，他记得在眉君拂袖而去之前，他脑子里盘桓的那些遥远却又美丽的语汇，唐宁街、工党、保守党、密特朗和爱丽舍宫、联合国教科文组织，还有一面奇怪的红黄蓝白四色国旗。

是我自己的错。金桥用食指按住他的太阳穴，他毕竟不在海牙的联合国总部，甚至不在北京的外交部大楼，他必须这样按住一部分思想，让另一部分切合实际的思想生长出来。

《白宫风云》被丢在喷泉池边，不知眉君是否故意的。金桥拾起书，看见封面上浸润了一些果汁，他用手指擦了几下，那座巍峨的白色宫殿已经被染成了橙色，无论怎么擦，它不可能回归原来的白色面目了。金桥立即觉得他受到了一次伤害，伤害一本好书就是伤害书的主人，金桥发誓以后再也不把书借给别人，不管那人是谁。

喷泉池很久没有喷泉了，它现在只是一口肮脏的蓄水池，浅水里积满了废纸、易拉罐和橘子皮，金桥突然发现他是坐在一个很不卫生的地方，他站起来想离开，但转身之间却听到了一个朦胧的却很尖刻的声音：你嫌这里脏，难道还有比肉联厂屠宰车间更脏的地方吗？金桥面露窘色地东张西望，他现在常常出现类似幻听的奇境，或许不是幻听，而是他心里的独白。金桥觉得有一个声音一天比一天放肆地尾随着自己,嘲弄、讥讽甚至污辱他,那个声音异常冷酷地摧残着金桥的自尊,它使金桥感到恐慌。去吧,别待在这些肮脏世俗的地方,去你该去的每一个美丽洁净的地方。

金桥的耳朵开始灌满这些讨厌的声音,与此同时他看见一群苍蝇从候车室的窗户里飞过来,杂乱无序的一些黑点,就像广场上那些旅行者一样横冲直撞。金桥惊异于自己能在黄昏逆光的情形下分辨那些苍蝇,这无疑是几天来在肉联厂与猪肉苍蝇频繁接触的收益。那是不是肉蝇呢?金桥突然想到屠宰车间的老工人给他传授的知识,他们说肉蝇专门吮食动物的尸肉,肉蝇绝不往茅房厕所里飞,也从不在垃圾堆上盘旋,它们只喜欢肉。是不是肉蝇?金桥这么盯着那群苍蝇嘀咕着,他脸上的微笑看上去很调皮。苍蝇几乎掠过金桥的面颊,栖停在喷泉池的另一侧,金桥想这个地方真的太脏了,苍蝇来了,他也该走了。金桥本来已经疾步离开,但无意之中回头一瞥,突然发现那群苍蝇其实是栖在一只蛇皮袋上。那只蛇皮袋鼓鼓囊囊的沾满污渍,很像是徐克祥那天拖过的袋子。金桥猜想那肯定是一个赶火车的冒失鬼忘在这里的,他皱了皱眉头说,肉蝇,真是肉蝇,他厌恶这只袋子和这群苍蝇,但不知为什么金桥忍不住地想证实袋子里是否是猪肉,在几秒钟的迟疑后金桥走过去解开了蛇皮袋口上的绳子,紧接着他看见了一堆猪下水和一只猪头挤在袋子里,金桥跳起来叫喊了一声,这个瞬间他相信眼前的蛇皮袋来自于肉联厂,不,就是那天徐克祥拖着的袋子。一只猪头,一堆猪下水还有别的,天知道它们为什么跟着金桥来到了火车站!

那个干部模样的人确实是一个干部。

眉君让金桥随她喊顾伯伯,眉君事先吩咐他说,见了顾伯伯你少说话,别在他面前老气横秋说东道西的,千万别再卖弄你的知识。眉君还说,装成个老实人,他们都喜欢老实人的,金桥申辩了一句,哼,老实人不吃亏?这种观念真可笑。金桥还想说什么,但警一眼眉君的脸色便又噤声了。他不敢损害眉君帮助他的热情了,眉君已经下过最后通牒,假如金桥不听她的,她再也不会管他的闲事。

顾伯伯明显很喜欢眉君,他慈祥地向眉君嘘寒问暖的时候,金桥冷眼观察着这间属于别人的大而无当的屋子,地面、家具以及衣架上的鸭舌帽和呢大衣都散发着保守务实的气息,墙上的淡蓝色油漆也像它的主人一样老化乏力了,金桥很快注意到墙上的一幅陈旧的地图,七三年的地图?金桥凑到地图前失声叫起来,克什米尔,克什米尔在哪里?金桥的手指冲动地划过地图松脆的纸面,他说,这条虚线果然标错了。

眉君走过来挨着金桥看地图,实际上她是来踩金桥的脚的,她的眼神与脚一齐谴责着金桥的不识时务。金桥有点羞惭地回到硬木椅上,端正地坐着,头部朝顾伯伯微微转过三十度左右,这是最合乎礼仪的会谈姿势,但金桥想起之前眉君的提醒,在这里应该处处谦卑,金桥便谦卑地缩起了脖子,他说,顾伯伯,您,他觉得顾伯伯正专注地等着他说话,那个花白的脑袋轻轻朝他俯冲而来,金桥闻到一股蒜味,是从老人粗重的鼻息中挥发的。顾伯伯，您，金桥想说您爱吃蒜，吃蒜很好，可以防癌祛病，但他感受到旁边眉君锐利的目光，那是一种压力，眉君逼着他说出字字珠玑的开场白。

顾伯伯，您，您的模样很像田中角荣。金桥脑子里突然一片空白，空白中诞生的唯一意念就是这个名字。

田什么荣？你说我像谁？顾伯伯仍然微笑着问。

田中角荣。金桥说，就是七二年来访的田中首相，是我最喜欢的外交家之一。

他是哪儿的？顾伯伯站了起来，看上去他似乎忘了做某一件事，他往左右两侧张望着，带着些歉意说，年纪大了，脑子不灵了，好多事情都记不得啦。

是一位日本首相，金桥愕然地看看眉君，他发现眉君的眼神是一种警告和呵斥，但他忍不住地按照语言的惯性继续说，没有当年的田中，就没有今天的中日关系。

是个日本人？顾伯伯说，你们年轻人不知道，日本人手上沾满了几百万中国人的鲜血呀。

眉君的红皮鞋从水泥地上滑过来，再一次踩住金桥的脚，准确地说这一次更像是蓄意伤害。金桥差点叫起来，他有点愠怒地盯着眉君，眉君却不看他一眼，她的目光追逐着老人左右摆动的脑袋，顾伯伯您在找什么？眉君说，是不是找药？您坐着，我帮您找。

不是药，是我的肠胃有点问题，今天上了好几回厕所，怎么又想上了？顾伯伯跌跌撞撞地往厕所那边走，一边走一边说，肉，肉，现在的猪肉也是伪劣产品，全是细菌，吃了不拉肚子才怪。

剩下金桥和眉君面对面坐着，眉君剥了一只橘子，三口两口地吃了，金桥我警告你，你要是再夸夸其谈炫耀自己，你要是自己把事情弄糟了，别怨我不帮你。眉君把橘子皮狠狠地扔在篓子里，她说，记住，等他回来就该切入正题了，他是你们系统的元老，让他跟肉联厂打个招呼，他们不敢不放人，至少也让他们给你换个工作，宣传科工会什么的。

只要不跟猪天天在一起就行。金桥说。

你这种人只配跟猪在一起．眉君说。

厕所里响起抽水的声音，金桥突然觉得紧张，他用一种求助的目光望着眉君，是该切入正题了，金桥说，我怎么觉得思路堵塞呢，你说该怎么切入？

不是切肉的问题，顾伯伯走进来说，是出厂前的卫生检疫不过关，肉联厂现在的问题是只求产量不求质量，主要是小包装，群众意见很大，这个问题非解决不可，顾伯伯看了眼金桥，眼睛倏地一亮，你刚才说到切肉，这是个点子，可不可以考虑在切肉时加上消毒工序？

我不知道。金桥想笑，但他抬起手把不合时宜的笑声捂住了。我跟肉联厂没什么关系，金桥在椅子上不安地扭动着身子，他瞟见眉君在向他丢眼色，她让他现在切入正题。我不喜欢肉联厂，不，应该说我讨厌，金桥艰难地咽着唾沫，他听见眉君仰天叹了一口气，那意味着她反对自己如此切入正题。但金桥的眼前已经清晰地浮现出屠宰车间粉红色的血淋淋的生产场面，他甚至又闻见了从生猪肉和猪下水中散发的热腥味，金桥觉得油脂与血污堵住了他的喉咙，这个瞬间金桥忘了所有的礼仪与社交语言，噗地一声，他朝篓子里啐了一口，我要吐掉所有咽下去的猪肉，我恨猪肉。金桥痛苦地凝望着顾伯伯，他说，我恨肉联厂，帮帮我，让我离开肉联厂。

这位同志，顾伯伯用询问的目光逼视着眉君，这位同志怎么这样冲动？

眉君患牙疼似的捂着脸，避开了顾伯伯警觉的洞悉一切的眼睛。他心情不好，眉君忸忸怩怩地左顾右盼，他是个人才，眉君的声音渐渐流畅起来，她说，顾伯伯您不会湮没人才吧？怎么说也不该让他去杀猪，您帮帮他，别让他在屠宰车间大材小用了。

不想在屠宰车间？顾伯伯花白的脑袋又转向金桥，怕脏？怕苦？怕丢面子？

金桥下意识地点了点头，立刻发现这是错误，于是又摇头否定，他想对此作出具有说服力的解释，但是抬眼之间他看见窗外悬挂着一条腌火腿，透过玻璃腌火腿的色泽仍然给人以富丽堂皇的感觉，金桥的注意力就这样游移到窗外，他想讨厌的猪肉及猪肉产品无所不在，一条腌火腿，从普通的苍白的猪腿到酱红色的价格昂贵的火腿，这是一个多么无聊而繁琐的生产过程，许多人的生命就在这个庸俗的过程中浪费了，而他们却为此心满意足。金桥于是脱口而出，真浪费，真庸俗。

什么？你是说屠宰车间的工作庸俗？顾伯伯脸上慈祥的表情急剧地转变为激愤和睚眦，这位同志，你这种观点我不能同意，顾伯伯说，这位同志我问你吃不吃猪肉？吃猪肉的吧？那就行了，生产猪肉的是庸俗，吃猪肉的就高雅了？你这位同志的思想意识有点问题，假如人人都是你这样的思想，那群众的菜篮子里就不会有猪肉了。

我不是这个意思。金桥嗫嚅着说。金桥觉得他确实不是那个意思，他设想可以用三种或四种角度去阐明这个问题，但他想说话的时候却总是陷入理屈词穷的境地。

他不是这个意思。眉君这时候在一边替金桥解围，她急中生智地推了推金桥的胳膊。他主要是皮肤过敏，看见猪肉猪血身上就出小疙瘩。眉君对金桥说，把你衣服袖子卷起来，让顾伯伯看看你胳膊上那些小疙瘩。

金桥不记得自己胳膊上有小疙瘩，他在卷衣袖的时候心里很虚，同时怀疑眉君的这个诡计是否有意义。幸亏顾伯伯没有看他的胳膊，否则金桥觉得自己将斯文扫地。

从顾伯伯家里出来以后，金桥与眉君一直在争论诈病的优劣。暮色降临这个水边的城市和水边的街道，空气中混杂着汽油、烤红薯以及化工厂废气的气味，而从河上吹来的风毕竟是春天的晚风，它浪漫地吹乱了眉君秀丽的长发和金桥的米色风衣。有人在北门汇文桥一带看见那对情侣且爱且恨地走着，他们有时牵着手，牵着手的时候他们喁喁私语，但突然间那声音高亢尖锐起来，于是其中的一只手便会狠狠地甩开另一只手。

假如玷污了我的人格，假如要让我浑身长满小疙瘩去博取同情，我情愿天天与猪在一起！金桥的脚踩在汇文桥古朴的石栏杆上,被眉君甩掉的那只手顺势朝桥下的河水一挥,他说,我要寻找的不是皮肤过敏,更不是小疙瘩,什么是豁免权你懂吗?打一个比方,我现在想要的就是一个豁免权。

凭什么豁免你?没有皮肤过敏怎么豁免你?眉君靠在桥的另一侧俯瞰着下面的流水,突然冷笑了一声说,就凭你满嘴欧共体满嘴联合国的?有什么用?你这种人其实是白痴,别人知道的事你都不知道,别人懒得知道的事你却成了个专家。

豁免权。金桥对眉君的讥嘲充耳不闻,他咕哝着在桥顶上来回走了几步,突然揽住眉君拉着她往桥下走,他说,走,让我们好好想想,怎样争取豁免权。眉君被他紧紧地揽着,别扭地拾级而下,她的声音仍然尖锐地抨击着金桥,收起你那套理论吧,告诉你,除了皮肤过敏,没有东西能把你从屠宰车间救出来。

四月的晚风还残存着些许凉意,北门一带的人声灯影里年轻的情侣随处可见,但是任何一对都不及金桥和眉君那样富有诗意,他们一直把金桥的米色风衣当做一把伞,眉君躲在这样一把伞后面激烈地批判着金桥,而金桥不愧是金桥,他的手始终撑开身上的风衣,让眉君藏在里面畅所欲言,也让风衣制成的伞遮挡路人好奇的缺乏教养的目光。

东风牌卡车从邻近乡村的生猪收购站运来满车的膘肥体胖的活猪,那是在早晨工人们上班之前的热闹场景。日复一日,每天都有足够的猪抵达肉联厂,工人们平静地投入到宰杀、清洗、切割和分类的生产过程中，除了极少量的肥肉或尾巴被女工们用来作投掷的武器，投向了那些轻薄下流的男人身上最后丢在地上，百分之三十的肉被加工成肉片、肉丝和肉丁装进食品袋中冷冻，叫做小包装。被冷冻的还有百分之三十的相对完整的猪腿、肋条等等，当地人喜欢称之为冷气肉，更多的百分之四十的猪肉则在当天午后热气腾腾地摆上肉铺的案板，那就是家庭主妇们最喜欢的热气肉了。

从屠宰二车间的圆形窗口可以看见半自动化的猪肉生产流水线，看见水泥地面上淌着浅红色的污水，许多双黑色雨靴在污水中纷乱地走动，当然我们还可以看见金桥在流水线上的身影，他把一只猪腿从挂钩上取下来，啪地在上面盖了一个蓝色印章，咯嗒，咯嗒，不知是什么机械手在金桥的头顶上响着，金桥就按照那响声的节奏为猪腿盖图章。这是一种简单的难以测量强度的劳动。我们看见劳动者金桥戴着一只防护口罩和一顶蓝色工作帽，只露出那双焦虑的眼睛，巨大的笨拙的排风扇在金桥身后隆隆运转着，它无法吹乱金桥洁净的永远向后梳理的头发，但它无疑已经吹乱了金桥在春天的好心情。

午间休息的时候金桥在冷库门前找到了徐克祥，金桥一见徐克祥便想到老焦，想到他见过的一张老焦的照片，也是这样目光炯炯地从低处往上走，当然老焦好像是在印度的泰姬陵台阶上行走。金桥想他必须遏止这种习惯性的联想了，他必须把徐克祥与已故外交家严格区分开来，否则他思考了一夜的谈话将变得无从谈起。

听说你在找我？是徐克祥先迎了上来，他匆匆打量了金桥一遍，然后伸手把金桥的工作帽鸭舌转到正前方，你主动找我谈，很好，徐克祥笑了笑，扬起浓眉问，谈谈，很好，谈什么？

谈我的工作，不，其实是谈我的处境。

谈工作很好，谈处境也不错，徐克祥说，工人们都有些怕我，他们不愿意与我交换意见，暗地里却骂我猪头。徐克祥突然拍了拍金桥的肩膀，你听见他们骂我猪头了吗？其实我根本不在乎，他们当面骂我我也不在乎，本来就是肉联厂的头，本来就是猪头嘛，徐克祥仰天大笑了一声，然后很快收敛了笑容说，但是我不喜欢他们当面一套背后一套，要骂就对着我痛痛快快地骂，我听得进意见，当兵出身的人直来直去的，最恨阳奉阴违那一套。

阳奉阴违是弱小民族与超级大国周旋的常用手段。不，我不想谈这些手段，金桥摇了摇头，他听见一个声音在警告自己，别让徐克祥牵住鼻子走，东拉西扯只是他回避的方法，这意味着他不想谈话进入正题。金桥想现在他不能按照昨天夜里考虑的步骤进行圆桌式谈话，必须单刀直入，于是金桥提高了嗓音说，老徐，我不能在屠宰车间干了。

你刚才说到手段？说下去，你的见解肯定有意思。你说的弱小和超级是指什么？是指肉联厂的干群关系吗？

不，老徐，我说我不能在屠宰车间干了。

为什么？徐克祥沉默了几秒钟，终于露出了金桥想象中的严峻的表情，他说，说出你的理由。

我到肉联厂来本身就是个错误，你把我分配到屠宰车间更是个错误。金桥说，我讨厌猪肉，更讨厌杀猪。

没有人会喜欢肉联厂的工作环境，但是所有的工作都要人干，你不干，他也不干，假如这样我们只好吃带毛的猪肉了。金桥你说是不是？你自己说你的理由是不是理由？

我也许没有什么理由。金桥的脑海里迅速掠过几个华丽而飘逸的名词概念，他想他不得不用它们为自己辩护了，这其实关系到我的主权，就像一个国家，一个人也有他的主权，金桥的双手在徐克祥面前来回比划着，他说，我喜欢干什么，不喜欢干什么，就像一个国家的内政不容别国干涉，另外，我这人天生爱干净，无法在这么脏的环境里工作，我想要的其实也是一种豁免权，老徐请你给我一个豁免权吧。

他们说你是一个业余外交家，名不虚传。徐克祥又哈哈大笑起来，他的一只手在金桥的肩上快乐地抓捏着，然后突然停止了，那只手收回来在下颌处刮击了一番，猛地向肩后一挥，金桥你是个人才，可是小小肉联厂没有外交部，你让我怎么安排你的工作呢？

老徐，请你不要挖苦讽刺，这是一次常规性的正式谈话，非正式谈话可以轻松一些，但正式谈话都是严肃的就事论事的。

我很严肃。徐克祥用一种古怪的目光凝视着金桥，他的手再次朝金桥伸过来，这回是替金桥掖了掖衣服领子。金桥，其实我跟你志趣相投，徐克祥的声音听来真挚而中肯，我年轻的时候跟你一样，一心想进外交部，你知道我生平最崇拜的人是谁吗？是焦——

金桥几乎与徐克祥同时喊出了这个名字，金桥惊喜地张大了嘴，不敢相信自己的耳朵，他不敢相信徐克祥与自己崇拜的是同一个老焦，怪不得你跟老焦那么像，一举一动都那么像。金桥说着嘿嘿地笑起来，他觉得本来紧张的心情突然松弛了，两只脚也轻浮地转了一个华尔兹的舞步。但金桥很快察觉到徐克祥的情绪与自己并不合拍，徐克祥脸上的笑容像流星稍纵即逝，他的眼睛直直地盯着金桥，闪着金属般坚韧的光芒，金桥没能从中读到柔情或者赏识的内容，相反地金桥觉得徐克祥的目光是一种轻视，鄙薄，是一种难以名状的敌视。

你想离开屠宰车间？

是的，你同意吗？

你还想离开肉联厂？

是的，金桥迟疑了一会儿用力点了点头，他又开始紧张起来，是的，我一定要离开这里，金桥掠了下耷拉在额前的一绺头发，他说，我猜你会放我走的。

不，我不放你走。徐克祥的表情也像已故外交家老焦那样变幻无常，在打击对手时嘴角上浮现出一丝灿烂的微笑，那天下午他就这样微笑着对金桥说，你忘了老焦年轻时候干什么工作？老焦在药店里当了五年学徒，他能卖药，你为什么不能杀猪？所以你现在回车间去吧。徐克祥看了看腕上的手表，然后他的右手再次往肩后一挥，上岗啦，金桥，回到流水线上去！

设想我们在夜晚来到金桥的阁楼，设想他的女友眉君不在或者已经离去，而那对情侣制造的爱情的气味也已被晚风吹散，我们可以看见金桥在黑夜里守候着那只半导体收音机，看见金桥倚着墙睡着了，金桥睡着了但他的嘴唇仍然醒着，它们在黑暗中优雅地歙动着，填补了收音机里节目结束后的空白。金桥的几个朋友曾向别人赌咒发誓，说金桥会在梦中朗读当天的国际新闻。

有关金桥的传闻，包括他后来的传奇般的故事都令人似信非信，但我确实亲耳听过金桥诉说他的一种苦恼。我对自己很失望，金桥说，你们不知道我在梦里发言时多么雄辩，不信你们可以去问眉君，她听见我在梦里舌战群儒，精彩极了，她拍手把手掌都拍红了。可是，可是在肉联厂不行，金桥忧心忡忡地叹息着说，在肉联厂我总是思路堵塞，语无伦次，我一说话就像个可笑的傻瓜。有一回我竟然让一个清洁女工驳倒了，她把一滩污水往我这里扫，我说你往哪里扫呀，她说我往那里扫，扫到门外去，我说那你怎么往我这里扫呢，她说那你怎么非要站在这里，你就不能站那里去吗？嗨，当时我竟然给绕糊涂了，哑口无言。我对自己真的很失望，在肉联厂我就像一些殖民地国家，就像一些影子政府，找不到我的立场，也找不到我的观点。有时候我觉得一只手在把我往冰库里扔，难道要把我做成一块冷气肉吗？

设想金桥被做成一块冷气肉，他会不会在肉铺里播送当天的国际新闻——不，没人忍心做这样的设想，你只能按照金桥的习惯去设想，设想金桥是大水围困的印度恒河下游地区，设想金桥是战火纷飞的柬埔寨，然后按照国际通行的语气格式，给金桥以春天良好的祝愿。

眉君的爱情像一朵牵牛花，牵着金桥往肉联厂的围墙外面爬，眉君执著地要把金桥从猪肉堆里营救出来，因此那对情侣在春天的爱情突然变成匆忙的奔走和游说，金桥被眉君纤小温热的手牵来牵去，见了许多德高望重或神通广大的人，当他们冒着细雨最后来到杂技团门口时，金桥看见眉君的乌黑的长发已经被雨湿透；她的脸上也凝结着数滴小水珠，金桥怀着无边的柔情扔下雨伞，他想找一块手帕为眉君擦脸，但西服口袋里没有手帕，金桥就紧紧拥住眉君，抓住他的领带在她脸上擦了一下。

别这样，眉君伸着脖子朝传达室里张望，随手打掉了金桥的领带，她说，现在不是你温柔的时候，先找到苗阿姨要紧，拿好伞别忘了！

金桥突然觉得悲哀，他拿好伞跟着眉君往走廊里走，他真的觉得自己和眉君的爱情成了一架牵牛花，急功近利地朝每一块篱笆攀援，温柔难道一定要讲究时间背景的吗？金桥凝视着眉君在杂技团走廊里疾走的背影，嘴里对她喊着，牵牛花，牵牛花，你走慢一点。但是眉君边走边不耐烦地说，我没心思开玩笑，你想好跟苗阿姨说什么，你要是再不跟我配合，我真的不管你了！

苗阿姨曾经是个在杂技界大红大紫的演员，金桥记得童年时代看过她的蹬缸表演，记忆中那个女演员有一张美丽的淌满汗珠的瓜子脸，尤其是她那双穿着红色绣花鞋的脚，因为娴熟地控制和把玩着陶缸、绒毯甚至花布伞，给人一种手脚易位的错觉。金桥还依稀地记得苗阿姨与一位来访的越南领导人握过手，也许是老挝或者柬埔寨的领导人？那时候金桥年龄太小记不清了，但他记得那位外宾在与女演员握过手后，又充满好奇心地蹲下来，摸了摸她的那双灵巧的脚。金桥想我跟苗阿姨说什么，首先要说说她那双风华绝代的脚。

练功房里一群男女整齐的毽子翻已近尾声，苗阿姨一边喊着最后的口令一边朝门外走来，金桥一眼发觉苗阿姨的形象与记忆中那个女演员已经风马牛不相及，一个圆滚滚的中年妇女，腰间束着一条宽皮带，白色灯笼裤的底部在地板上刷刷地拖过，苗阿姨看上去威风凛凛，金桥下意识地盯着她的脚，她的脚上现在穿着普通的黑布鞋，而且是趿拉着。

就是你？苗阿姨无疑是属于那种爽朗的快人快语的妇女，她的目光毫不遮掩地研究着金桥的体形和面容，你长得跟小宋有点相像，苗阿姨笑了一声说，练了没准能接小宋的班。

就是他，眉君过去亲热地挽住苗阿姨的手，她向金桥丢了个眼色说，他就是金桥，从小就爱杂技，苗阿姨你随便考考他吧。

你随便考考我吧，我会空翻、侧手翻，还会变一些小魔术。金桥有点局促地瞟了眼练功房里的那群男女，他一边脱下半湿的西装一边对苗阿姨解释道，我翻得不如他们好，不过，先翻一个空翻给你看看吧。

不要空翻，苗阿姨制止了金桥，她说，眉君说你会口技，我让人找个麦克风来,你表演给我看看。

口技?什么口技?金桥木然地看了看眉君,他猜不出眉君是怎么向苗阿姨推荐自己的。

你怎么糊涂了?不就是学鸟叫学飞机火车叫吗?眉君说着转向苗阿姨,金桥这个人很特别的,他主要擅长学别人说话,学活人说话不是比学动物火车什么更难吗?

我主要学一些外交界大人物的言行举止,也没什么了不起的。金桥说。

那是摹仿,那不叫口技。苗阿姨说。

都是嘴上的功夫,学人叫不比学动物叫更好玩吗?眉君说。

不,不要学人叫,要学鸟叫、鸡叫、狗叫,不是一只鸟一只鸡一只狗在叫,要学一群鸟一群鸡一群狗叫,那才叫口技。我们团的口技演员小宋生病了,我们要找人顶替他的节目,苗阿姨连珠炮似的说完这番话,朝练功房里的一个男演员喊,小王,你把麦克风给我准备好。

请等一会儿。金桥对苗阿姨做了个少安毋躁的手势,他尽量让自己显得镇静地说,我知道口技表演一半靠的是麦克风,不过我不懂为什么一定要学那些动物学那些火车轮船呢?

你也可以学阅兵式大合唱或者批判会什么的,不过那都是高难度,估计你也不会,你只要学一次动物叫,再学一次火车进站就可以了,让我来听听你的声音和技巧。

金桥犹豫了一会儿,他先凭借想象模拟了火车进站的所有声音、鸣笛、刹车、排汽,金桥觉得他的舌头和喉管因为用力过度而痉挛起来,他等待着听者的反应,但苗阿姨和眉君都没什么反应。他听见苗阿姨咳嗽了一声,然后她说,好像听不出来是火车进站的声音。

还有动物叫呢,眉君在一旁提醒金桥说,金桥你学一群麻雀在树上叫,肯定学得像。

不学麻雀。金桥沮丧地揉着他的喉部。

那就学鸡叫,学农村里的鸡打鸣,此起彼伏的声音。

不学鸡打鸣,金桥挥了挥手说。

那你想学什么?眉君的两道蛾眉生气地拧了起来,她说,那就学狗叫,学狗叫你总会吧?

金桥猛地回过头怒视着眉君,他的涨红了的脸颊和一抹冷笑说明他受到了一次严重的伤害。在一阵令人难堪的沉默后,金桥恢复了一贯的风度,他把麦克风递还给苗阿姨,是个误会,金桥说,不过见到你我很荣幸,你的脚曾经给我留下非常神奇美好的印象。

金桥独自走出了杂技团的门洞,外面的小雨刚刚停歇,布市街一带的春天更加显得湿润而清新,金桥张大嘴呼吸着雨后的空气,他仍然在追想口技、狗叫和人格之间的关系,或许眉君认为学狗叫只是为了达到调动工作的目的?恰恰是这些善良、热情而追求效率的人们,容易在乐善好施中忽略了他人的尊严。还有什么比尊严更重要呢?金桥对自己的表现感到满意,他小心地绕过地上的一潭积水,看见水中的那个倒影依旧衣冠楚楚,金桥想这一切都是因为他维护了自己的尊严,一个高贵骄傲的人,他的身影比他更伟岸,一个卑微猥琐的人,他的身影便是一只过街的老鼠,这句至理名言好像来自老焦的日记。

金桥走出去好几米远,突然觉得丢了什么,是雨伞?不是雨伞,是眉君,是眉君那只温热纤小的手。我怎么丢下她一个人走了?这未免太无礼太粗鲁了。金桥拍了拍额头自责着,金桥回过头来,恰巧看见眉君气冲冲地跑出杂技团大门,眉君抓着雨伞朝金桥这边指戳着,嘴里喊着,金桥,你是个白痴,永远别来找我了,你只配在肉联厂呆着,别再来找我,你只配跟猪待在一起!

失恋的人在春天的鸟语花香中也是萎靡不振的,即使金桥也不能免俗。四月里一家芭蕾舞团到我们这个城市演出,那些热爱高雅艺术的人们都前往捧场了。《胡桃夹子》以后是幕间休息,我看见金桥一个人低着头往剧场外走,那时候我还不知道金桥和眉君的爱情出现了危机,我问他眉君为什么没来,金桥像个西方人一样地耸了耸肩,他给我看他手心里的两张票根,一张撕了,一张是完整的,这便是金桥含蓄的回答了。我说,节目很好,为什么急着中途退场?金桥苦笑着伸出五指在眼前晃了几下,这个手势我就不理解了,我说,你到底怎么啦?金桥显得有点窘迫,他说,心情不好,看什么都产生幻觉。那些演员不该穿无色的紧身裤,他们老是做单腿独立单腿旋转的动作,让我想起屠宰车间,想起流水线上的一排猪腿。

金桥开始像一个影子尾随徐克祥。

东风肉联厂里像影子那样尾随徐克祥的人很多,一个肥胖的女工从办公室里一路追逐着徐克祥,抗议她的月度奖金比别人少了十元钱,一个双鬓斑白的屠宰工一手拿着一叠医院的收据,一手拽住徐克祥的衣角高声说,这不是营养品,是药,是药呀!你不批给我报销,难道要让我自费看病吗?金桥冷眼观察着徐克祥应付类似场面的手段,他发现徐克祥其实是以不变应万变的,他的右手往肩后有力地一挥,找老张去,找医务室去。金桥想这是一种踢皮球的方法,这是管理阶层常用的一种方法,甚至在国际事务中,那些超级大国也把援助贫穷小国的义务当皮球一样踢来踢去的。

金桥不会让徐克祥把他当皮球一样踢来踢去。几天来金桥一直伺机与他摊牌,他希望选择一个安静优美的环境作为摊牌的地点,但整个肉联厂难以寻觅这样的环境。一个天边滚动着火烧云的黄昏,金桥终于在厂外的一条窄巷里拦住了徐克祥的自行车,那里沿墙堆放着邻近工厂废弃的机器零件,还有煤渣堆和建筑垃圾,他不喜欢这种谈话的地方,但是当时金乌西坠的黄昏景色突然启迪了金桥,与其一天天地在肉联厂虚度光阴,不如快刀斩乱麻,拦住他,告诉他,你必须放我走。

你必须放我走。金桥站在徐克祥的自行车前,他的一只手敏捷地伸到车座下面锁上了自行车,你必须放我走,金桥带有示威意味地向徐克祥晃着那串钥匙说,你不放我走,今天我也不放你走。

徐克祥愣了一下,但只是几秒钟,他很快露出了从容的笑容，拔钥匙？我以为遇到了哪个小流氓了，徐克祥说，金桥，这不像是你的行为，这不符合外交礼仪。

不，当有人损害别人的主权时，受损害的一方总是要给予警告，给予一个还击的暗示。

警告什么？暗示什么？你想怎么还击呢？

你无权把我囚禁在肉联厂。我的辞职报告递给你了，你可以批准，可以不批准，但你无权把它锁在抽屉里不闻不问。

好吧，我告诉你，我不批准，我也可以告诉你，我徐克祥从来不怕警告，也不理睬所有的暗示。徐克祥的表情看上去很严峻，他突然把手伸到金桥的面前，你已经得到明确的答复了，现在把钥匙给我。

不，你还没说出不批准的理由。金桥躲避着徐克祥的轻蔑的目光，也躲开了他的索取钥匙的手，金桥觉得自己突然被击向了被动的低下的位置，这使他心中感到一阵痛楚。他想较量已经走向高潮，他一定要挺住，于是金桥忍住某种羞耻之心，朝徐克祥继续晃动着那串钥匙，理由呢？金桥说，我要的不是你人格的自白，我要的是你的理由。

理由有好几条，但现在只剩下一条了。徐克祥仍然目光如炬地逼视着金桥，好高骛远，夸夸其谈，贪图享受，怕脏怕苦，这是你们这一代青年的通病。徐克祥清了清喉咙说，而你金桥，又比他们多染上一个恶习，拔钥匙？拦路撒泼？这是流氓恶棍的伎俩，我可以原谅你，但我绝不妥协，你听明白了吗？我绝不向一个流氓恶棍妥协。

人身攻击。金桥当时立刻想到了这个词语。他想指出徐克祥的理由依赖于人身攻击的基础,但他的目光恰恰投在那串自行车钥匙上,是这串钥匙授人以柄,直到这时金桥才意识到拔掉徐克祥的自行车钥匙也许会导致致命的错误,他像挨了烫似的扔出那把钥匙,他看见钥匙落在徐克祥的脚下,徐克祥低头看了看,但他没有捡起那串钥匙,只是在鼻孔里哼了一声。

徐克祥不去捡他的自行车钥匙,这使金桥想起已故外交家老焦当年在日内瓦拒绝与一个敌对国家的代表握手的那一幕。金桥感受到了其中的分量,这个人果然有老焦遗风,他看着徐克祥以一种坦然的姿态步行到窄巷的尽头,他想喊住他,但一个声音在冥冥中说,金桥,你输了,谁让你去拔他的自行车钥匙呢?

肉联厂附近的这条窄巷后来成了金桥记忆中的蒙难之地,摊牌的那天他本来对艰难的谈判有所准备,他想找到一把能打开徐克祥心锁的钥匙,可那不是一串自行车钥匙。金桥抓着那串钥匙在落日夕光里徘徊,他觉得他抓着那串钥匙就像一个罪犯抓着犯罪的证据。

许多人都见到了徐克祥的那串钥匙,一只是铜质的,两只是铝质的,除了自行车钥匙外,另两只从形状上判断可能是工具箱钥匙。许多人看见金桥提着那串钥匙寻找徐克祥,他问别人道,你看见老徐了吗?他丢了这串钥匙。立刻有人以知情者的口吻说,是他丢的还是你拔掉的?金桥几乎觉得无地自容,后来在会议室门口他终于看见了徐克祥,徐克祥正在召集一个中层干部会议，金桥从人堆里挤到徐克祥面前，向他晃了晃那串钥匙，他说，昨天的事我很抱歉，你的自行车我推进厂里的车棚了。

徐克祥脸上宽宏大量的微笑是金桥始料未及的，而且徐克祥还亲热地拍了拍他的肩膀，我还有一串备用的钥匙，徐克祥说，这串你留着，留个纪念。

不，我不要。金桥不假思索地说。

为什么不要？徐克祥说，你忘了老焦当年送给美国国务卿的礼物？不就是一串钥匙吗？留着它吧，特殊的礼物有特殊的意义。

金桥当时意识到这是一件居心叵测的礼物，他想拒绝，但会议室门口人多眼杂，他不想在那里与徐克祥推来推去的，更重要的是金桥把这件礼物理解为一次挑战，一次考验，拒绝便是软弱的表现。徐克祥想让我背上一个十字架，金桥后来对朋友们说，背就背吧，我从来都敢于正视自己的错误。但是徐克祥假如自以为战胜了我，那他就大错特错了，你们看吧，我跟他的较量会越来越精彩。有朋友站在息事宁人的立场上劝导金桥，你何必去跟一个老狐狸较量呢？辞职报告已经递上去了，他批准了你就走，他不批准你也可以走呀。金桥立即打断了那个朋友的言论，他说，我知道怎么走都是走，但走得是否体面，走得是否快乐，这关系到我的尊严，我把这事当作一场战争，战争你们明白吗？战争不是逃避，是一次次的交锋，战争都会有胜利者和失败者，而我要做的是一名胜利者。

我想告诉所有关心金桥事件的人们，金桥不是人们想象中的神经质的自暴自弃的人，当他在滔滔不绝地阐述他的思想时，你会发现他苍白的脸上闪烁着理智的光辉，即使你不能理解他所要的胜利是什么意思，你也应该相信，金桥不是一个人云亦云的庸人。

五月里东风肉联厂的生猪生产更加繁忙。咯，咯嗒，机器手放下了半爿新鲜光洁的生猪。咯，咯嗒，机器手咬住了半爿盖上蓝印的生猪。一群苍蝇在屠宰车间里嗡嗡回旋，仔细观察那群欢快的苍蝇，你会发现它们有着异常丰肥的腹部和色彩鲜艳的翅膀。

金桥就是在观察苍蝇的时候睡着了，连续几夜的失眠使他精神涣散，苍蝇飞舞的声音灌满耳朵，他知道那是苍蝇，但他无法停止对一架三叉戟飞机掠过欧亚次大陆的想象，一次飞往日内瓦、布鲁塞尔或者阿姆斯特丹的航行。金桥睡着了，他看见飞机上坐满了一些似曾相识的人，美、英、德、法、日等许多国家的首脑，甚至还有一个被废黜的袖珍小国的总统，金桥想这些人怎么会挤坐同一架飞机呢，他们每个人都应该有自己的专机，金桥想与他们交谈，但每个人都有了自己的谈话对象，他插不上嘴。他听见邻座有人在交换对戈兰高地局势的看法，他很想发表自己的意见，但是在八千米的高空中金桥的声音莫名其妙地消失了，情急之中他举起了右臂，他想发言，一个金发碧眼的空中小姐走过来，她说，先生你要什么？咖啡还是红茶？空中小姐无疑误解了他的意思，我要发言,金桥的右手愤然向肩后一挥,他猜空中小姐已经理解了他的手势,他看见她端着一只盘子匆匆地走过来,盘子里的东西远看像乳酪,其实是一叠厚厚的文件材料,金桥接过那只盘子,惊诧地发现盘子里装着克里姆林宫本年度的裁军计划。

金桥醒来的时候嘴角带着一丝迷茫的微笑,他很快发现他是被人推醒的,而且他的肘部并非是架在那叠神秘的文件上,而是靠在一堆温软油腻的猪肉上。

推醒他的是屠宰车间的业余诗人,业余诗人附在金桥耳边恶狠狠地说,别睡了,猪头来了。金桥揉着眼睛回头一望,看见徐克祥在门边闪了一下,只是闪了一下就不见了。

他怎么不进来?金桥说。

他根本不想进来,他只是想告诉我们他在厂里,那么闪一下就够了。业余诗人说,猪头,真是只讨厌的猪头。

肉联厂的人都这么恨他?

也谈不上恨,就是讨厌他,他整天盯着你,盯得你喘不过气来。

你们好像都有点怕他?

也谈不上怕,他的脾气其实很好,有一次我指着他鼻子骂他猪头,你猜怎么样,他笑了,他说我本来就是猪头。

这是假象。一个高明的统治者往往能够忍辱负重。金桥若有所思地说,这个人软硬不吃,对别人却软硬兼施,他很强大,假如不能给他一次珍珠港偷袭,你就无法在诺曼底登陆。

你在说什么?

我在想怎样才能扳倒他的手腕。

那天下班后金桥和业余诗人结伴登上肉联厂大冷冻库的平台,平台很大,不知为什么堆放了许多残破的桌椅,金桥和业余诗人就对坐在两张长椅上望着五月的夕阳从肉联厂上空缓缓坠落,除了日落风景,他们还能俯瞰肉联厂的最后一辆货车从远处归来,货去车空,留下一汪浅红色的污液在木板和篷布上微微颤动,远看竟然酷似玛瑙的光晕。业余诗人诗兴大发,他为金桥朗诵了好几首有关黄昏、爱情和鲜花的诗歌,但金桥始终不为所动,他的耳朵里渐渐浮起了梦中那架特殊班机掠过天空的声音,他所仰慕的人、他所批驳的人还有他所不齿的人都在航行之中,而他却被遗弃在肉联厂冷冻库的平台上了。

金桥忽然以手蒙面喊道,别再对我念那些骗人的诗,告诉我怎样才能离开这个鬼地方?

怎样都可以离开这个鬼地方。业余诗人说,你可以旷工,旷工一个月就是开除,或者你去医院弄长病假,弄成了还有工资,怎样都可以离开,你为什么要为这件事痛苦呢?

我为什么要为这件事痛苦呢?我自己也糊涂了。金桥自嘲似的笑了一下,我知道怎样都可以离开,但我只想让徐克祥心甘情愿地放我走,我永远不想降低我的人格,更不想让卑劣替代我的尊严,我要走,但我不想留下任何一个污点。

业余诗人终于哈哈大笑起来,他把平台上的椅子一张张地摇过去,又朝每一张椅子上踢了一脚,傻瓜、笨蛋、白痴、偏执狂、梦游者,业余诗人一边踢一边给每一张椅子冠以恶名,他每踢一脚金桥的心就有一次尖锐的刺痛。业余诗人最后在金桥身边站住，诗歌是假的骗人的，那你的尊严和人格难道就是真的？业余诗人咄咄逼人地盯着金桥的眼睛，突然激动地说，什么尊严，什么人格，不过都是猪尿泡，有尿涨得吓人，没尿就是一张臭皮囊！你说对不对？金桥，你说对不对？

不，不对，金桥几乎怒吼起来。他想去抓业余诗人的手，但业余诗人无疑对金桥产生了强烈的鄙视，他一路又推倒了几张椅子爬上了平台的悬梯，最后他朝金桥喊道，金桥，我告诉你怎样才能离开，干掉徐克祥，然后干掉你自己。

后来便起风了，是春天罕见的那种大风，金桥觉得风快把他从平台上吹下去了，他听见皮带扣上的钥匙也被风吹得叮咚直响，那种孤寂而纤细的声音使金桥莫名地警醒，他低下头看见三把钥匙，一把铜钥匙和两把铝钥匙，它们属于徐克祥，但他却神使鬼差地把它们挂在了身上。

人们都说眉君是不可多得的古道热肠的女孩，即使在她与金桥正式分手那天，她仍然到处为金桥的事情奔波着。他们最后一次在火车站广场见面时眉君恰好刚刚剪掉了长发，发型师为她设计了一种折叠式的华丽的短发发型，别人都说眉君这样更显俏丽活泼了，眉君认为金桥对她的新发型会赞赏，没想到金桥一针见血地指出那是对黛安娜王妃的摹仿，金桥说，我们不要轻易地去摹仿别人，黄种人与白种人气质不同，脸型身材也不同，她留短发好看你不一定好看，让我说你不该剪头发，不如像陈香梅那样梳一个圆髻，更有东方的韵味。

我说过眉君不是那种小鸡肠子的女孩，金桥的一盆冷水使她郁郁不欢，但那只是短短的几分钟，几分钟后眉君就想通了折叠式短发和圆髻的关系，对了，梳个圆髻肯定别有风味，你怎么不早说？眉君推搡着金桥懊悔不迭，但她又安慰自己说，反正我头发长得快，等长了再梳圆髻吧。

火车站的喷泉池仍然没有喷泉，暗绿色的积水倒映着五月的蓝天和一对情侣的背影，当然，喷泉的水在节日里会欢乐地奔涌，天空到了六月和七月会更加澄碧透明，而这对情侣的爱情已经被风吹散，只剩下最后的一片叶子。

顾伯伯那里你还要再去一次。再去一次估计就行了。眉君说，你不用送礼，顾伯伯那人很廉洁的，不过他喜欢品茶，你准备一点好茶叶，知道吗，送茶叶不算送礼。

我还是不明白，怎么可以跳过徐克祥这一关？他不放我走我怎么可以走？这不符合程序。

你问我我问谁去？反正他们说这叫退档，他们把你的档案从肉联厂要回去，你就与肉联厂无关了，你也不用去跟徐克祥白费唾沫了。

像邮局里的改退包裹，退来退去，金桥摇了摇头说，不，我不愿意像一只包裹被人退来退去的。

不肯做包裹，那你就老老实实做你的杀猪匠吧。眉君又开始动怒了，眉君一动怒说话就不免尖刻，她说，你不肯做包裹，我凭什么做你的公关小姐，涎着脸到处求爷爷告奶奶的？我真是吃饱了撑的，我要是再这样贱下去，我就，我就是一头猪!

冷静些,别这样作践自己,我不懂人为什么喜欢与动物等同。金桥一只手按住眉君的肩头,似乎想把她的火气按下去,你别在公共场合这么高声说话,别人会看你,不文明的举止引来不礼貌的目光。你听,十四次列车进站了,也许马达加斯加总统在软卧车厢里,今天他从上海回北京,他肯定就在那节车厢里。

我要是再管你的闲事,我就是一头猪,眉君从她的蜡染布包里抓出一块手绢捂住嘴,不难看出眉君的怒火已经化成委屈和哀伤,眉君猛地转过身去呜咽起来。

金桥慌了手脚,别哭,别哭,他在眉君身边转来转去的,因为慌乱他的安慰起了适得其反的效果,好了,我听你的,做一次包裹其实也无所谓。金桥轻柔地拍着眉君的肩头,似乎想把她的哭泣拍掉,他说,我听你的,就去顾伯伯家,买上一斤碧螺春,马上就去好吗?

眉君止住了哭泣,眉君抬起头,顺手将揉皱的手绢扯平整了,我要是再管你的事,我就是一头猪,眉君的手指不停地扯拉着手绢,她的声音听来平淡如常,虽然重复但金桥已经感受到其中决绝的意味,眉君说,金桥你听着,你这种人,你这样的人,我要是再理你,我就是一头猪。

最后一次约会时眉君对金桥已经心如死灰,她甚至把那只漂亮的蜡染布包塞到了金桥怀里。在眉君穿越火车站前的人流匆匆而去的时候,金桥清醒地知道一段美好的爱情也随之匆匆而去了,他在一种尖锐的痛楚中仍然放不下一个问题:

人可以赌咒发誓，但为什么要让自己成为一头猪呢？

屠宰车间的人们喜欢恶作剧，他们是一群习惯了肮脏和油腻的人，他们的滑稽与幽默往往要借助于猪的内脏或者脚爪，因此常常有人在口袋里掏香烟时掏到一截猪肠，或者掏到一片猪耳朵。也有别出心裁的，譬如业余诗人，他在灵感突至时喜欢在生猪的背上写诗，当然都是一些缺乏新意的风花雪月之作，本来就不会被报纸杂志刊用的。金桥起初还会走过去读一读，评点一番，后来他就懒得去看一眼了，他不喜欢这种游戏，他曾经真诚地劝告过业余诗人，别往猪肉上写诗，你是在亵渎诗歌。

但是语言文字仍然出现在肉联厂的生猪身上，有一天金桥从流水线上接到半爿猪，猪背上写着龙飞凤舞的三个字：徐克祥。他未假思索就把它擦掉了。金桥没想到流水线下来的猪肉身上突然都写上了徐克祥的名字，无疑这是一次有预谋的行动。这是谁写的？金桥朝四周高声喊了几遍，无人应声，屠宰车间的人脸上都带着一种神秘的微笑，似乎每个人都参与了这次规模庞大的恶作剧，金桥问业余诗人，是不是你写的？业余诗人沉下脸说，你他妈的别诬陷我，我只写诗不写别的。金桥听到四处响起窃窃的笑声，他不知道这些人为什么总是陶醉在如此卑下的游戏里。业余诗人还说，又不是写你的名字，关你什么事？让它出厂，让它挂到肉铺里去，你不是也讨厌徐克祥吗？金桥愤愤地说，那是两回事，我讨厌人身攻击，我讨厌所有卑鄙低级的手段。

那天金桥怀着一种厌恶的心情擦去了所有猪肉上徐克祥

的名字，我们相信金桥这么做只是出于他高尚质朴的天性，但屠宰车间的一些工人却曲解了金桥，他们认为金桥在拍徐克祥的马屁，他们痛恨所有拍马屁的人。在东风肉联厂这种人总是要受到唾弃的。于是在第二天的生猪流水线上出现了一只超大型的猪，就是在这头猪的背部，金桥惊愕地发现，他的名字与徐克祥的名字赫然并列在一起。

有人告诉我金桥当时脸色煞白，他的身体在节奏欢快的生猪流水线下簌簌颤抖，他发疯似的用刀背把猪肉上的墨迹刮除，然后就一路狂奔着跑出了屠宰车间，当然金桥不会跑到徐克祥那里告状，他像一匹受了惊吓的马一路狂奔着，跑出了东风肉联厂。

金桥闲居在家的日子其实很短暂，或许是为了排遣心头的苦闷，或许是因为苦闷，金桥在青竹街的公用电话亭里打了好几个电话，通知他的朋友们到他家里开冷餐会。他在电话里特别强调，可以自带冷餐，但最好不要带猪肉罐头。

没有人带去猪肉罐头，在金桥家阁楼的那次聚会，朋友们自觉遵守着几个戒律，不谈眉君，不谈猪肉。但即使这样金桥的眉宇间仍然透出无边的落寞，他几乎没吃什么食物，他只是不停地说话，发生在屠宰车间的恶作剧被金桥再提起时，冷静已经代替了悲愤，金桥说，他们为什么把我的名字和徐克祥写在一起？他们认为我不跟他们合作就会跟徐克祥合作，非此即彼，多么愚昧无知的思想，他们不理解中立的意义，他们更不懂得我是谁，我是谁？我是一个不结盟国家！

朋友们都看出金桥在肉联厂陷入了四面楚歌的绝境，有人问他，是不是准备就此告别肉联厂了？金桥说，不，至少还要去一次，我不喜欢消极的方法，这几天待在家里是为了调整我的精神状态，我还要与徐克祥谈判，一定要有一个圆满的结局。

没有人想到转机突然来临，就在朋友们陆续离开金桥家时，外面又来了一位客人，是东风肉联厂负责劳动人事的女干部。作为不速之客，女干部带来的信息足以让人雀跃，她说，老徐让我来通知你，你的辞职报告批准了，老徐让你明天去厂里，他还想与你谈一次。金桥克制住心头的狂喜，问，再谈一次？谈什么？女干部莞尔一笑说，谈了就知道了，你跟老徐不是很谈得来吗？金桥想解释什么，但女干部匆匆地要走，一边走一边含蓄地瞟着金桥说，老徐很喜欢你啊，他说你是出污泥而不染，他说你以后会前途无量呢。

我看见金桥耸了耸肩，他微笑着朝几个朋友摊开双手。虽然我很厌恶别人做这种西方风格的动作，但金桥做这种动作就显得天经地义。我猜测是金桥在生猪流水线上的维护文明之举感动了徐克祥，但是这种简单的因果关系不宜点破，我看见金桥的脸上迸发出一种灿烂的红光，他对着外面的街道吸气，再吐气，然后歪着脑袋对朋友们笑了笑，嗯？这是一个含义隽永的鼻音，它意味着胜利、胜利和胜利。

嗯？

假如这时候金桥用语言而不是鼻音，那他就不是我们熟识的金桥了。但是不知为什么，我隐隐地为金桥的胜利担忧，一般说来胜利假如来得这么容易，它就值得怀疑，也许它只是一个回合的胜利而已。

但是我要说那天的聚会有着难得的雨过天晴似的气氛，好朋友从来都是这样，他高兴你也高兴，他不高兴你设法让他高兴。大家跟金桥握别时都说，等着听你的好消息。没有人是未卜先知的神仙，没有人预料到第二天就发生了令人震惊的冷库事件。后来有人声称在事发前如何预感到了金桥的不幸，我想那是哗众取宠的无稽之谈。

金桥那天衣履光鲜而严谨，黑色西装，白色衬衫和彩色条纹领带，一切都显示了他对最后一次肉联厂之行的重视。在经过孔庙与邮电大厦间的路口时，金桥一眼看见眉君和她姐姐在路边鲜花摊上选购鲜花，愉快的心情使金桥骑在自行车上朝那姐妹俩挥手，他高声喊道，买一束玫瑰，那是爱情和凯旋的标志。但是路上的车流人声太嘈杂，眉君没有听见金桥的声音。眉君挑选了一束白色的苍兰。

东风肉联厂每逢周末总是格外忙乱，金桥在几辆卡车的夹缝中挤进了厂门，他害怕西装会沾上油腻，干脆把它脱了搭在手上。偌大的厂区里到处回荡着肉猪们粗声粗气的嚎叫，穿白色或蓝色工装的人们在卡车上下搬运着加工过的鲜猪肉，而屠宰车间的圆窗内人头攒动，两个女工从吵嘴到相互谩骂的过程很明显也很快捷。猪、猪屎、猪脑子、猪×。这些粗俗的声音再次顶进金桥的耳朵，他突然觉得自己已经不以为然了。金桥闯进徐克祥的办公室，里面没有人，正在东张西望的时候，对面政工科里出来一个人，他看见金桥眼睛一亮说，喂，你就是金桥吧？你顶住了屠宰车间的不良歪风，我们要表扬你的，金桥知道他指的是什么，金桥说，我不要表扬，我要找徐克祥。那个人说那你到冷库去吧，冷库今天很忙，老徐又去帮忙啦。

徐克祥果然在冷库里。金桥想把他叫出来，但徐克祥在里面喊，你进来吧，穿上棉衣棉裤，进来边干边谈，不会受冻的。金桥犹豫了一会儿还是进去了，他在穿棉衣棉裤时很担心自己的衣裤会不会被挤皱被弄脏，但他想反正是最后一次了，咬咬牙与徐克祥配合一回吧。

冷库里因为很冷，因为要保持低温，劳动的人很寥落，除了徐克祥，只有几个穿得异常臃肿的女工拖着小车来回地跑动，一个女工打量着金桥说，你也下冰库？怎么，才来没几天就提拔啦？金桥没有理睬她，他对女人总是宽宏大量的。金桥走到徐克祥身边，他觉得徐克祥的脸在低温环境下更显清瘦和憔悴，现在徐克祥的神态让金桥联想起外交家老焦晚年的一张照片，照片上的老焦在冬天的梅花丛里踏雪而过，手里抓着一本翻开的书。当然冷库里没有梅花，而徐克祥手里抓着的也不是书，是一条冰冻猪腿。

你让我来谈谈。金桥说，你让我来谈谈？

边干边谈，否则你会觉得冷，徐克祥把小拖车里的猪腿整整齐齐摞在一起，他说，像我这样干，卖力一点你就不会觉得冷，我们边干边谈。

可是，我们谈什么？金桥试着搬起一条猪腿，他忽然想到他应该先谢谢徐克祥，于是他把戴着棉手套的手伸过去，在徐克祥的手套上拍了拍，就这么握一次手吧，金桥说，我很高兴你批准我辞职。

批准你辞职我很不高兴，所以我罚你一回，陪我干活，陪我谈当前的国际形势。徐克祥嘴里吐出的热气遮住了他半边脸，他的声音听来喜怒难辨，不过你从今天起就不是肉联厂的人了，徐克祥说，你可以不听我的，我知道你讨厌猪肉，你假如没兴趣待在这里可以离开。

不，我待在这里，现在看见猪肉的意义完全不同了。金桥想了想又说，我陪你边干边谈，为了老焦，我陪你边干边谈。

谈什么呢？就先谈老焦吧，金桥我考考你，老焦是哪一年哪一天死的？

一九七六年七月十八日。

老焦死的时候身边还有谁？

一个人也没有，老焦死得很凄惨。

是没有人，但有一群老鼠，老鼠啃光了床头柜上的馒头，喝光了杯子里的牛奶，老鼠还把枕边的眼镜搬来搬去的，它们想把眼镜带回洞里，但眼镜最后卡在地板缝里。

你怎么知道这些细节？

我亲眼看见的。那会儿我当兵，我看守老焦。

怪不得，怪不得你很像他。

不，我不像老焦，我是东风肉联厂的领导，别人背地里都叫我猪头，只有你没叫过。

那是他们不懂得如何尊重人，他们只喜欢侮辱和贬损人，你在这里曲高和寡，跟我一样。

你现在该明白我为什么不放你走了，我第一次看见你就想，肉联厂终于来了一个好青年了，他尊重我崇拜我，可是我知道好青年都不喜欢肉联厂，肉联厂留不住一个好青年。

我们谈点别的吧，不谈切身利益，你不是说要谈国际形势吗？

其实我对国际形势不感兴趣，我只关心肉联厂的形势。

你要关心。不管你在部队还是在肉联厂，你都应该胸怀全中国放眼全世界，老徐你别笑，我不是开玩笑，请你相信我的真诚。喂，你知道这届美国总统竞选吗，布什、克林顿，两个热门候选人，你看好谁？

克林顿是谁？就是那个电影演员？

不，是阿肯色州州长，很年轻的一个候选人。

那他肯定不行。布什我知道，他很稳健，让人放心，再说他对中国不错。

你看好布什？

对，看好布什，那个什么顿的不行。

就因为布什稳健？其实稳健和保守只差半步，我倒是看好克林顿，他更符合当代政治家的标准，怎么样，老徐，我们来打个赌，我赌克林顿，你赌布什，到年底选举结果出来，谁输谁请客。

赌就赌，把手套摘了，我们勾勾手指。

他们准备勾手指打赌的时候，听见冷库的铁门重重地响了一声，与此同时天顶上的几盏电灯同时熄灭，突如其来的黑暗使两个人惊惶地跳了起来。

林美娣——

朱英——

陈丽珍——

徐克祥高声喊着几个女工的名字，但冷库里一片死寂，唯一的回音是冷气机组里水的回流声。

她们走了，她们不知道我还在冷库里，徐克祥在黑暗中寻找着手表上的夜光，他说，离下班还有半个钟头，她们又早退了。她们像做贼一样地锁门，做贼一样地溜出厂门，她们认为我走了，否则她们不敢早退。

现在怎么办？我们肯定出不去了吗？

再等等看，我希望她们在跟我开玩笑，不过开玩笑的可能性不大，她们忘了检查一遍，看看冷库里还有没有人，她们脑子里只想着早点溜掉。也怪我，冷库是安全重地，我不该让林美娣她们在这里负责。

我觉得温度越来越低了。金桥在黑暗中蹦跳着，他说，我们不会一直这样冻下去吧？是不是应该找一下警报器，要不我们找到冷气机的开关，关掉冷气就行了。

没有警报器，冷气阀上个月就坏了，我让小于他们修，我猜他们还会拖上几天。徐克祥继续在黑暗中摸索着，他好像找到了冷气阀但他没有能扳动它，该死，果然还没修，徐克祥骂了一声，他说，金桥，你看看肉联厂的这些人，你现在该知道我为什么不肯放你走了。

金桥凭着方位感去寻找冷库的铁门，他觉得他找到了，来人，快开门。金桥捶打着铁门一遍遍地吼叫着，但是铁门外也是一片死寂,他觉得外面的人应该能听到铁门的碰撞声,为什么没有人来开门?刹那间金桥的心头浮起一种不祥的预感,他怀疑肉联厂的一百多个工人都已经下班了。

别叫了,没有人会听到,人已经走光了,他们看见我不在厂门口,肯定都提前走了,金桥,别害怕,到我这边来,让我们一起想想办法。你找到别的棉衣棉裤了吗?

我什么也看不见,我快冻僵了。老徐,我觉得这是一起阴谋,就像国会纵火案,就像水门事件。

不,他们不是搞阴谋的人,他们是擅离职守不负责任的人,我现在很后悔没早点去把住厂门,让他们钻了这个空子。不,后悔没有用,金桥你过来,我把我的棉袄脱给你,我比你抗冻。

现在不是搞人道主义援助的时候,我不要你的棉袄,我们可以靠在一起,不停地说话,不停地活动,也许能挺到明天早晨。

金桥,我没看错你。你是肉联厂最好的青年,来,你靠着我,把你的手给我,我们刚才不是在勾手指打赌吗?你说你看好谁?克什么顿?

我看好克林顿。

我看好布什。

金桥觉得徐克祥握着他的手,就像父亲握着儿子的手,这使他感到一种奇特的温暖。但是寒冷的气流已经像巨兽一点点地吞噬他的身体和思想。他把手放在徐克祥的手上,他想更详细地了解已故外交家老焦生前的故事,但他觉得嘴唇被冻住了,思想和语言也被冻住了,他想活动自己的手脚,手与脚却失去了知觉。他依稀看见棉袄棉裤中手与腿上结满了冰花，没想到我也被做成了一块冷气肉。他张大嘴想让徐克祥听见他的幽默，但是他发现自己的幽默也被寒冷吞噬了，他听不见他的声音了。

金桥握着徐克祥的手，渐渐沉睡过去，他听见徐克祥说，别睡，千万别睡，金桥你快睁开眼睛。但他已经无力睁开眼睛，他愿意让时间在此停留，因为他又登上了那架巨大的飞机，那架横掠欧亚大陆的飞机，他看见已故外交家老焦和他坐在一起，而他们座位的前排后排坐着神交已久的美、英、德、法、日等国的首脑，让我们来谈谈新的世界和平计划！他看见自己在那次伟大的旅行途中站起来，他听见自己的声音，洪亮、自信、幽默，散发着无可比拟的魅力。

冷库事件后来被证实是一起意外事故。女工们第二天发现那两个不幸的冰人时他们仍然站在那里紧紧地握手。正如两个死者奇异的临终姿态，事故的前因后果也令人扼腕嗟叹。

肉联厂的红色围墙外是一个鸟语花香的春天，朋友们都说这个春天本来是越来越美好的，不知在哪里出了差错，五月的鲜花和阳光突然变成了寒冷和死亡的记忆，他们失去了好朋友金桥，也失去了一种高雅文明的风范，他们将无法借鉴金桥独特的追求完美的处世哲学，从此也不再有人怀着激情向他们传播有关中东战争、日美贸易或者总统竞选的最新信息。

春天以后我们许多人都成了素食主义者，这种风气的形成渊源于金桥生前的女友眉君，据说眉君有一天看见餐桌上的炒肉片后放声恸哭，砸碎了一堆碗碟。眉君的悲伤很快感染了我们，我们都开始戒食猪肉，作为对金桥的一种纪念，当然许多场合许多时刻我们都会想起金桥，譬如那年冬天——冬天距离春天也不过是一箭之遥，那年冬天我们从电视和广播中知道了美国总统竞选的结果，不出金桥所料，克林顿登上了总统的宝座。

民丰里

强盗

民丰里这样的建筑在南方被称为石库门房子,其实就是一种嘈杂拥挤的院子,外面的门是两扇黑漆楠木大门,门框以麻石垒砌而成,原来门上有两个黄澄澄的铜环,不知是哪一年让哪个孩子撬去换了糖人儿,那条又长又粗的大门闩倒一直在堆杂物的箩筐里斜竖着,竖了一年又一年,上面落满了历史的尘埃。民丰里现在住了十一户人家,白昼黑夜都有人进出,旧时代留下的门闩在新时代就用不上了。

天气很热,民丰里就显得更热,即使偶尔有点南风,吹到这里就被墙挡住了,民丰里的人就像热锅上的蚂蚁,太阳落山后都端出竹椅到香椿树街上去吹风,那天黄昏也是这样的，千勇的母亲打了一桶井水淋在竹椅上，拎着竹椅出去乘凉，走到门边她回头对千勇说，吃完饭别马上洗澡，会把胃弄坏的。千勇没说话。母亲说，你听见了没有？别马上洗澡，要洗也用温水洗，不准到井上洗，现在贪凉，日后落下关节炎你要吃苦头的。千勇没说话，其实千勇从来不听他母亲的唠叨。

千勇放下饭碗就提着吊桶到井台上去了，就是去洗澡的。从七八岁起千勇就喜欢与母亲的意愿拧着干，更何况他现在已经十八岁了。

井是民丰里十一户人家合用的，所以邻居们通常是在这里谈天说地或者飞短流长，主要是那些妇女，她们蹲在那里洗菜，洗衣裳，洗一切能洗的东西，永远不知疲倦，千勇认为那是井水不需要缴水费的缘故，他对这些小家子气的妇女充满怨气，每次洗澡时他就踢开井台边的各种盆器和篮子说，我要洗澡了！把吊桶用劲扣在井里，又大嚷一声，闪开，我要洗澡了！

妇女们说，这个强盗，强盗又来了。本来她们是可以与千勇论理的，但几乎每一个妇女都认为与千勇论理是白费工夫，面对千勇她们总是忍气吞声，总是把仇恨发泄到他母亲身上。都是宠坏的，光管生不管教，这样做母亲的从来没见过。妇女们低声叽咕几句便躲开了，不躲开不行，因为千勇很快会把水溅到她们的身上来。

千勇拎起一桶水，哗地从自己头顶上浇下去，舒服，千勇怪叫了一声，舒服，凉到骨头里。千勇的手在身上拍着，拍到短裤那里，突然停住了，他回过头发现井边还有一个人，是徐家的女孩桃子，桃子坐在一张小凳子上，弯着腰在水泥地上磨一块石头，嗤——嗤——嗤，声音难听而刺耳，千勇记起来这声音已经在民丰里响了一个黄昏了。

我洗澡，你还在这里干什么？千勇说。

你洗澡关我什么事？桃子抬起头朝千勇瞪了一眼，她把裙子往上拉了拉说，我在这里关你什么事？又不是你们家的井。

好，那溅到你身上可别怪我。

强盗。桃子轻声地骂了一句，但是骂得似乎有点胆怯，桃子的一只手还是伸到后面挪动了她的凳子。

你骂我什么？强、盗？千勇将一桶水拎着，在桃子面前晃悠着，他说，强盗？我强怎么盗了？我盗你什么了？

没骂你，谁是强盗就骂谁。桃子说。

千勇嘿地一笑，他朝桃子做了一个泼水的动作，吓吓你，千勇收回了吊桶说，我劝你不懂就不要乱说，杀人放火拦路抢劫的人叫强盗，我怎么是强盗？

别跟我来说话，桃子说，我要磨玉石，我不想跟你说话。

磨玉石？磨玉石干什么？千勇说。

我不想告诉你。桃子说。

什么玉石？拿过来给我看看，千勇说这句话的时候手已经伸过去抢了，但他没想到桃子敏捷地甩开了他的手，桃子的一双乌黑的眼睛愤怒地盯着千勇。

强盗，强盗。桃子尖声喊。

你骂我什么？你敢再骂一遍？

强盗，你就是强盗。桃子跺着脚喊。

好，我让你骂，千勇冷笑着拎起那桶井水，猛地朝桃子身上泼去，紧接着他听见女孩的一声惊叫，女孩僵立在井台上，满脸惊恐地看着他。千勇看见水迅疾地濡湿了女孩的白底蓝点的小背心，女孩上身浑圆的曲线轮廓兀然暴露在他眼前。在短暂的沉默之中，桃子突然交叉双手遮住了胸口，而千勇的蛮横肆意的表情也变得慌乱，他很快移开了视线。

桃子后来就那样遮住胸往她家跑，桃子一边哭着一边骂，强盗，不要脸的强盗。有人从屋子里冲出来朝井台这里看，看见千勇正在吊桶里洗脚，千勇的脸上浮出一丝茫然，一丝窘迫。

强盗就强盗吧，千勇自言自语地说，我就是强盗，是强盗又怎么样？

桃子家的大人无疑要来告状，话说得很难听，千勇的母亲脸上红一阵白一阵的，掩面啜泣道，我拿这个孩子也没办法了，哪天等他犯下罪，干脆送他去监牢吧。

民丰里的十一户人家相互间即使心存芥蒂，面上也是很客气的，千勇的母亲就是觉得面子上下不来，摊上这么个儿子，她在妇女们中间丢尽了面子，在妇女们炫耀自己的儿女如何孝顺如何上进的时候，千勇的母亲便无地自容。为了弥补一点儿子在桃子家人那里的恶劣印象，她做了半篮子荠菜香干和肉馅的馄饨，让千勇给桃子送去，但千勇却不肯。

千勇说，给她家送馄饨？为什么？送给她家我吃什么？

母亲说，你够吃了，我留了两碗。

千勇说，不够，我要吃三碗。

母亲的火气立即蹿了出来，吃，你光知道吃，她厉声喊道，你吃了十八年的饭，都吃到哪里去了？

吃到哪里去了？千勇嘻地一笑，说，当然吃到肚子里啦。

你不是吃饭长的，你是吃屎的。

好，我是吃屎的，屎是谁做的？还不是你做的？千勇觉得母亲的话总是漏洞百出，他轻易地就驳倒了她，为此千勇得意地大笑起来。他看着母亲提着半篮子馄饨怒气冲冲走出门，要送你自己送，千勇用一支牙膏细致地涂擦着他的白色回力牌球鞋，他说，有什么大惊小怪的，这么热的天浇一桶井水，有什么大惊小怪的？

大约是一刻钟过后，千勇的母亲拎着空篮子回来，一进门就对千勇说，你做的好事，桃子病了，发高烧，你看怎么办吧。

发高烧？千勇怔了一会儿说，怎么会发高烧呢？

我没脸去她家了，母亲说，你做的好事，你自己看着办吧。

这有什么不好办的？让桃子也浇我一桶井水，不就两清了？千勇最后说。

千勇提着一只吊桶站在桃子家的窗前朝里面张望，他看见桃子斜倚在床上看书，千勇舒了口气，他猜母亲故意夸大了桃子的病情，想吓唬他，千勇想难道我是吓得住的人吗。

桃子你出来，千勇敲了敲窗栏说，你来浇我一桶井水，我们两清，省得你们说我欺负女孩子。

桃子朝窗外漠然地瞥了一眼，侧过身子继续看她的书。桃子穿了民丰里妇女流行的花睡裙，习惯性地蜷紧身子，那种青春期女孩特有的身体曲线便勾勒出来，圆圆的，精巧的，看上去很安静。

桃子你出来，我不骗你。千勇说，我让你浇一桶井水，你要是觉得不合算，浇两桶也行，浇两桶吧，让你赚一桶。

千勇看见桃子啪地丢掉书下了床，她走到窗边，眼睛并不看他。桃子的嘴唇动了动，千勇想她又要骂强盗了，但桃子没有骂，她突然抬起手拉上了窗帘，千勇记得那个瞬间他闭上了眼睛，他看见了女孩包裹在睡裙里的胸部，像两只小碗，他并不想注意那种地方，不知怎么又看见了。看见了也不怪我，千勇想，谁让她的睡裙做得那么紧，谁让她抬起手臂拉窗帘呢？

不怪我了，我让你浇我的。千勇手里的吊桶在桃子家的窗台下轻轻撞击着，千勇说，我让你浇还我的，你不肯浇就不怪我了，革命不是请客吃饭，我们两清了。

立秋后下了几场雨，民丰里人家种植于门前窗下的夜饭花被雨水打成残枝败花，但灼热黏滞的空气却是被洗干净了，出入于石库门的人们重新穿上衬衫和长裤，持续了一个夏天的萎顿精神也便焕然一新。

千勇又穿上了他心爱的深蓝色海军裤，千勇穿着海军裤到井台上刷白色回力牌球鞋，正好看见桃子在那儿，千勇下意识地想避开，刚刚转过身，脑子里便响起一种尖厉的嘲笑声，你怕她？千勇原地转了一圈又往井台走，他想，我怕她干什么？嘻，我怎么会怕她呢？

隔了这么多天，桃子还在嗤呀嗤呀地磨那块玉石，桃子的一只手在水泥上来回划动，额前乌黑的刘海也随之轻轻扇动。千勇绕到井台另一侧，用板刷沙啦沙啦地刷鞋子，千勇的眼光忍不住地窥望着桃子手里的玉石，他知道桃子不会同他说话，但他却忍不住地要说话。

什么破玉石？磨来磨去的，千勇说，工艺雕刻厂这种玉石多的是，要多少有多少。

桃子不理睬千勇。

你磨玉石干什么？千勇又说，磨了刻图章？你会刻图章？你肯定不会刻图章的。

桃子还是不理睬千勇。

磨玉石没力气不行，干脆我们换一换，你帮我刷鞋，我来帮你磨吧。

关、你、屁、事。桃子突然昂起头对千勇一字一顿地说，然后她鼓起双腮朝地上吹了一口气，那些白色的粉屑便扬起来，飘到了千勇脸上。

千勇第一次听到桃子吐出这种粗鄙的词语，而且女孩红润美丽的脸上充满了挑衅的表情，这使千勇感到惊愕，他用手里的板刷徒劳地拍打面前的粉屑，你说粗话？千勇说，好，你说粗话。千勇朝井台四周搜寻着，他觉得他该对女孩干点什么，却不知道该干什么，天气凉了，他不再洗澡，他没有任何理由再往桃子身上浇一桶井水。

女孩子家，千勇后来换了一种教诲的语气对桃子说，女孩子家不好说粗话的，女孩子说粗话最难听。

就许你说不许我说？桃子鼻孔里轻蔑地哼了一声，她把那块玉石在盛满水的吊桶里浸了浸，突然说，说粗话有什么？你还欠着我一笔账呢。

我知道你什么意思，我让你浇还我一桶水的，是你自己不要浇。

那么热的天让我浇你？让我替你洗澡呀？桃子说，我又不是傻瓜。

现在天凉了，你现在浇吗？我说话算数，我现在让浇，一桶两桶随你。

现在不浇，等到冬天结冰下雪的时候再浇。

随便你，男子汉大丈夫说话算数，到时候我要不让浇就是乌龟王八蛋。

桃子这时候噗哧笑了一声，不知怎么的，桃子要么不笑，一笑就停不下来，桃子大概想象了某个滑稽可笑的画面，笑得弯下了腰，笑得青春期的肩部像两只蹦跳的兔子。

你疯啦？千勇瞪着女孩的双肩，你咯咯咯咯乱笑什么？

关你什么事？我愿意笑就笑。桃子终于恢复了她的矜持和高傲，她瞥了眼脚边的吊桶说，算啦，便宜你，我就现在浇还你吧。

现在就现在。千勇说着端起那只吊桶，他说，来浇吧，浇了我们就两清了。

这桶水不行，已经让太阳晒热了。你再提一桶水上来。

随便你。千勇说着熟稔地把吊桶扣在井中，胳膊一晃一拽，提着一桶井水放在桃子面前，他说，这下可以浇了，浇吧，我要是吭一声我就是乌龟王八蛋。

桃子拎起吊桶的时候千勇闭上了眼睛,本来不该闭眼睛的,但千勇不知怎么就把眼睛闭上了,也不该那样紧张地屏住呼吸,但千勇就是觉得透不过气来。

我浇了,我真的浇了。桃子的声音听上去像是警告,也像是威胁。

浇呀,废话什么?怎么还不浇?

千勇紧闭双眼等了很久,等待着的那桶井水却迟迟没有浇下来,他睁开眼正好看见桃子放下了那桶水,桃子侧过脸去,她好像在看民丰里唯一的那棵梧桐树,八月的秋风穿过屋檐高墙,梧桐树叶发出一阵脆响。

你还等什么?千勇说,你看着那树干什么?

树叶动得很厉害,其实今天很凉。桃子弯起左手食指去抹右手上的粉屑,漫不经心地说,算了吧,我要磨玉石了,把玉石磨薄,刻上一些花,挂在胸前很好看。

你把我看扁了,我怕冷?什么时候怕过冷,千勇不耐烦地摇着那桶井水,他说,你真的不浇?不浇以后就浇不着啦。

不浇,今天真的很凉。桃子又开始嗤啦嗤啦地磨玉石,桃子一边磨,一边说,算了吧,本来跟你这种强盗也没什么计较的。

桃子的脸上泛着两朵红霞,千勇看出来桃子脸红了,千勇不知道桃子为什么会脸红,正像千勇不知道桃子为什么突然原谅了他一样。

千勇后来拋着板刷往家走,回头往井台一望,突然觉得桃子今天特别美丽,不知道为什么,他的心里隐隐地有些失望,竟然是失望,也不知道为什么。

民丰里的房子这两年是愈来愈破败了,原先的黑漆大门现在露出了木头的枯色,门洞里的那条门闩也不知被谁偷走了。石库门里仍然是十一户人家,但该走的走该来的来,该长大的长大了,该老的也就老了。

千勇早就走了,千勇十九岁到新疆当兵,据说是在一个边防哨卡,民丰里的人们当时开玩笑说,那地方冷,千勇肯定喜欢,这下他可以用冰水雪水洗澡了。这些话其实是偏见,细心的妇女都记得千勇去当兵前就学好了,不知怎么突然就安静了,懂事了,学好了,这是事实,否则千勇也没资格去当兵。

千勇的母亲在儿子走后的第二年,拿了一封信在民丰里走东串西,半掩半露地向邻居宣布一个消息,千勇做班长了,千勇的母亲尽力压低喜悦的声音,你想不到吧?这个强盗,他做上班长了。到了第三年,千勇的母亲在井台上向洗衣的妇女们宣布了更惊人的消息,千勇在部队里升了排长。千勇的母亲抹着眼泪说,我做梦也没有想到,这个强盗,竟然升到排长啦。又过了两年,有关千勇的消息几乎使民丰里每个妇女艳羡不已,千勇又升职了,千勇已经当了连长。

我也不知道怎么搞的,一下子就学好了,一下子就有出息了。千勇的母亲端详着照片上的儿子,儿子一身戎装英气逼人,千勇的母亲说,这个强盗,这个强盗哟。

民丰里的妇女们永远都是在娓娓地聊天的，而千勇的母亲常常爱把话题引向她的儿子，男孩子长大了说变好就变好了，你都不知道他怎么变好的。千勇的母亲常常这么说。她对儿子在那年夏天的变化一直不解其味。但有一天她看到出嫁了的桃子回到民丰里，桃子在井边提水的时候一些记忆的脉络突然清晰了一些，千勇的母亲就走过去捉住桃子的手，说了许多话。

桃子，你是个好人。千勇的母亲伸出手在桃子的红锦缎棉袄上摩挲着，她说，我们家千勇，你记得吗？那年夏天，大概是你让他学好的。

桃子仍然微笑着，但从她困惑的眼神中不难看出，她不理解千勇的母亲这番突兀的话。

你记得吗？我们家千勇，大家以前都叫他强盗的。千勇的母亲凝望着桃子说，记得吗？那年夏天，千勇往你身上浇了桶井水。

记得，桃子点了点头，突然笑起来反诘道，他浇了我，可我并没有浇还他呀。

千勇的母亲一时倒不知说什么好了。对，你没有浇还他，千勇的母亲迟疑了一会儿，替桃子摘掉了红棉袄上的一根断线，最后她说，桃子，你真的是个好人。

桃子终于捂着嘴噗哧一笑，那年夏天的事是哪年的事，桃子或许记得，或许已经不记得了。

怨妇

葆秀是民丰里最著名的怨妇。

葆秀从城南嫁到民丰里来时是十八岁,梳两条齐腰长的大辫子,辫梢上扎着硕大的红绸蝴蝶结,葆秀眉目清丽,但眼袋总是黑黑地浮肿着,像是哭过三天三夜。葆秀不说话,邻居们起初以为刘大的新媳妇是个哑巴,后来发现不是,葆秀说起话来伶牙俐齿,别人都接不上嘴。那当然是二十年前的事了,二十年来民丰里的妇女几乎都从葆秀嘴里听说过一件怪事,这件怪事尤其让年轻的一代瞠目结舌。

我嫁错了,葆秀说,本来我该嫁给刘二的,刘家使了调包计。

怎么会呢?好奇的人们伸长了耳朵听。

就是调包了。媒人是领着刘二到我们家来的,说亲说的就是刘二。葆秀说,谁知道过门那天老母鸡变鸭,变出个刘大来,我要早知道跟老大,死也不嫁过来。

人们都听得将信将疑,替葆秀想想,就是嫁错生米也做成了粥,后悔有什么用?便安慰葆秀道,刘大刘二兄弟俩差不多,别提这事了,让刘大听到了他又要打你。

让他打好了,打死了我这口气也咽下了。葆秀的眼睛射出一种灰暗的光,是民丰里的人们所熟悉的怨妇的目光。老人指着葆秀瘦小的背影评论道,这样的女人,最可怜也最难缠。

一件事情的两种说法往往背道而驰,正像葆秀在二十年前的婚事一样，用刘大的话来说葆秀是骗人。她在说梦话。刘大的铜锣嗓有一次响彻民丰里上空，对于几十名邻居的窃听毫不隐匿，他说，梦话，梦话，刘二不过是替我去相亲的，她想嫁刘二？斗大的字不识一个，一张脸长得像烂茄子，她配得上刘二？梦话，癞蛤蟆想吃天鹅肉？

刘大在码头上做搬运工，只用力气不用嘴皮子，难免作出这类不恰当的比喻，但是民丰里的人们从他愤怒的声音中不难判断，刘大往事重提也有他自己的依据。

如此一来住在香椿树街上的刘二总是被牵扯到哥嫂的家事中来。刘二出没于民丰里的门洞时，妇女们会意味深长地朝他多看几眼，多看几眼刘二还是那样，头发很油很亮，戴一副黑框眼镜，除了夏天刘二都穿着面料考究的中山装，蓝的，黑的，还有一种罕见的烟灰色，刘二喜欢拎一只人造革的公文包，他的身上散发着民丰里人所崇尚的文雅和仕宦的气息。

刘二不是干部，是香椿树街小学的语文教员，但刘二怎么看都不像小学教员，像干部或者像大学里的教授。邻居们比较着刘家兄弟的人品脾性，替葆秀想想，假如当初葆秀真是嫁错了，那确实是很委屈的。

还是要从二十年前说起，嫁入夫家的葆秀双手死死捂住分道扬镳的乱发，似乎想哭，却哭不出来，隔了一会儿终于裂帛似的哭了一声，人就倾斜着往下冲。刘家人都下意识地以为她想寻短见，慌忙去拉拽，没想到葆秀瘦小的身体爆发了超常的力量，左推右搡，又抓又咬，终于跑到了刘家门外。

其实葆秀没有往井边跑,她倚门啜泣着,朝地上左顾右盼,小姑子问她,你在找什么?葆秀啜泣着说,辫子,我的辫子呢?

那两条辫子被扔在一堆鞭炮的碎屑上,黑黑地盘曲着,像两条精巧的纸蛇。葆秀拾起了辫子,抖掉上面的红纸屑,又轻轻地吹了吹。一滴珠泪凝挂在葆秀的面颊上。旁观者们这时候发现她的目光已经变得冷静,顺从和屈迎的姿态使她第一次正眼环顾了刘家一家人。

辫子,辫子可以卖给收购站的。葆秀轻声地对她婆婆说,起码可以卖一块钱。

有关辫子的往事,葆秀后来曾向知心的邻居吐露心曲。那时候我很蠢,总觉得拖着辫子就还有点念想,拖着辫子就还是个黄花闺女,死活不肯铰掉那两条又长又粗的辫子。按照民丰里——应该说是按照整个老城的规矩,新媳妇一定要铰掉辫子。有一天邻居们看见刘家人楼上楼下地追逐着葆秀,婆婆拿着剪子,小姑子低声下气地劝着葆秀,说,铰吧,一剪子就完了,不疼不痒的,你到底怕什么?但葆秀只是一味地推开拦截她的人,突然把两条辫子塞到了嫁衣里面,桃红色的绣花小袄上鼓出了两道山梁,葆秀的脸上是一种以死相争的表情,刘家人一时无从下手,而新郎官刘大这时已经忍无可忍,他从母亲手里抢下剪子,吼道,我来剪,剪条辫子还这么难?刘大像扛货包一样把葆秀扛在肩上,把她摇了几下,颠了几下,那两条辫子就从葆秀的衣裳里滑出来了,我怕你不出来,刘大怒视着两条辫子说,让你出来就得出来,然后便是咔嚓一声,又是咔嚓一声,两条离断的辫子已经抓在刘大手上了,刘大将它们在手上抖了抖说,还挺重的,说完一扬手便把两条辫子扔到了窗外。

刘家人记得葆秀当时脸色苍白如纸。葆秀叹着气说,可是刘大那畜牲一剪就把什么都剪掉了,有什么办法?剪掉了我就算是他的人了。

民丰里的那棵老梧桐树就长在刘家的楼窗前,梧桐树长了四十多年,华盖如荫,茂盛的枝叶遮住了楼窗上昏黄的灯光,却遮不住刘大夫妻在深更半夜拌嘴或厮打的声音。

富有床笫生活经验的人们不难判断那些声音的实质内容,他们在掩嘴窃笑之余不免要回味葆秀的那种凄厉的哭叫声,畜牲、猪、狗、下流坯、臭流氓,葆秀的叱骂变化多端,一声比一声高亢,一声比一声惨烈,到最后是一声撕肝裂胆的尖叫,尖叫过后渐渐地就安静了。邻居妇女们都觉得葆秀在夜里有点过分,但是葆秀在她们眼里是很可怜的。男人们却与刘大一个鼻孔出气,替刘大喊冤,睡自己的女人,弄得像杀猪,这叫什么夫妻?男人都说,葆秀这种女人,嘿嘿,要她有什么用?

葆秀在民丰里的日子就这样含羞地开始,一日复一日的,葆秀早晨到井边去淘米,眼袋肿肿的,散发出青黑色,妇女们与她搭讪,葆秀的眼泪一不小心就像断线珠子似的落下来。

刘大永远是粗壮的骂骂咧咧的刘大,即使脸上布满了细小发红的指甲抓痕,刘大仍然骂骂咧咧地喝上一盅烧酒,对着身后说,把花生米拿来!刘大从小就火气大,每次从民丰里的石库门进出时，不肯用手去推门拉门，嘭，总是那么一脚踹，天长日久民丰里的两扇黑漆大门就让刘大踢坏了。

我男人，我男人不是人，是畜牲，比畜牲还不如。葆秀有一次忍不住地跑到居民委员会去告刘大的状，说到伤心处又是声泪俱下，她说，他不是人，他不把我当人，我要跟他离婚。

那些妇女对刘家的事都有所耳闻，便婉言劝阻葆秀。现在是新社会了，妇女能顶半边天，离婚是可以的，不过，不过——女干部说到这里表情就尴尬起来，不过光为那种事情闹离婚，好像说不出口，理由也不合适。女干部忍不住吃吃地笑，再说，再说那种事情也是正常的，你现在讨厌，说不定以后会喜欢的。

葆秀的脸羞赧地拧过去，隔了一会儿突然说，我也不是不让男人碰，就是让刘大——我不甘心，你们知道吗，我让刘家骗了，他们用了调包计。

一语道破天机，说来说去葆秀还是在为嫁错刘家兄弟的事情耿耿于怀，妇女干部们相互会心一笑，便都忙别的去了。自古以来清官难断家务事，对于葆秀的遭遇，她们表示爱莫能助。

葆秀嫁到民丰里的第二年就生下了一个男孩，不管母亲心情如何，刘大的骨血一个个地跑到了葆秀的肚腹里，然后哇哇大哭着坠入这个不睦之家，就这样，像民丰里的大多数妇女一样，葆秀二十五岁那年就做了三个孩子的母亲，也不管母亲心情如何，三个孩子的眉眼神色都酷肖刘大。

三个孩子没一个像我的,葆秀喜欢在井台上埋怨年幼的儿女,老大蛮,老二刁,老三嘴馋,都像那个死鬼,想想怎么也想不通,葆秀挥起棒槌用力地击打儿女们的脏衣服,尖着嗓门说,怎么想得通?都是我十月怀胎受着罪生出来的,怎么都像了他?那个死鬼!

葆秀已经是民丰里的葆秀了,不管怎么说,不管从前的眼泪浸湿了多少衣裳,她的棒槌挥了一年又一年,全都捶干了,这么一下一下地把棒槌捶下去,葆秀的沧桑岁月也浮在脚边的污水上悄悄流失了。

葆秀已经不是那个葆秀,她眼袋上的青黑色看不见了,但前额过早爬上了皱纹,面色枯黄,近似秋天梧桐落叶的色泽,而且她的嘴角上常常长着几个热疮。这是火气,葆秀指着嘴角对邻居说,我满肚子火气不知朝谁发,结果就攻到嘴角上,又疼又痒,又不敢用手抓,难受死了!

所以说,葆秀仍然是一个怨妇。

刘二每次到民丰里来,后背上就落满邻居们窥测的暧昧的目光,像蚊子一样无声地叮住他,拍也拍不掉的。刘二知道他们是在注意自己的去向,是否往他哥嫂家跑,但是他不往哥嫂家跑又往哪儿跑?母亲高堂在上,知书达理的刘二总是要来探望母亲的。刘二挟着黑公文包蹑手蹑脚地走上楼梯,仍然有邻居冷不防从厢房里探出头,说,老二回来啦?刘二便说,回来了,回来看看我母亲。心里却暗暗地骂,废话,全是废话,不是看母亲难道是看葆秀吗?葆秀的那张又瘦又黄的脸，有什么可看的？

刘二不爱看葆秀，葆秀却是常常用眼角的余光扫瞄他的，葆秀手脚麻利地做好一碗赤豆元宵，往刘二面前一放，也不说话，退到一边继续用隐蔽的眼光扫瞄，双眸里忽明忽暗。如果刘大站在旁边，刘大的眼睛就更忙，又要看葆秀，又要看刘二，有时脖子上的青筋就暴突出来，对刘二说，没事早点回家去，闲坐着有什么狗屁意思？刘二觉得他与哥嫂之间隔着一张窗户纸，捅破难堪，不捅别扭，刘二想要不是母亲还在，你请我来我也不来。

后来刘二的母亲过世了，办完丧事刘二果然就不到民丰里来了，只是在逢年过节的时候，按照本地的风俗到哥嫂家拜个年，刘二给侄儿侄女每人一份压岁钱，假如刘二给了一块钱，葆秀就要准备两块钱，因为刘二恰恰也有三个孩子。树活一张皮，人活一张脸，葆秀对邻居们说，我就是要个面子，其实我们家日子比他家紧，但我不喜欢占别人便宜的。

刘二不来了，但葆秀一不小心就会说到刘二那个家庭，说到刘二的女人秋云，说秋云好吃懒做，还成天地向刘二装病撒娇。你们知道吗，秋云的短裤也要让刘二洗的，说是手不能浸水，喊，手不能浸水？天底下还有这种病。葆秀谴责着她的妯娌，声音里的义愤之情已经无从掩饰，秋云这种女人，要她有什么用？

井边的妇女们轻易地捕捉到了葆秀内心的另一种声音，她们凭藉惊人的记忆力回想起多年前刘二和秋云的婚礼，婚礼上葆秀的两个孩子啼哭不止，葆秀怎么哄也停不下来，所有的宾客都被那啼哭吵得心绪不宁，一个眼尖的女宾后来告诉别人，我看见葆秀在拧孩子的屁股，拧了大的拧小的，一边哄一边拧，孩子的哭声怎么停得下来？

也不知道刘二是否告诉过秋云那些事情，那些事情或许想说也说不清楚，而秋云或许也不会与民丰里的妯娌一般见识，秋云是个中学教师，每天在学校里教孩子们说叽哩咕噜的外国话，民丰里的人们认为文化高的妇女都很傲慢，所以秋云是不会与葆秀一般见识的。

孩子们虽然遗传了刘大的特色，偏矮偏肥，但毕竟都长大了，都在学校里读书，读得漫不经心，经常让刘大用皮带抽或者用鞋底扇耳光，刘大怒吼着说，读不好以后跟我一样，到码头上扛货包，有什么出息？这时候葆秀便与刘大保持着配合，葆秀抢走刘大手里的皮带，塞给他一条绳子，悄声耳语道，抽三鞭就停，但刘大常常忘了葆秀的关照，由着性子抽下去，结果葆秀就和刘大厮打在一起，你要把他打死呀？狼心狗肺的畜牲！葆秀骂完刘大又去骂孩子，你也该打，打死了我不心疼，门门功课开红灯，以后跟你爹一样，到码头上扛货包吧！葆秀骂完了又抹眼泪，语重心长对孩子说，以后千万别跟你爹一样，好好念书，怎么就不能学着你叔叔？最起码也做个教师！

现在刘大对葆秀一般都是低眉顺眼的，礼拜天的早晨，刘大被葆秀指使得像一只陀螺无法停歇，打水、晾衣、倒垃圾、买油打醋，刘大扛着一杆湿衣裳站在民丰里的空地上，一只手焦灼地扯着裤子说，忙完了没有？我急死了，早晨起来连个撒尿的工夫也没有。

民丰里的人们怀着一颗善心回忆起多年前刘家的夜半叫声，都觉得那对夫妻现在像夫妻了，也难怪，做了多少年夫妻，做到后来都是这样，也别去管是男的驯服了女的，还是女的驯服了男的。人们唯一困惑的是葆秀的口头禅，我是嫁错的，我是让刘家骗到门上来的。葆秀仍然在私底下这么对人说。这么多年过去了，人们认为葆秀不该这么说了。

葆秀后来果然就不这么说了。

那天葆秀的小儿子放学回家，葆秀看见他嘴上有血痕，再细看嘴里的一颗门牙也没有了。儿子说是摔的，但葆秀认准儿子在说谎，肯定是跟谁打架打的。葆秀想是谁家的孩子这么心狠手辣，简直是骑在别人头上拉屎，她不能这样就算了。儿子不肯说，你不说我也能打听到，葆秀说，我找你叔叔去。葆秀想儿子就在刘二的学校里，刘二应该知道内情的。

大约是下午四点半钟的时候，葆秀去了香椿树街的刘二家，有人看见她走出民丰里的门洞，问，去买菜？怎么篮子也不带？葆秀边走边说，还有什么心思买菜？老三的门牙都给人打掉了，我要去调查调查。葆秀没有透露她的行踪。五点钟刚过葆秀就回来了，收腌菜的女邻居看见葆秀站在门洞里，呆呆地站在那儿，嘴里大声地喘气，女邻居走近葆秀，见她脸色煞白，眼睛里冒出一种古怪的光。

你怎么啦？哪儿不舒服？女邻居问。哪儿都不舒服，像咽了一堆苍蝇。葆秀沉默了会儿突然骂道,这个畜牲,人面兽心,没想到他是个下流坏。

谁打了你家老三?女邻居听得有点糊涂,说,到底是谁呀?

跟我动手动脚的,他把我看成什么人了?葆秀仍然咬牙切齿的,她说,怎么说我也是他嫂子,他怎么可以跟我动手动脚的?

女邻居终于明白葆秀在说什么,一下子就瞠目结舌了,说,刘二?怎么?这事太——太那个了。

人面兽心,我算是看透他了。葆秀慢慢地平静下来,她撩起衣角擦了擦眼睛,似乎想起了什么,关照女邻居道,这事就你知道,不敢传出去,让我家刘大知道了会闹出人命的。

不敢传出去,这种事怎么好乱说?女邻居不断地点头允诺。

但葆秀自己最后还是把事情传了出去,至少有五名民丰里妇女听葆秀埋怨过刘二,怎么说我也是他嫂子,葆秀用一种尖利的声音说,他怎么可以跟我动手动脚?这个人面兽心的畜牲!

侦探

一个穿海魂衫的男孩在民丰里来回奔走,脚步忽疾忽慢,脑袋朝左右前后急切地探出去,然后又失望地缩回来。没有了,真的没有了,少军嘀咕着,终于垂着手站在井旁,眼睛朝洗衣的妇女狠狠地斜了一下,妇女们正说着她们的事,谁也没有留心,少军抬头看看,将手指含在嘴里打了个唿哨,还是没有人搭理他,少军忍不住又用愤怒的眼睛朝她们斜了一下。

看见我的兔子了吗?少军说。

不在笼子里?少军的母亲终于抬起头来。

你早晨给它喂菜了吗?少军用一种类似审问的口气说,肯定是你,肯定是你忘了把笼门插上。

我哪有空给你的兔子喂菜?我哪有空管你的兔子?母亲的手一直在盆里搓着衣裳,她说,大概溜到哪儿去吃草了吧。

溜到哪儿去吃草?少军气咻咻地说,你什么也不懂,跟你说了也白说。

少军又斜着肩膀朝民丰里的另一侧走,走走停停,朝每户人家的门窗里投去匆匆一瞥。走了几步少军听母亲在井台上叫他,便回过头充满希望地看着她。

是你忘了把笼门关上吧,少军说,我猜就是你。

我哪儿有空看你的兔子?母亲还是那句话,当然她更想说的是另一句话,她说,咦,那兔子,昨天不还在笼子里吗?

昨天?那还用得着你告诉我?少军哭笑不得地扭头就走。原来是一句废话,少军想这件事情跟母亲说等于是对牛弹琴。

少军站在他的朋友大头家门口,捏着拳头嘭嘭地敲门。

谁?大头在里面问。

我,侦探。少军在外面说。

过了一会儿大头才跑来开门,大头宽阔的脑门上淌着几滴汗，他脸上的表情显得很紧张。

你在搞什么鬼？少军审视着大头说，怎么等到现在才开门？

搞什么鬼？我在大便。大头匆匆地走到桌子前，挺起肚子把一只桌屉撞紧，一边反问道，你在搞什么鬼？

我的兔子不见了，是你偷的吗？少军说着眼睛却瞄准了那只桌屉，他说，我是侦探，谁偷了我的兔子，三天之内一定会查出来。

兔子？我偷你的兔子？大头鼻孔里鄙夷地哼了一声，兔子，我最讨厌兔子了，女孩子才养那种东西。

少军极力压抑住受辱后的怒气，他从容地走到桌子前翻弄着桌上的一把链条枪，这把枪做得不错嘛，少军一只手试着链条枪的扳机，另一只手却突然用力拉开了那只桌屉。大头还未及阻挡，少军已经把大头的秘密紧紧地抓在手中。

其实只是一页画片，好像是从哪本画册上撕下来的，一个不穿衣裳的外国女人斜卧在草地上，她的每一寸肌肤都反射出粉红色的光亮，让民丰里的两个男孩触目惊心。

好呀，你躲在家里偷偷看这个。少军像挨了烫似的扔掉画片，他说，老实坦白，从哪儿弄来的？

捡来的，在小韩家的垃圾桶里。

撒谎，垃圾桶里怎么会有这种东西？

骗你是小狗。大头涨红了脸对天发誓，他说，小韩家的垃圾桶里还有几页，不信你自己去翻翻看。

我才不去翻，女人有什么可看的？光着屁股有什么可看的？少军怪笑了一声。

少军想起小韩是刚搬进民丰里的住户,小韩孤身一人,很少与邻居们接触,而且总是门窗紧闭,还要拉上几块窗帘布。少军突然觉得小韩一直是鬼鬼祟祟的,这个人身上有许多令人怀疑的疑点。

你有没有在他的垃圾桶里看见兔毛?少军皱紧了眉头沉吟一会儿,他说,小韩肯定把我的兔子宰了,肯定把我的兔子煮熟吃了,你知道吗,兔子肉吃起来很香的。

两个男孩后来就去检查小韩家的垃圾桶,大头望风,少军埋下头去看那只肮脏的红色塑料桶,但桶里没有一根兔毛,甚至连别的垃圾也被倒掉了。怎么回事?少军嘀咕了一声,他想不会什么东西都不见的,头就埋得更低,果然发现了那根红色的玻璃丝线,玻璃丝线很细,粘在桶底,不易被人发现,但少军终于把它小心地拉了出来。

这就是疑点。少军得意地拎起玻璃丝线给大头看,他说,你想想,他家又没有女的,又不用它来扎辫子,他用这玻璃丝线干什么?

对,他要玻璃丝线干什么呢?大头茫然道。

肯定是作案工具,少军挠着头想了想说,也许,也许他用玻璃丝线勒死了我的兔子,你知道吗,这样不会留下血迹。

大约是午后三点钟的时候,阳光寂静地流淌在民丰里狭长的空地上,几只母鸡在啄食石板缝里的草苔,除了刘家窗台上的老花猫,几乎没人看见小韩家门口交头接耳的两个男孩。

马上立案,我要开始侦查了,三天之内破案。少军以一种职业化的口吻向他的朋友宣布了他的决定,他对大头说,你配合我，做我的助手。大头迟疑了一会儿，说，我凭什么做你的助手？是你丢了兔子，关我什么事？少军或许是没想到大头会拒绝他的要求，我什么时候让你做助手的？少军立即收回了刚才的话，他发出了一声短促的冷笑说，让你做助手？呆头呆脑的，反而碍我的事！

少军的侦查始于那天夜里。

少军先是爬在他家的老虎天窗上监视小韩家的动静，他看见小韩推着自行车进了民丰里的门洞，瘦瘦长长的一条身影，笔直地走过去，决不朝左右前后多看一眼。他从来不与人说话，少军想，不说话的人心里都藏着鬼。他注意到小韩自行车的书包架上夹着一件什么东西，大概是一只饭盒，上班的人们都会在自行车后面夹一只饭盒，这不奇怪，但少军突然听见那只饭盒里咕噜响了一下，好像有什么东西在里面滚动，是几块没吃光的兔肉？少军这样猜想着，看见小韩打开了门锁，扛着自行车进了屋里，别人的自行车都放在院子里，唯独小韩每天要把自行车扛回家，这也是疑点，少军想，那家伙身上尽是疑点，连扛自行车的动作都显得慌里慌张的。

母亲在下面喊，少军你疯了？爬在老虎天窗上干什么？

不干什么，我在看星星。少军说。

疯了，丢只兔子跟丢了魂似的。母亲说，你看星星就能把兔子看回来啦？

你不懂，你什么都不懂，少军回头说，同志，你能不能安静一点？你能不能别来跟我捣乱？

兔子，不就是两只兔子吗？哪天让你姨妈从乡下捎两只来。母亲絮絮叨叨地走开了，剩下少军站在木梯上，耐心细致地监视着小韩的动静。

其实也没什么动静，小韩除了出来倒掉一盆水之外，一直待在屋子里。除了灯光，少军什么也看不见，因为小韩家的窗上都拉着厚厚的窗帘。少军只能从灯光明灭中分析小韩的行为，这个窗口亮着，说明他在厨房里，他在厨房里干什么？又在吃兔肉了？这盏灯灭了，那个窗口又亮了，他大概要睡了，要睡了？少军想为什么早早的就要睡呢？

小韩家气窗上的那块空档是突然出现在小军的视线里的，不知道小韩是否想把窗帘拉得更严密一些，反正窗帘动过以后就留下了那块空档。少军现在从狭窄的气窗上恰恰可以看见小韩的床，准确地说是床的一半，一条薄毯的一半，意外的收获几乎使少军屏住了呼吸。

他看见小韩上了床，那张瘦削的脸正面对着少军，在灯光的辉映下显得苍白病态，但少军觉得他的眼睛里闪烁着某种诡秘的光芒，他看见小韩用双手的食指顶住两个额角，转了一圈，又转了一圈——这种动作多么奇怪，少军还想发现些什么，但是很不巧。小韩的脑袋突然沉下去，他肯定是调换了方向躺着，少军后来看见的是两只苍白的脚，它们忽而静止，忽而急遽地颤动，像拧麻绳似的拧在一起，少军想他的脚上也有疑点，睡觉就睡觉，他的脚为什么这样乱动不止？

后来小韩家的灯就灭了。除了气窗玻璃上的一小片幽光，少军什么也看不见了。

第二天少军又去翻看小韩的垃圾桶,桶里没有大头所说的那种画页,也没有红色玻璃丝线了,少军发现了几根骨头,他用树棍拨弄了几下,他觉得那不像是兔子的骨头,那么大那么粗的骨头,到底是什么骨头?少军这么想着心就开始狂跳了,会不会是人的骨头?

现在已经不是兔子的问题了,小韩心里肯定藏着鬼胎。少军绕着小韩的屋子走了一圈,他决定爬到小韩的窗台上去,他要利用气窗上的一块空档看看那张可疑的床。

假如有大头在旁边望风就更好,但没有他也一样干。假如有人撞见,他就说是接受了公安局的秘密任务来监视小韩的,不管别人是否相信,至少不会有人来阻拦他。

少军的脸终于贴住了气窗玻璃。现在他看见了小韩的那张床,床和毯子都很正常,使少军产生疑问的是床上的枕头,枕头竟然有两只,又皱又瘪地挤在一起,而且少军清晰地看见另一根红色的玻璃丝线,长长的,细细的,它就盘曲在枕头一侧。

因为紧张和激动,少军跳下窗台时不小心把脚踝崴了一下,后来他就那么半跳半奔着跑到大头家里,透露了他的最新发现。

小韩,小韩果然有鬼。少军喘着气说。

真的是他?大头说,是他偷了你的兔子?

没这么简单。少军的眼睛里闪闪烁烁的,他说,打死你也不会相信,小韩家里还藏着一个人,一个女人。

你又瞎编了。我怎么从来没见过？大头疑惑地说，一个女人？你怎么发现的？

军机不可泄露。少军微笑着说，我早说过小韩这人鬼鬼祟祟的，你不信，什么事情能逃过我的眼睛？

可是，可是他把一个女人藏在家里干什么呢？大头又问。

少军似乎被一下子问住了，怔了一会儿用鄙夷的目光斜了大头一眼，干什么？你就知道问干什么，偷偷摸摸藏一个人在家里，肯定要干一件危险的事。少军说着匆匆地离开大头家，走到门外时他又回头对大头说，你等着看我的，三天之内我一定破案。

奇迹出现在第二天夜里。

少军后来难以描述那天夜里的心情。本来他是趴在老虎天窗上监视小韩的，但母亲一直用扫帚敲着梯子喊他下来，这种干扰分散了他的注意力，少军干脆就从梯子上下来了，他想与其这样伸长了脖子，又要听母亲的唠叨，不如冒险爬到小韩的窗台上去。

小韩家厚实的窗帘仍然在气窗部分留下一块空档，这给少军的第二次侦查提供了方便。

天渐渐黑透了，小韩家的灯光呈交替状地亮了，又灭了。梧桐树后的少军的心又怦怦地狂跳起来，他听见民丰里唯一的电视机在桃子家咿咿呀呀地响着，有个男人捏着嗓子唱着京戏，少军想那种声音正好可以掩盖他翻窗的声响，他贴着墙壁朝小韩家的窗户挪过去，刘大家的猫这时候喵呜叫了一声，少军吓了一跳，但除了那只猫，没有人看见他。

少军站在窗台上，贴住那块气窗玻璃朝里面看，里面漆黑一片，什么也看不清楚，这已经在少军的预料之中，他从裤袋里摸出手电筒，而室内的那种奇怪的声音恰恰传入了少军耳中，是一种类似于人在搏斗或挣扎时的声音，呻吟和喘息，少军觉得他的心脏快跳不动了，一只手急不可待地拧亮小电筒，对准了气窗玻璃，小电筒的圆形光柱异常精确地投向室内的床。紧接着少军看见了令他永生难忘的一种画面。

小韩的脖子上勒着那根红色的玻璃丝线，有两只手，不知道是谁的两只手抓紧了玻璃丝线，勒紧，松开，又勒紧，小韩的脸因此变得古怪而恐怖，嘴张得很大，所有异常的声音都是从他的嘴里发出来的。

少军后来不记得自己是否叫喊了，只记得跳离窗台时莫名其妙地丢了一只鞋。

少军光着一只脚跑到香椿树街派出所。

民丰里杀人案，民丰里杀人案。少军一边喘气一边对两个警察说，我侦破了民丰里杀人案。

别慌，说清楚了是谁杀人了？警察说。

十六号的小韩。少军仍然喘着气说，是我侦破，我早就开始怀疑他了。

小韩把谁杀了？

小韩，不，是有人在杀小韩，少军在脖子上比划了一下，他说，一根玻璃丝线，有人在勒死小韩，我早就发现那根玻璃丝线了。

谁在勒死小韩？警察说，别慌，说清楚点。

看不清楚人，窗帘挡住了。少军说，反正有一个人，没准还是个女人。

两个警察分别从挂钩上取下了枪，少军在后面问，枪里有子弹吗？他们没有理睬这种提问，推了推少军，小孩，给我们带路。

少军领着警察冲进民丰里时，民丰里静悄悄的，只有刘大家的猫受惊似的溜过屋顶。他们站在小韩家门口敲门，敲得很急促，里面的灯亮了，左右邻居家的灯也亮了。

小韩穿着棉毛衫和短裤出来开门，表情看上去惊愕而茫然，而少军更加惊愕，少军的第一个反应是小韩挣脱了那根玻璃丝线，凶手或许已经跑了。

出了什么事？小韩问警察道，查户口吗？

不查户口，查凶杀案。警察说，刚才是不是有人对你行凶？

行凶？莫名其妙，小韩说，谁对我行凶？

两个警察径自闯了进去，他们在床的周围细细勘查了一遍，然后又检查窗子，而少军眼疾手快地从床上捡起那根玻璃丝线，就是它，就是用它勒的。少军把玻璃丝线塞到警察手里，突然又叫起来，不好，我不该留下指纹的。

到底怎么回事？你们把我弄糊涂了。小韩跟在警察后面说。

这个孩子说，有人用玻璃丝线勒住你的脖子，警察严厉地审视着小韩，问，是谁刚才勒你的脖子？

没人勒我的脖子。小韩说。

有人勒你的脖子，我亲眼看见的，少军这时冷笑了一声，总不会是你自己勒自己的脖子吧？

小韩的脸上出现了一种窘迫的表情，他朝少军投以厌恶的一瞥，一边匆忙地穿着长裤，小韩突然侧过脸对警察说，就是自己勒自己的脖子，一个人，无聊，那么玩很舒服的。

两个警察面面相觑，看手里的红色玻璃丝线，看小韩的脸，最后看发呆的少军，两个警察也显得茫然迷惑。

不骗你们，那么玩危险，但真的很舒服。小韩对警察挤了挤眼睛，而且他在一个警察耳边低声耳语了一会儿，那个警察居然嘻嘻地笑起来了。

少军呆若木鸡，他不懂一件可怕的凶杀案怎么会逗人发笑，当两个警察后来嬉笑着交头接耳地走出民丰里时，少军愤怒地追上去，他在骗你们，你们怎么听不出来？他尖声说，自己怎么会勒自己的脖子？

年纪稍大的那个警察拍了拍少军的头，仍然很暧昧地笑着，你还小，有些事情你不懂，那个警察说，咳，让我怎么说？那些事情你还是不懂的好。

民丰里又亮起几盏灯，有人把头探出窗外，朝门洞这边看。少军垂着头沮丧地站在梧桐树下，朝树干踢了一脚，梧桐树叶便簌簌地响，猛地看见一条黑影长长地投过来，少军侧脸一望，是小韩叉着腰站在他家门前。

讨厌，下次再偷看我揍你。小韩说。

少军知道他在骂自己，想想突然觉得委屈，便扯着嗓子对那边喊，讨厌，谁偷了我的兔子？

花匠

　　花匠在民丰里住了二十年，开始他是仍然种着花的，门前几盆石榴和海棠，窗下一畦瓜叶菊，在远离小屋的大门洞后还植了一片串串红和太阳花。但是那些花很快被孩子们随手摘下，放在鼻孔下闻一闻，然后就扔掉了，剩下的花枝即使被孩子们遗漏，但最终也被大人们的自行车压坏挤死了。要知道民丰里住了十一户人家，他们都习惯于在共用的空间堆放该放的东西，或者是不该放却也不该扔的东西，譬如箩筐、腌菜缸、木柴堆和锈蚀的痰盂，他们觉得花匠的花不该来占地方。

　　花匠有一天修剪着石榴的乱枝，剪下一枝，朝民丰里四下望望，又剪下一枝，在手里捻着，突然叹了口气，把大剪刀对准了石榴的根部，咬紧牙剪下去，咯嗒一声，那棵正开着花的石榴就斜仆在地上了。

　　花匠后来就不种花了，只有一盆白色的月季时常出现在他的窗台上。遇到阳光温煦的日子，他把月季抱出来，有人凑过去看花的时候，花匠就凑过来看你，看你的手。花匠的眼睛告诉看花的人，不要碰我的花。

　　民丰里的人们不爱花匠的花，但是对于他的履历却是充满了好奇心，花匠到底姓王还是姓黄？花匠退休前在水泥厂当工人还是种花？人们一知半解，但是花匠年轻时候在军阀郑三炮家里的那段往事，就像一支朗朗上口的民谣，多年来已经在民丰里流传得家喻户晓了。

花匠当年是被郑三炮抽了一百鞭以后扔出郑家花园的。郑三炮是个冷血魔王，杀人不眨眼，一般说来他打人杀人不要什么理由，但鞭逐花匠时却握有一条令人信服的理由，据说花匠与郑家六小姐偷偷地相好了三年，三年过后郑三炮在六小姐的床底下拖出了花匠的一条腿，还有一条腿却被六小姐抱在怀里。郑三炮本来是想用驳壳枪顶住花匠的膝盖的，六小姐推开了父亲的手，结果子弹射偏了，恰恰击中了向郑三炮通风报信的女佣，所以六小姐那天又是哭又是笑的，当花匠终于被人拖到外面时，六小姐就笑着朝血泊中的女佣吐着唾沫，活该，活该，八小姐说，谁让你多嘴多舌？死了活该。

军阀郑三炮有八个女儿，与花匠私通的是最美丽最受宠的六小姐，人们后来回味着这则绯闻说，幸亏是六小姐，否则花匠就不止是挨一百鞭，郑三炮肯定要送他去见阎王爷了。但花匠自己在回忆往事时却持相反的论调，假如不是六小姐，郑三炮也不会把我怎么样，说不定就把她许配给我了。花匠对他的亲戚说，郑家二小姐不就嫁给厨子老孙了吗，生米做成熟饭，下嫁也就下嫁了。

往事不堪回首，花匠很少提到他在郑三炮家的遭遇，一旦提及他的脸上总是浮出一种抱憾之色，他的手便会在腿上臂上盲目地抓挠着。六小姐，你们没见过，倾国倾城呀，花匠说，就怪我们不小心，就怪当时年轻血旺，半天见不上面就像热锅上的蚂蚁。本来我们要私奔去香港的，船票都买好了，可是六小姐在花园里朝我摇了摇檀香扇，她摇扇子我就去，偏偏那天夜里让他们发现了。花匠说到这里禁不住喟然长叹一声，他说，本来第二天就要上船的，第二天郑三炮要去南京，家丁们跟着他去，多么好的机会，偏偏六小姐又摇扇子，偏偏我又去她房间了，现在后悔，后悔有什么用？

绯闻中的女主角六小姐在民丰里人的想象中类似一张发黄的美人照片，大概有四个民丰里老人在五十年代有幸一睹过六小姐的天姿芳容。那时候花匠刚搬到民丰里来，他脊背上的黑红色鞭痕透过白绸衫仍然清晰可辨。有一天门口来了辆黄包车，一个穿红花锦缎旗袍的女人下了车走进民丰里，站在梧桐树前拿出一面圆镜，迅捷而娴熟地描了眉毛涂了口红，有人上前问，你找谁？那女人淡淡地说，不找谁。问话的人觉得奇怪，看着她把镜子和唇膏收进手袋里，扭着腰肢朝花匠家走，井边的观望者很快发现她认准了花匠家窗前窗下的花，假如她是六小姐，假如她来找花匠，自然是无须向别人问路的。

六小姐那天在花匠家里逗留了大约一个钟头，或许时间更长一些，这个细节没人能记住了。那些老人只记得六小姐出来时脸上的脂粉被泪水洗得红白莫辨，眼圈也红肿着，看上去并不如想象中那样美丽。六小姐站在花匠家门口，用手帕的角在眼睛两侧轻轻点了一下，然后她转过身在窗台上抱了一盆月季节，抱在怀里走过井台。井台旁的人们没有料到六小姐会跟他们说话，六小姐突然站住了，她朝那些人友好地微笑着，但眼光和声音却是盛气凌人的，我表弟，我表弟初来乍到，六小姐迟疑了一会儿说，他人老实，你们多照应他，你们多照应他不会吃亏的。

那些老人都记得六小姐说的那番话，她说花匠是她表弟，这种笨拙的障眼法使人撇嘴窃笑，他们觉得六小姐莫名其妙，什么吃亏不吃亏的？已经是社会新闻了，郑三炮已经让政府镇压了，她以为自己还是趾高气扬的郑家六小姐吗？

有一个妇女那天注意到了六小姐脚上的长筒丝袜，说丝袜上露出两个眼睛似的破洞，是缀补了以后又绽裂的。这在从前的郑家八姐妹身上是不可能出现的事。从前郑家的小姐们穿袜子，穿上一天扔一双的呀！那个妇女便很感叹，说现在也让六小姐尝到了穿破丝袜的滋味，她觉得很解气也很公平，又觉得有些可怜。

二十年前六小姐抱着一盆月季花走过民丰里的门洞，突然回头朝花匠的窗口投去幽幽的一瞥，六小姐真的像一张发黄的照片留在人们的记忆里，人们后来再也没见过那个传奇般的美丽的背影。

六小姐是嫁给本地的绸布大王肖家的，嫁过去第二年就解放了，第三年就跟着肖家回湖南原籍的乡下种田去了。六小姐其实命苦，都怪郑三炮那老杂种，花匠在许多年后再提旧事仍然满腹怨气，提到六小姐的芳名时他的声音则显得凄然，六小姐，倾国倾城呀，花匠说，郑三炮把她嫁给肖家，以为是门当户对了，谁想到是害了六小姐，我早说不管是皇帝和讨饭花子，谁都有个倒霉的时候，偏偏肖家要倒霉的时候六小姐嫁去了，种田？挑担？六小姐哪能干这些粗活？花匠说到这里便扼腕伤神，默默地想一会儿，脸上浮出一种腼腆的微笑，要不是郑三炮狗眼看人低，要是郑家让六小姐下嫁给我，六小姐现在就不会受那些苦，花匠说，我知道六小姐的脾性，她吃的东西的口味我也全知道，要是六小姐下嫁给我，我会把她伺候得好好的，你信不信？

听者连连点头，说，信，怎么不信？点头过后不免有些疑惑，心里说这个花匠怎么这样下贱？多少年过去了，多少事被人遗忘了，这个花匠，他竟然还想着伺候那个六小姐！

花匠不是个饶舌的人，其实有关他的陈年旧闻都是香椿树街上的几个园艺爱好者传出来的。每年清明前那些人来民丰里求花匠替他们迁盆插枝，花匠一高兴就说起六小姐，那些人为了让花匠更高兴，问的便也是那个旧时代的美人的事，曾有人用觊觎的目光瞟着窗台上的那盆香水月季，说，这盆花养得真好，花匠瘦削的双颊立刻泛出醉酒似的酡红，他说，是给六小姐养的，她最喜欢这种月季。园艺爱好者听得又是愕然，心里说六小姐现在是死是活都不知道，这个下贱的花匠，他竟然还给她养着一盆月季！

民丰里住着许多热心好事的妇女，空闲时便跑东走西的给单身男女牵线做媒，从花匠年轻力壮的时候开始便有人登门说亲，多少年过去却没说出一个结果，那些为花匠做过媒的妇女谈起此事便怨声载道，说花匠并不是不想女人，只是想得奇怪，是女人都无法忍受。花匠让媒人领着去相亲，却不肯与人面对面坐下来，他说，用不着靠那么近，我看一眼就行，隔着玻璃也行，离开十步路远也行。媒人只好精心设计了让花匠看那么一眼，但是让人扫兴的是花匠看上一眼便垂下头来，嘴里轻声嘀咕一句，不像，一点都不像。媒人听见他的嘀咕声就知道亲事吹了，不像？不像谁？又是那个军阀恶霸家的六小姐！做媒人的嘴上不点破，心里却在骂，从来没见过这么痴心这么下贱的人。做媒的人甩下花匠往前走，走了几步又想气气这个下贱的花匠，就回头丢下一句话，你也别太挑剔，其实人家也没看上你。花匠垂着头在后面走，也不知道是否听见了媒人的话，花匠说，不像，又叹了口气说，不像，真的一点也不像。

其实说不管花匠的事都是气话，民丰里住着这么一个单身男人，那些热心的妇女不可能对花匠的亲事撒手不管，她们总是期望有一天在花匠的亲事上鸣金收兵。这一天终于真的来临了，功臣是桃子的母亲，女的则是一个废品收购站的会计，叫阿珍，守了多年寡了。桃子的母亲后来公正地评价过阿珍，说，阿珍其实脾气很暴躁的，不过她长得很像那个六小姐，桃子的母亲噗哧笑了一声，像六小姐就行，花匠说脾气好坏没关系，只要像六小姐就行。

据桃子的母亲说，花匠当时隔着收购站的麻袋包看阿珍打算盘，眼睛里倏地闪出光来。嘴里几乎喊着，像，只有她最像。桃子的母亲这么绘声绘色地描述时井边妇女们都笑起来，笑过了以后侧脸望望花匠窗台上的那盆月季，都长长地舒了口气，觉得心里的一块石头终于落了地。

阿珍是那年春天再嫁到民丰里的，听花匠说过郑家六小姐的人都从她的脸上身上想象六小姐的绰约风姿。但阿珍毕竟是人老珠黄了，人们很难把她与花匠嘴里的倾国倾城联系起来，阿珍每天拎着一只尼龙袋在石库门里进出，脸上总是像挂了一层霜，假如孩子们在院子里相互追逐与她擦身而过，阿珍便怒气冲冲地朝他们翻个白眼，说，去充军啊？邻居们便想，毕竟做惯了寡妇，脾气果然不好，又想，花匠也真是滑稽，挑了多少年的女人，最后挑了个阿珍。

那年春天花匠是快乐的，花匠新插的几盆月季都早早地开了花，放在窗台上，一盆比一盆艳丽。花匠在早晨的阳光下给花浇水，他脸上的喜悦与所有新婚的男人如出一辙。但是阿珍却不快乐，民丰里的妇女们都看出来了，她们说脾气再坏的女人也不会像她那样，好像别人都欠了她的债。有一天人们看见阿珍端着一碗粥跑到门口，怒气冲冲地喝了一口，突然回过头朝花匠尖叫了一声，又放糖了，告诉你别在粥里放糖，我不是六小姐，我讨厌在粥里放糖，你不长耳朵吗？

果然不出所料，阿珍的不快乐，也与六小姐有关。阿珍有一天抓着一只银耳挖子到桃子家诉苦，你看看这种东西，他说是给六小姐留着的，他天天要来给我挖耳朵，阿珍怨恨交加地向桃子的母亲挥着银耳挖子说，我又不是六小姐，我耳朵里干干净净的，谁要他来挖？桃子的母亲忍着笑说，他来给你挖耳朵有什么不好？挖耳朵很舒服的，那是他对你好。阿珍几乎叫喊着说，不是对我好，是对六小姐好！他每天还要来给我捶腿敲背，一副下贱的奴才样，恶心死啦，我又不是六小姐，我不要做她的替身。桃子的母亲一时不知道说什么好，就劝阿珍说，你也别太计较了，半路夫妻，他对你好就行了。阿珍稍稍平静下来，自己拿银耳挖子在耳朵里掏了一下，突然冷笑一声说，对我好？这种好法我受不了。

桃子的母亲预感到花匠与阿珍的夫妻做不长，果然就做不长，春天刚刚过去，民丰里那棵梧桐树的叶子刚刚绿透，阿珍就拎着一口皮箱离开了民丰里。人们记得阿珍临走时砸碎了花匠窗台上的三盆月季，砰，砰，砰，沉闷的三声巨响使民丰里的邻居们吓了一跳，他们纷纷把头探出窗外，看见阿珍正拍着手上的泥土，阿珍对着三盆月季的残骸说，砸死你，砸死你这个反动军阀六小姐。

花匠追出门外朝阿珍喊，走就走了，你怎么砸我的花？花匠这么喊着声音突然嘶哑了，他开始是想追阿珍的，追了几步又退回去，退回去抱起他的花。人们看见花匠抱着那株露出根须的白色月季，脸上已经老泪纵横。后来有人站在一旁，充满怜悯之意地看花匠为花换盆，问，换了盆能活吗？花匠说，能活，这盆白月季不容易死的。又有人过来开门见山地问花匠，阿珍跟你离婚了？离了。花匠凄然一笑，用手拍了拍盆里的土说，她不像，是我看错人了，她其实一点也不像。

这些年花匠老了，头发花白，腰背也驼了。即使花匠不老民丰里的人们大概也不会去管他的闲事了，从花匠那里人们得出某种新鲜的结论，有的人的闲事别人是管不了的，管了也是越管越糟。

但是民丰里的人们不会丧失乐于助人的天性，所以去年花匠突然向邻居提出要借一辆板车时，桃子的母亲一口答应，当天就去菜场把板车拖回了民丰里。她把板车交到花匠手里，随口问了一句，你要板车拖什么？花匠的苍老的脸上又露出了少年般的腼腆，他轻声说，拖一个人。桃子的母亲追问道，拖谁？花匠低下头搓。他的手，搓了一会儿说，是六小姐回来了，她男人死了，她病得很厉害。花匠的喉咙里咯地响了一声，像呻吟也像哽咽，他说，不瞒你，她也快死了。桃子的母亲惊呆在板车旁，过了一会儿她说，你现在把她拖回家干什么呢？人都快死了，拖回家干什么呢？花匠在板车上拾起一片菜叶扔掉，他说，不干什么，把六小姐拖回来，让她看一眼我的月季花，你不知道，她最喜欢白色月季花了。

消息惊动了整个民丰里，那个黄昏当然是二十年后的黄昏，民丰里的人们汇集在大门洞两侧，等待传说中美丽而神秘的六小姐重访旧地。他们看见花匠拖着板车慢慢地过来，挤进狭窄的门洞，他们伸长脖子瞪大眼睛看板车上躺着的人，看清楚了，六小姐竟然是一个面若黄纸奄奄一息的老妇人，六小姐进门的时候眼睛朝左侧一瞥，左侧都是孩子，那目光充满了温柔和慈祥，又朝右侧一扫，右侧多为妇女，那目光却依然是矜持和高傲。

夜里有人趴在花匠家的窗台上朝里面窥望，看见屋里彻夜亮着灯，除了灯还点着许多蜡烛，六小姐就躺在一块床板上，她的枕边放着那盆白色的月季花。他们看见花匠坐在旁边，垂着头一动不动地坐着，都以为他睡着了，但花匠突然站起来抓住六小姐的脚敲了几下，笃，笃，花匠的动作非常轻柔而娴熟，这时候窗外的人忍不住失声叫了起来，她已经咽气了，花匠还在给她敲脚!

  事情确实如此,花匠把六小姐拖回家的那天夜里六小姐就死了。民丰里的人们很难确定花匠和六小姐的关系,他们最终是否算是做了一回夫妻?但他们第二天都往花匠家送了花圈或线绨被面的幛子,不管怎么说,那是民丰里的人们最尊崇的风俗。

灼热的天空

今天夹镇制铁厂的烟囱又开始吐火了，那些火焰像巨兽的舌头，粗暴地舔破了晴朗的天空。天空出血了。我看见一朵云从花庄方向浮游过来，笨头笨脑地撞在烟囱上，很快就溶化了。烟囱附近已经堆满了云的碎絮，看上去像黄昏的棉田，更像遍布夹镇的那些铁器作坊的火堆。天气无比炎热，我祖父放下了所有窗子上的竹帘，隔窗喊着我的名字。他说你这孩子还不如狗聪明，这么热的天连狗都知道躲在树荫里，你却傻乎乎地站在大太阳下面，你站在那儿看什么呢？

整个正午时分我一直站在石磨上东张西望，夹镇单调的风景慵懒地横卧在视线里，冒着一股热气，我顶着大太阳站在那儿不是为了看什么风景，我在眺望制铁厂前面的那条大路。从早晨开始大路上一直人来车往的非常热闹，有一支解放军的队伍从夹镇中学出来，登上了一辆绿色的大卡车，还有一群民工推着架子车从花庄方向过来，吱呀吱呀地往西北方向而去。我还看见有人爬到制铁厂的门楼上，悬空挂起了一条红幅标语。

我总觉得今天夹镇会发生什么事情，因此我才顶着大太阳站在石磨上等待着。正午时分镇上的女人们纷纷提着饭盒朝制铁厂涌去，她们去给上工的男人送饭，她们走路的样子像一群被人驱赶的鸭子，只要有人朝我扫上一眼，我就对她说，不好啦，今天工厂又压死人啦！她们的脚步戛然停住，她们的眼睛先是惊恐地睁大，很快发现我是在说谎，于是她们朝我翻了个白眼，继续风风火火地往制铁厂奔去。没有人理睬我，但我相信今天夹镇会发生什么事情。

除了我祖父，夹镇没有人来管我，可是隔壁棉布商邱财的女儿粉丽很讨厌，她总是像我妈那样教训我，我看见她夹着一块布从家里出来，一边锁门一边用眼角的光瞄着我，我猜到她会叫我从石磨上下来，果然她就尖着嗓子对我嚷嚷道，你怎么站在石磨上？那是磨粮食的呀，你把泥巴弄在上面，粮食不也弄脏了吗？

今天会出事，我指着远处的制铁厂说，工厂的吊机又掉下来了，压死了两个人！

又胡说八道，等我告诉大伯，看他不打你的臭嘴！她板着脸走下台阶，突然抬起一条腿往上撸了撸她的丝袜，这样我正好看见旗袍后面的另一条腿，又白又粗的，像一段莲藕。我不是存心看她的腿，但粉丽大惊小怪地叫起来，你往哪儿看？不怕长针眼？小小年纪的，也不学好。

谁要看你？我慌忙转过脸，嘴里忍不住念出了几句顺口溜，小寡妇，面儿黄，回到娘家泪汪汪。

我知道这个顺口溜恰如其分地反映了粉丽在夹镇的处境，因此粉丽被深深地激怒了。我看见她跺了跺脚，然后挥着那卷棉布朝我扑来，我跳下石磨朝大路上逃，跑到宋家铁铺门口我回头望了望，粉丽已经变成了一个浅绿色的人影，她正站在油坊那儿与谁说话，一只手撑着腰，一只手把那卷棉布罩在额前，用以遮挡街上的阳光。我看见粉丽的身上闪烁着一种绿玻璃片似的光芒。

我祖父常常说粉丽可怜，我不知道她有什么可怜的，虽说她男人死了，可她爹邱财很有钱，虽说她经常在家里扯着嗓子哭嚎，但她哭完了就出门，脸上抹得又红又白的，走到哪儿都跟人有一搭没一搭地说话。我懒得搭理她，可是你不搭理她她却喜欢来惹你，归根结底这就是我讨厌粉丽的原因。

远远的可以听见制铁厂敲钟的声音，钟声响起来街上的行人走得更快了，槐树上的知了也叫得更响亮了。只有一个穿黄帮衬衫的人不急不慌地站在路口，我看见他肩背行李，手里拎着一只网袋，网袋里的脸盆和一个黄澄澄的铜玩意碰撞着，发出一种异常清脆的响声。我觉得他在看我，虽然他紧锁双眉，对夹镇街景流露出一种鄙夷之色，我还是觉得他会跟我说话。果然他朝我走过来了。他抓着脖子上的毛巾擦了擦额头，一边用恶狠狠的腔调对我说话，小孩，到镇政府怎么走？

他一张嘴就让我反感,他叫我小孩,可我估计他还不满二十岁,嘴上的胡须还是细细软软的呢。我本来不想搭理他,但我看见他的腰上挎着一把驳壳枪,枪上的红缨足有半尺之长,那把驳壳枪使他平添了一股威风,也正是这股威风使我顺从地给他指了路。

小孩,给我拿着网袋!他拽了我一把,不容分说地把网袋塞在我手里,然后又推了我一下,说,你在前面给我带路!

我从来没有遇见过这么霸道的人,他这么霸道你反而忘记了反抗,世界上的事情有时就是无理可说的。我接过那只网袋时里面的东西又哐啷哐啷地响起来,我伸手在那个铜玩意上摸了摸,这是喇叭吧?我问道,你为什么带着一个喇叭?

不是喇叭,是军号!

军号是干什么用的?

笨蛋,连军号都不知道。他粗声粗气地说,部队打仗用的号就叫军号!宿营睡觉时吹休息号,战斗打响时吹冲锋号,该撤退时吹撤退号,这下该明白了吧?

明白了,你会吹军号吗?

笨蛋,我不会吹带着它干什么?

我们夹镇不打仗,你带着军号怎么吹呢?

他被我问得不耐烦起来,在我脑袋上笃地敲了一下,让你带路你就带路,你再问这问那的我就把你当奸细捆起来,他走过来一把夺回了那只网袋,朝我瞪了一眼说,我看你这副懒懒散散的样子,一辈子也别想上部队当兵,连个网袋也拿不稳!

就这样我遇见了尹成,是我把他带到镇政府院子里的。我不知道他到夹镇来干什么,只知道他是刚从部队下来的干部。夜里邱财到我家让祖父替他查账本,说起税务所新来了个所长,年纪很轻却凶神恶煞的,我还不知道邱财说的人就是尹成呢。

夹镇税务所是一幢两层木楼,孤零零地耸立在镇西的玉米地边。那原先是制铁厂厂主姚守山给客人住的栈房,人民政府来了,姚守山就把那幢木楼献给了政府,他想讨好政府来保住他在夹镇的势力,但政府不上他的当,姚家的几十名家丁都被遣走了,姚家的几百条枪支都被没收了,政府并不稀罕那幢木楼,只是后来成立了税务所,木楼才派上了用处——这些事情与我无关,都是那个饶舌的邱财来串门时我听说的。

我常常去税务所那儿是因为那儿的玉米地,玉米地的土沟里藏着大量的蛐蛐。有一天我正把一只蛐蛐往竹筒里装,突然听见玉米地里回荡起嘹亮的军号声。我回头一看便看见了尹成,他站在木楼的天台上,一只手抓着军号,另外一只手拼命地朝我挥着,冲锋号,这是冲锋号,他朝我高声叫喊着,你还愣在那儿干什么?你耳朵聋啦?赶紧冲啊,冲到楼上来!

我懵懵懂懂地冲到木楼天台上,喘着气对他说,我冲上来了,冲锋干什么?尹成仍然铁板着脸,笨蛋,这几步路跑下来还要喘气?他说着将目光盯在我的竹筒上,语气突然变得温和起来,小孩,今天抓了几只蛐蛐啦?我还没来得及说什么,尹成冷不防从我手中抢过了一节竹筒,他说,让我检查一下,你逮到了什么蛐蛐?

我看得出来尹成喜欢蛐蛐,从他抖竹筒的动作和眼神里就能看出来。但这个发现并不让我高兴,我觉得他对我的蛐蛐有所企图。我又不是傻瓜,凭什么让他玩我的蛐蛐?我上去夺那节竹筒,可气的是尹成把我的手夹在腋下,他的胳膊像铁器一样坚硬有力,我的手被夹疼了,然后我就对着他骂出了一串脏话。

你慌什么?尹成对我瞪着眼睛,他说,谁要你的蛐蛐?我就看一眼嘛,看看这儿的蛐蛐是什么样。

看一眼也不行。弄死了你赔!

我赔,弄死了我赔你一只。尹成松开了我的手,跟我勾了勾手指,他说,我逮过的蛐蛐一只大缸也盛不下,一只蛐蛐哪有这么金贵?你这小孩真没出息。

尹成倒掉了搪瓷杯里的水,很小心地把蛐蛐一只只放进去,我看见他在屋檐上拔了一根草,非常耐心地逗那些蛐蛐开牙,你都逮的什么鬼蛐蛐呀?都跟资产阶级娇小姐似的,扭扭捏捏的没有精神!尹成嘴里不停地奚落着我的蛐蛐。他说,这只还算有牙,不过也难说,咬起来多半是逃兵,我看干脆把它们都踩死算了,怎么样,让我来踩吧?

不行,踩死了你赔!我又跳了起来。

尹成咧开嘴笑了笑,他把那些蛐蛐一只只装回竹筒,对我挤着眼睛说,看你那熊样,我逗你玩呢。

我眼睛很尖,我注意到他把竹筒还给我时另一只手盖住了搪瓷杯的杯口,因此我就拼命地扒他的手想看清杯里是否还留着蛐蛐，而尹成的手却像一个盖子紧紧地扣着杯子不放，这么僵持了好久，我灵机一动朝天台下喊起来，强盗抢东西啰！这下尹成慌了，尹成伸手捂住我的嘴，不准瞎喊！他一边朝四周张望着一边朝我挤出笑容，他说，你这小孩真没出息，我也没想抢你的蛐蛐，我拿东西跟你换还不行吗，怎么样，就拿这杯子跟你换？

不行！我余怒未消地把手伸进杯子，但杯子里已经空了，我猜尹成已经把蛐蛐握在手里，他空握着拳头举到空中，身子晃来晃去地躲避着我，我突然意识到尹成很像镇上霸道的大孩子，偏偏他年纪比我大，力气也比我大，遇到这种情况识趣的人通常不会硬来，后来我就识趣地坐下来了，但嘴里当然还会嘀嘀咕咕，我说，玉米地里蛐蛐多的是，你自己为什么不去逮呢？

笨蛋，我说你是笨蛋嘛，他脸上露出一种得胜的开朗的表情，他说，我是个革命干部，又不是小孩子，撅着屁股逮蛐蛐？成何体统，让群众看见了什么影响？

我看着他小心翼翼地把那只蛐蛐放回搪瓷杯里。杯子不行，等会儿还得捏个泥罐，他自言自语地说着，回头朝我看了一眼，大概是为了安抚我，他走过来摸了摸我的脑袋，你还撅着嘴？不就一只蛐蛐嘛？告诉你解放军不拿群众一针一线，可是你不要杯子，我还真想不出拿什么东西跟你换，你别瞪着我的军号，我就是把脑袋给人也不会把军号给人的，要不我给你吹号吧，反正这几天夹镇没有部队，吹什么都行。

吹号有什么意思？我的目光开始停留在尹成腰间的驳壳

枪上，我试探着去触碰驳壳枪，你给我打一枪，我说，打一枪我们谁也不欠谁。

不行，小孩子怎么能打枪？他的脸上幡然变色，抬起胳膊肘捅了我一下，滚一边去！他朝我怒声吆喝起来，给你梯子你就上房啦？你以为打枪跟打弹弓似的？子弹比你的蛐蛐金贵一百倍，一枪必须撂倒一个敌人你懂不懂？怎么能让你打着玩？

尹成发怒的模样非常吓人，难怪邱财他们也说他凶。我突然被吓住了，捡起竹筒就往楼下跑，但我还没跑下楼就被他喊住了，给我站住，尹成扶着天台的护栏对我说，我可从来不欠别人的情，告诉我你想打什么，我替你打，只要不打人和牲畜，打什么都行。

我站在台阶上犹豫了一会儿，随手指了指一棵柳树上的鸟窝，然后我就听见了一声脆亮的枪响，而柳树上的鸟窝应声落地，两只朝天翁向玉米地俯冲了一程，又惊惶地朝高空飞去。

枪声惊动了税务所小楼里的所有人，我看见他们也像鸟一样惊惶地窜来窜去，有个税务干部抓住我问，谁打枪。哪儿打来的枪？我便指了指天台上的尹成，我说，反正不是我打的枪。

所有人都抬眼朝尹成望着，尹成正在用红缨擦驳壳枪的枪管，看上去他的神色镇定自若，你们都瞪着我干什么？尹成说，是枪走火啦，再好的枪老不用都会走火的。

我听见税务员老曹低声对税务员小张说，他打枪玩呢，就这么屁大个人，还来当税务所长。我知道两个税务员在说尹成的坏话，这本来不关我什么事，但尹成的那一枪打出了威风，使我对他一下子崇敬起来，所以我就扯着嗓子朝尹成喊起来，他们说你打枪玩呢！他们说你屁大个人还当什么税务所长！

我看见尹成的浓眉跳动了一下，目光冷冷地扫视着两个税务员，尹成没说什么，但我分明看见一团怒火在他的眸子里燃烧。然后尹成像饿虎下山一样冲下台阶，一把揪住了税务员小张，楼下的人群都愣在那里，看着尹成抓住小张的衣领把他提溜起来。瘦小如猴的小张在半空中尖叫起来，不是我说的，是老曹说的！尹成放下小张又去抓老曹，老曹脸色煞白，捡了块瓦片跳来跳去的，你敢打我？当着群众的面打自己的同志？你还是所长呢，什么狗屁所长！老曹这样骂着人已经被尹成撞倒在地，两个人就在税务所门口扭打起来，我听见尹成一边喘气一边怒吼着，我让你小瞧我，让你不服气，我立过三个二等功，三个三等功，我身上留着一颗子弹十五块弹片，你他妈的立过什么功，你身上有几块弹片？

我看老曹根本不是尹成的对手，要不是邱财突然冒出来拉架，老曹就会吃大亏了。谁都看得出来尹成拉开了拼命的架式。他的力气又是那么大。邱财上去拽人的时候被尹成的胳膊抡了一下，差点摔了个狗啃泥。

邱财不知道是从哪儿冒出来的，他这会儿倒像干部似的夹在尹成和老曹之间，一会儿推推这个，一会儿揉揉那个，世上没有商量不了的事，何必动拳头呢？邱财眨巴着眼睛，拍去裤管上的泥巴,他说,干部带头打架,明天大家都为个什么事打起来,这夹镇不乱套了嘛?

税务员老曹不领邱财的情,他对邱财瞪着眼睛说,邱财,你这个不法奸商,你想浑水摸鱼吧?我们打架轮不到你来教训我们,我会向领导汇报的。

你看看,好心总成驴肝肺。邱财喷着嘴转向尹成说,尹同志年轻肝火旺,又是初来乍到,水土不服人的脾气就暴,这也不奇怪,尹同志明天到我家来,我请你喝酒,给你接风,给你消消气。

尹成没有搭理邱财,我看见他低着头站在那儿,令人疑惑的是他突然嘿嘿一笑,然后骂了一句脏话,操他娘的,什么同志?我现在没有同志!人们都在回味尹成的这句话,尹成却推开人群走了,我看见尹成大步流星地走到路边那棵老柳树下,捡起被打碎的鸟窝端详了一会儿又扔掉了,然后他对着柳树撒了泡尿。他撒尿的声音也是怒气冲冲的,好像要淹死什么人,因此我总觉得尹成这个干部不太像干部。

今天从椒河前线撤下来的伤兵又挤满了夹镇医院,孩子们都涌到医院去看手术,看见许多的士兵光着身子大汗淋漓地躺在台子上,嘴里嗷嗷地吼叫着。大夫用镊子从他们身上夹出了子弹,当啷一声,子弹落在盘子里,孩子们就在窗外拍手欢呼起来,有人大声数着盘子里的黄澄澄的弹头,也有人挤不到窗前来,就在别人身后像猴子似的抓耳挠腮,一蹦一跳的,我知道他们都是冲着那些弹头来的,等会儿医生把盘子端出来，他们会涌上去把那些弹头一抢而光。夹镇从来没有打过仗，孩子们就特别稀罕子弹头这类玩意儿，当然我也一样，虽然尹成给过我几颗，有一次他还开玩笑说要把肩胛骨里的弹头挖出来给我，我知道他在开玩笑，但假如他真那么做我会乐意接受的。

有个年轻的军官左手挂了彩，用木板绷带悬着手，他在水缸边洗澡，用右手一瓢一瓢地舀水，从肩上往下浇。我看见尹成风风火火地闯进医院的院子，他见到洗澡的军官嘴角就咧开笑了，他朝我摆了摆手，然后蹑手蹑脚地走到军官身后，提起一桶水朝他头上浇去。

看得出来尹成跟那个徐连长是老战友，他们一见面就互相骂骂咧咧的，还踢屁股。尹成见到徐连长脸上的乌云就逃走了，到夹镇这些日子我第一次看见他咧嘴傻笑。后来尹成就拽着徐连长往税务所走，我跟在他们身后，听见他们在谈论刚刚结束的椒河战役，主要是谈及几个战死的人，那些人我一个都不认识。

徐连长说，小栓死了，踩到了敌人的地雷，一条腿给炸飞了，操他娘，我带人撤下来时他还在地上爬呢，铁生上去背他，他不愿意，说要把那条腿找回来，铁生刚把他背上他就咽气了。

尹成说，操他娘的，小栓才立过一个三等功呀。

徐连长说，老三也死了，胸前挨了冲锋枪一梭子弹，也怪他的眼病，一害眼病他就看不清动静，闷着头瞎冲，身上就让打出个马蜂窝来了。

尹成说,操他娘的,老三家里还有五个孩子呢,谁牺牲也不该让他牺牲,他也才立过二个三等功呀。

徐连长说,老三自己要参加打椒河,他老犯眼病,年纪又大了,组织上已经安排他转地方了,他非要打椒河不可,老三也是个倔人嘛。

操他娘的,尹成低着头走了几步,突然嘿地一笑,说,也没有什么可惜的,老三跟我一个脾气,死要死得明白,活要活得痛快,他要是也跟我似的去个什么夹鸡巴镇,去个什么税务所闷着闲着,还不如死在战场上痛快。

你还是老毛病,什么痛快不痛快的?徐连长说,干革命不是图痛快,革命事业让你在战场上你就在战场上,让你在地方上你就在地方上,不想干也得干,都是党的需要。

那你怎么不到地方来?尹成说,你怎么不来夹镇当这个税务所长?凭什么你能打仗上战场,我就得像个老鼠似的守着那栋破楼?

你他妈的越说越糊涂了,徐连长说,我知道你最不怕死,可我告诉你,你尹成是党的人,党让你去死你才有资格去死,党让你活着你就得活着,像只老鼠怎么了?革命不讲条件,革命需要你做老鼠,你还就得做好老鼠!

我在后面忍不住咯咯地笑起来,尹成猛地回过头朝我吼道,不准偷听,给我滚回家去。尹成一瞪眼睛我心里就犯怵,我只好沿原路往回跑,跑出去没多远我就站住了,心想我何必这么怕尹成呢,我祖父说尹成不过是个愣头青,他确实是个愣头青,跟谁说话都这么大吵大嚷的,一点也不像个干部。

我钻到路边姚家的菜地里摘了条黄瓜咬着，突然听见尹成跟那个徐连长吵起来了，他们吵架的声音像惊雷闪电递次炸响，菜地里的几只鸟也被吓飞了。

徐大脑袋，你少端着连长的架势教训我，你以为你能带着一百号人马上战场就了不起了？你就是当了军长司令我也不尿你的壶，徐大脑袋，你除了脑袋比我大多几个臭文化，你有哪点比我强？

徐大脑袋，你别忘了，我在十二连吹号时你还在给地主当帮工呢，打沙城的时候你还笨得像只鹅，你伸长了脖子爬城墙，要不是我你的脑袋还在脖子上吗？操他娘，你忘了我脖子上这块疤是怎么落下的？是为你落下的呀！

徐大脑袋，我问你我身上有多少光荣疤，十五块对吗？你才有几块光荣疤，我知道你加上这条胳膊也才八块，十五减八等于七对吗？徐大脑袋你还差我七块呢，差我七块呢，凭什么让你在战场上让我下地方？

我听清楚的就是尹成的这些声音。从夹镇西端去往税务所的路上空旷无人，因此尹成就像一头怒狮尽情地狂吼着，吼声震得路边的玉米叶子沙沙作响。我很想听到徐连长是怎么吼叫的，但徐连长就像一个干部，他出奇的安静，他面对尹成站着，用右手托着悬绑的左臂，我沿着玉米地的沟垄悄悄地钻过去，正好听见徐连长一字一句地说出那句话。

徐连长说，尹成，你是不应该来夹镇，你应该死在战场上，否则你会给党脸上抹黑的。

徐连长说完就走了，他疾步朝夹镇走去，甚至不回头朝尹成看一眼，我觉得徐连长的言行都有藐视尹成的意思，一个干部藐视另一个干部，这是我所不能理解的。透过茂密的玉米叶子，我看见尹成慢慢地蹲在路上，他在目送徐连长离去，尹成的脸上充满了我无法描述的悲伤，我不知道他为什么突然蔫了下来，更加让我惊愕的是他蹲在路上，一直捏弄着一块土疙瘩，我看见他的脸一会儿向左边歪，一会儿向右边歪，脖子上的喉结上下耸动着，我觉得他像要哭出来了。

我拿着那条咬了一半的黄瓜走到尹成面前，我把黄瓜向他晃着，说，要不要吃黄瓜？

尹成抬起手拍掉了我手里的黄瓜，他看了我一眼，又低下头瞪着那块土疙瘩。我听见他用一种沙哑乏力的声音说，小孩，去把徐连长叫回来，我要跟他喝顿酒，我要跟他好好聊一聊，徐大脑袋，他才是我的同志呀。

他已经走远了。我指着远处徐连长的身影说，是你自己把他气走的，你骂了他，你把他气走了。

我不是故意气他的。尹成说，我见到他心里别提有多高兴。怎么说着话就斗起嘴来？好不容易见一次面，怎么能这样散了？

你骂他徐大脑袋，你说他的光荣疤不如你多嘛。我说。

我真是给他们气糊涂了。我跟徐大脑袋头挨头睡了三年呢，天各一方的又见面，怎么就气呼呼分了手？他们还要去打西南，这一走我恐怕再也见不到尖刀营的同志了。尹成这时把我的脑袋转了个向，我正在纳闷他为什么要转我脑袋呢，突然就听见了尹成的哭声，那哭声起初是低低的压抑住的，渐渐的就像那些满腹委屈的孩子一样呜呜不止了。我在一旁不知所措,我想尹成是个干部呀,平时又是那么威风,怎么能像孩子似的呜呜大哭呢?我忍不住往尹成身边凑,尹成就不断地推开我的脑袋,尹成一边哭一边对我嚷嚷,你从这里滚开,快去把徐大脑袋追回来,就说我不是故意的,我想找他聊一聊的,我想跟他一起喝顿酒!

是你把他骂走的,你自己去把他叫回来嘛。我赌气地退到一边说,我才不去叫呢,我又不是你的勤务兵!

这时候税务所木楼里有人出来了,好像是税务员老曹站在台阶上朝我们这里张望,我捅了捅尹成说,老曹在看你呢!尹成一下子从地上跳了起来,他在脸上胡乱抹了一把,突然想起什么,恶狠狠地看着我说,今天这事不准告诉任何人,你要是告诉别人我就一枪崩了你!

我知道他所说的就是他呜呜大哭的事情,但我不知道自己是否能忍住,不把这件事情告诉别人。

我与税务所长尹成的友谊在夹镇人看来是很奇怪的,我常常在短裈里掖个蛐蛐罐往税务所的木楼里跑,税务员们见我短裈上鼓出一块,都想拉住我看我藏着什么东西,我没让他们看见。是尹成不让我把蛐蛐罐露出来,他喜欢与我斗蛐蛐玩,却不想让人知道,我知道那是我们之间的秘密,我也知道我与尹成的亲密关系就是由这些秘密支撑起来的。

我祖父常说夹镇人是势利鬼,他们整天与铁打交道,心眼却比茅草还乱还细,他们对政府阳奉阴违,白天做人,夜里做鬼，唯恐谁来沾他们的便宜。从制铁厂厂主姚守山到小铁匠铺的人都一个熊样，他们满脸堆笑地把一布袋钱交到税务所，出了小楼就压低嗓音骂娘，他们见到尹成又鞠躬又哈腰的，嘴里尹所长大所长尹同志这样地叫着奉承着，背过身子就撇嘴冷笑。有一次我在税务所楼前撞见姚守山和他的账房先生，听见姚守山说，我以为来个什么厉害的新所长呢，原来是个毛孩子。鸡巴毛大概还没长全呢，他懂什么税，懂什么钱的交道！哪天老曹他们起了反心，把钱全部弄光了他也不知道！账房先生说，别看他年轻，对商会的人凶着呢。姚守山冷笑了一声说，凶顶个屁用？解放区的天是晴朗的天，他再凶也不敢在夹镇掏枪打人。

我转身上楼就把姚守山的话学给尹成听，尹成坐在桌前擦那把军号，起初他显得不很在意，他还说，小孩子家别学着妇女的样搅舌头，背后怎么说我都行，我反正听不到。但我知道他是假装不在意，因为我发现他的眉毛一跳一跳的，他突然把桌上什么东西狠狠地摔在地上，然后用脚跟狠狠地踩着。我一看是一盒老刀牌香烟，我知道那是姚守山送来的，姚守山经常给干部们送老刀牌香烟。

这条资本家老狗！尹成吼了一声，从地上拾起那盒踩烂的香烟，塞到我手里说，给我送还给姚守山去，你告诉他让他等着瞧，看我怎么收拾他们这些反革命资本家！

我不去。我本能地推开那盒烂香烟，我说，我又不是你的勤务兵，我们还是斗蛐蛐玩嘛。

谁跟你斗蛐蛐？尹成涨红了脸，一把揪住我的耳朵，你以为我是小孩,整天跟你斗蛐蛐玩?操你娘的,你也敢小看我?你们夹镇人老老少少没一个好东西。

我的耳朵被他揪得快裂开了,我想好汉不吃眼前亏,我不应该跟他犟的,于是我一边掰尹成的手一边叫喊着,我没说你是小孩,你是大人。大人不能欺负小孩。

尹成松开了我的耳朵,但他还是伸出一只手抓着我,瞪着我说,别跟我耍贫嘴。这盒烟你到底送不送去?

我赶紧点点头,抓过那盒烟就往外跑。但你知道我也不是那么好惹的,跑出木楼我就冲着楼上大喊了一句,尹成,你算什么好汉,你是个毛孩子,你鸡毛还没长全呢!

没等尹成应声我就跑了,我觉得我跟尹成的友谊可能就此完蛋了。这要怪姚守山那条老狗,也要怪我自己多嘴多舌,但说到底还要怪尹成,他是个干部,怎么可以跟孩子一样,耳朵盛不住一句话、心里压不住一件事?夹镇的干部多的是,他们都有个干部的样子,而尹成他怎么威风也不像个干部,我突然觉得夹镇人没有说错,尹成是个愣头青,尹成是个毛孩子,尹成他,就是个孩子!

我怀着对尹成的满腔怨恨一口气跑到制铁厂,看门的老王头把我堵在门口,他说,你慌慌张张地跑什么?厂里不准小孩来玩。我就把那盒烂烟啪地拍在老王头手上,凶恶地大喊道,尹成派我来的,告诉姚守山,让姚守山小心他的狗命!

老王头张大了嘴巴瞪着我,你胡说些什么呢,到底是谁要谁的命?

尹成要姚守山的狗命,尹成要枪毙姚守山!我这么大声喊了一嗓子就往家跑了，反正我已经完成了尹成的任务，我懒得再管他们的事了。

就在那天夜里。邱财跑到我家来眉飞色舞地透露了一件关于尹成的新闻，说姚守山纠集了夹镇的一批商人去镇政府告尹成的状，镇长把尹成找去狠狠地训了一顿。尹成那小子真是个愣头青呀，镇长训他他也嘴硬，镇长一生气就把他的枪收掉啦！邱财眨巴着眼睛，突然嘻嘻笑起来，他说，我看着那小子从镇政府出来，还踢鸡撒气呢，也怪了，那小子腰上挂个驳壳枪还像个小干部，如今腰上没了驳壳枪，怎么看都是个半大小子呀。

我祖父说，他本来就是个孩子，他还不知道到夹镇工作有多难呢，十八九岁的孩子，怎么斗得过夹镇的这些人渣？

棉布商的女儿粉丽端着一匾红枣出来了，粉丽端着红枣在门口走来走去的，阳光洒满了空地，可她就是拿不定主意把匾放在哪里。我看见她乜斜的眼神就知道她的心思，粉丽比她爹邱财还要小气抠门，她就是害怕谁来偷吃她家的红枣。

我把红枣晒这儿了，你可不准偷吃。粉丽说，偷吃别人家的红枣会拉不出屎的。

你才拉不出屎呢，我说，你们家的红枣送我我也不吃。

逗你玩呢，你生什么气呀？粉丽伸手在匾里划拉着红枣说，怎么不见你去找尹成玩了，他不理你啦？

他不理我？我哼了一声，转过脸说，是我不理他！

尹成到底有多大？还不满二十吧，怪不得会跟你玩呢，粉丽说，不过也难说，有的人天生长得孩子气，没准他还比我大一两岁呢，你该知道的，尹成有二十了吧？

我不知道，你自己去问他！我说。

我怎么去问他，他多大关我什么事？粉丽朝我翻了个白眼，两只手挥着驱赶空中的苍蝇，她腕子上的一对手镯就叮当叮当地响起来，我爹请他来家喝酒呢，粉丽突然说，请了好几次了，你说他肯不肯来？

他才不会来喝你家酒，干部不喝群众的酒。我说。

哎哟，你是他肚子里的蛔虫呀？粉丽咯咯地笑起来，说，你怎么知道他不肯来，万一他来了呢？

我就是不愿意和粉丽说话，有一搭没一搭的让人讨厌。杂货店的妇女们都说邱财不想让粉丽在家吃闲饭，急着要把女儿再嫁出去，我看粉丽自己也急着想嫁人，要不她为什么天天涂脂抹粉穿得花枝招展的？我突然怀疑粉丽是不是想嫁给尹成，她要真那么想就瞎了眼了，尹成是个革命干部，怎么会娶一个讨厌的小寡妇？再说尹成从来不正眼看一下姑娘媳妇，我觉得他跟我一样懒得搭理她们。

我没想到尹成那天傍晚会来敲我家的窗子，我以为他不会再理睬我了，因为我祖父觉得尹成的麻烦一半是我惹出来的，我的嘴太快，我唯恐天下不乱，祖父为此还用刷子刷过我的嘴。尹成在外面敲窗子，我祖父就很紧张，他以为尹成是来找我算账的，他对着窗外说，我孙子给尹同志惹了麻烦，我已经教训过他了，他以后再也不敢啦。但尹成还在外面敲窗子，他说，他还是个孩子嘛，能给我惹什么麻烦？我要去喝酒，想让他陪陪我。

我走到外面，耳朵又被尹成拉了一下，他说，你敢躲着我？躲着我也不行，你就得当我的勤务兵。我注意到他的皮带上空荡荡的，我说，镇长真的收了你的枪？尹成拍了拍他的髋部原先挂枪的位置，他敢收我的枪？是我自己交出去的，他们怕我在夹镇杀人嘛。尹成做了个掏枪瞄准的姿势，他用手指瞄准着制铁厂的烟囱，然后我听见尹成骂了句脏话，他说，操他娘的，没了枪人还是不对劲，走起路来飘飘悠悠的，睡觉睡得也不踏实。尹成说到这儿噎了一下，突然把手在空中那么一劈，说，去喝酒喝酒，喝醉了酒心里才舒坦！

尹成领着我朝昌记饭庄走，走到那里才发现饭庄关了门。隔壁铁匠铺里的人说饭庄老板夫妇到乡下奔丧去了。尹成站在那儿看铁匠们打铁，看了一会儿说，不行，今天真是想喝酒，不喝不行。然后他突然问我邱财家住哪里，我一下就猜到尹成想去邱财家喝酒，不知为什么我惊叫起来，不行，你不能去他家喝酒！尹成说，怎么不能去？我还怕他在酒里下毒吗？我又说，你是干部，不能喝群众的酒！尹成这时候朗朗地笑起来，他是什么群众？尹成说，他是不法商人。家里的钱都是剥削来的，他的酒不喝白不喝！

我几乎是被尹成胁迫着来到了邱家门前，站在邱家的台阶上我还建议尹成到我家去喝酒，我记得祖父的床底下有一坛陈酿白酒的，但尹成不听，他偏偏要去邱家喝酒。我觉得他简直是犯迷糊了。你爷爷是群众，不喝群众的酒，尹成说，我就要喝不法商人的酒！

出来开门的是棉布商的女儿粉丽，粉丽把门开了一半，那张白脸在门缝里闪着一条狭长的光，我听见她哎呀叫了一声，然后就不见了，只听见木屐的一串杂沓的声音。然后邱财举着油灯把我们迎了进去，邱财的脸在油灯下笑成了一朵花，他抓着尹成的手说，尹所长呀，盼星星盼月亮，我总算把你盼来啦。

邱财家就是富，我们刚刚在桌边坐下，一碗猪头肉就端上来了，花生米、煎鸡蛋和白面馒头也端上来了。端馒头的是粉丽，粉丽把一屉热馒头放到桌上，嘟着红红的嘴吹手指，一边吹手指一边还扭着腰肢，她斜睨着尹成说，刚出锅的馒头，烫死我了。

我看着尹成，尹成看着邱财，邱财正撅着屁股从香案下取酒，邱财说，粉丽，你愣在那儿干什么？赶紧招呼客人呀。

粉丽又扭了扭腰肢，突然就往尹成身边一坐。粉丽坐下来时还莫名其妙地白了我一眼。

我说，你别朝我翻白眼，我又不要吃你家的饭，是他让我陪着的。

尹所长胆子这么小呀？粉丽给尹成排好了筷子和碗，抿着嘴噗哧一笑，说，到我家吃个饭还要人陪着，怕谁吃了你呀？

我发现从粉丽坐下来那一刻起尹成就很不自在，尹成的脖子转来转去的，眼睛好像不知往哪儿看，后来他就看着我笑。但我知道尹成很不自在，我看见他脸红了，额头上冒出豆大的汗珠，我看见他的身板僵直地挺在凳子上，邱财终于把一坛酒抱到桌上，也就在这时尹成突然站起来说，你家这凳子怎么扎人呢？尹成拍了拍凳子就往我身边挤过来，他说，我还是坐这儿，坐这儿舒坦些。

粉丽把脑袋凑到那张凳子前，说，凳子上没钉，怎么会扎人呢？但邱财朝他女儿瞪了一眼，没钉子怎么会扎人？邱财说，尹所长说有钉子就是有钉子，他坐那边不也挺好吗？

后来就开始喝酒了。

起初只有邱财没话找话，尹成对他爱理不理的，我看着尹成一口口地喝酒，一碗酒很快见底了，粉丽就很巴结地又倒上一碗。粉丽的眼神像笤帚一样在尹成身上扫来扫去的，但尹成就是不看她，尹成不看她她还干坐在那里，我觉得粉丽有点儿贱，也有点可怜巴巴的。

邱财说，尹所长我不是在你面前充好人，那次姚守山带着商会一帮人去告你的状，我就是没去呀，我还想拦着他们，可惜没拦住，姚守山那人你知道的，夹镇地方一霸，张开一只手就遮住半边天呢。

尹成说，他遮什么天？称什么霸？哪天露出了狐狸尾巴，一枪让他去见阎王爷。

邱财说，尹所长你不知道呀，好多人在背后说你坏话，就连你们税务所的老曹也在反对你，他说你嘴上没毛办事不牢，说你连算盘都不会打还来当税务所长，还有小张，他也在背后讥笑你，他们对你就是不服气呀。

尹成说，谁都对我不服气，都在暗里给我使绊子呢，用不着你来挑唆，我全知道，邱财你也不是什么好东西，你请我喝酒安的什么心？以为我不知道？你想拉拢腐蚀我呢，可我就是不怕，我在前线打仗死了两次都活过来了，我还怕你们这些不法商人？我怕个毬！

邱财说，尹所长这话说哪儿去了？我邱财可没想拉拢腐蚀你，我邱财拥护革命在夹镇也有了名，怎么能说是不法商人呢？我邱财做的是小本生意，可哪次交税我不争个第一呀？

尹成说，你们都是两面派，明里一套，暗地一套，我又不是傻瓜，我还不知道你们这些不法商人的心思？我什么都知道！

邱财的笑脸渐渐地撑不住了，他的筷子也被尹成碰到了地上，我俯下身去看邱财捡筷子，看见的是一张阴沉的几近狰狞的脸。桌子底下的那张脸使我倒吸了一口凉气，我突然想到什么，于是凑到尹成耳边说了一句悄悄话，我说，你要小心，他们想把你灌醉了暗害你。但是尹成听了却哈哈大笑起来，尹成豪迈地笑着说，谁敢暗害我？借他十个胆子也不敢！

我知道尹成喝得半醉了，我看着他的脸一点点地变成鸡冠色，听着他的嗓门越来越大，突然觉得这事不公平，我不喝酒，又不吃邱财的菜，凭什么陪着尹成呢？再说我也困了，我的眼皮渐渐往下沉了，有几次我从凳子上站起来，都被尹成扯住了。尹成说，不准走，你得陪着我，等会儿说不定要你扶我回去呢。邱财在旁边赔着笑脸说，小孩子家入夜就困，你还是让他去睡吧，你要喝醉了我扶你回去。尹成对邱财说，我跟我的勤务兵说话，没你的事，谁要你扶我回去，你以为我不知道你安的什么心？

我不知道尹成为什么非要让我陪着他，他还抓了一把花生米硬往我嘴里塞，他说，不准睡，不准当逃兵，等我喝够了心里就舒坦了，等我心里舒坦了我们就走。尹成说着还跟我勾了勾手指。勾了手指我就不能走了。我本来是想遵守诺言陪他到底的，但我突然想撒尿了，尹成这次放开了我，他说，撒完尿就回来，回来扶我走，我也喝得差不多啦。

我在外面的月光地里撒了一泡尿，事情就发生了变化。我撒尿的时候还想着去陪尹成，但不知怎么搞的，最后我撞开了我家的门，爬到了我的凉席上，碰到凉席我大概就睡着了。我想那天夜里我是太困了，把尹成的事情忘了个一干二净。

我也不知道那天夜里邱财家还发生了什么事情。那大概是整个夏季最凉爽的一夜了，我一觉睡到天亮。天亮时隔壁棉布商家里又响起了粉丽呜呜的啼哭声，我祖父把我弄醒了，他问我昨天夜里我们在邱财家干了些什么，我睡眼惺忪地说，没干什么，他们喝酒呢。祖父谛听着隔壁的动静说，没干什么会闹成这样？隔壁大概出了什么事了。我突然想到了什么，差点惊出一身冷汗，邱财把尹成暗害了！我这么喊了一句就往门外跑，我先去撞邱财家的门，但邱财硬是把我推了出来。我就又朝税务所那边飞奔而去。隔着很远我听见从木楼中传出一阵嘹亮的军号声，是军营中常常听见的早号，我一下就放心了。我觉得尹成在那天早晨的吹号声惊天动地，似乎在诉说一件什么事情，但我确实不知道那是一件什么事情。

事情过后的那天早晨我去了税务所小楼。

我走到楼前正碰上税务员小张蹲在外面刷牙,他从地上拿起眼镜来认真地看我,说,又是你,大清早的跑来干什么?我说,我又不找你,我找尹成。小张嗤地一笑,站起来挡着我的去路,他昨天夜里跑哪儿去了?小张指了指楼上,眼睛在镜片后闪闪烁烁地盯着我,你肯定知道他去哪儿,去喝酒了吧?我因为讨厌小张,就甩开他的手说,我不知道!

我一抬眼恰好看见尹成手执军号站在天台上,他对我的回答露出了赞许的微笑,我知道这次我立功赎罪了。然后我就听见尹成对着天空吹了一串冲锋号,收起军号对我喊道,今天逢集,我们赶集去!

尹成如此轻易地原谅我昨天夜里的背信弃义,我真的没想到,但我才懒得想那么多,他带我去集市我就去,他给我买什么我就拿。在嘈杂拥挤的夹镇集市上,尹成显得心事重重的,他会突然把我的脑袋转向他,好像要对我说什么,但每次都是欲言又止,还是我先忍不住了,我说,有话快说,有屁快放嘛。

尹成为我买了几只桃子就把我按在一堆破竹筐上,对我说出了他想说的话。

我真不知道该不该跟你说这些,尹成搓着他的一双大手看着我,他说,你还小,你还是个孩子,说这些也不知道你明不明白?

我明白,你明白的事我就明白。

我昨天喝醉了,尹成说,我长这么大就喝过两次酒,一次是在凤城下河捞枪,那儿有个土豪在河里藏了几十条枪,连长拿了坛酒让我们喝了下水,说是酒能抗冻,我喝了几口下冰水,捞了八条枪上来,还真是一点不冷。

你又说捞枪的事,说过好多回了。还有你爬水塔摸哨兵的事,也说过三回啦!

好,不说那些事。尹成瞪了我一眼,咽下一口唾沫,继续搓着他的手说,我昨天喝醉了。人一喝醉了就把什么都忘了,我不知道是怎么回事,我把我的裤衩弄丢了!

我忍不住咯咯大笑起来,但我的嘴很快就被尹成捂住了,尹成的表情看上去有点儿窘迫也有点愠怒,他说,不准笑,严肃起来,我正要问你,你有没有看见我的裤衩?

我没看见,我又不是你媳妇,谁管你的裤衩呀?我推开了尹成的手,开始揉除桃子上的毛霜。

肯定是让邱财那狗日的拿走了。尹成的嘴呼呼地往外吐气,一股残余的酒味直扑到我的脸上。肯定是在邱财家里,尹成按着我的肩膀说,我派给你一个任务,你到邱财家里把我的裤衩偷出来,你要是完成了任务我给你记一个三等功。

我可不做小偷,我咬了一口桃子说,到别人家偷东西我爷爷会打死我的。

那不叫偷东西,那是革命工作呀!尹成说。

那你自己为什么不去?是你的裤衩,你去要回来不就行了吗?我说,邱财家那么有钱,才不稀罕你的臭裤衩呢。

笨蛋,跟你这个笨蛋说什么好呢?尹成推了我一下,蹲在地上抓耳挠腮的,过了一会儿他说,这件事情很复杂,跟你说了你也不会明白的,你还是个孩子嘛。我告诉你,我犯下错误啦。

丢裤衩就算错误啦？我说。

我明明知道邱财那狗日的不是好人，我知道他会给我下圈套，可我还是喝了他的酒。尹成抱着脑袋，目光直直地瞪着地上的几片鸡毛，他说，我喝糊涂啦，我肯定犯下错误啦，操他娘的，我钻了邱财的圈套啦。

丢裤衩就钻圈套啦？我说。

尹成失去了与我说话的耐心，他的脑袋焦躁地转来转去，他的眼睛中有一种愤怒的烈焰渐渐燃烧起来，然后他一扬手拍掉了我手里的桃子，吃，吃，你就知道吃桃子，不准吃了！尹成突然把我从竹篚上拉起来说，走，我们去邱财家，我就不信他敢跟我耍什么花招？

我来不及拾起那半只桃子，就被尹成推到了赶集的人群中，我被尹成推着在密密匝匝的人群中走，有人以为我是尹成抓到的什么俘虏，他们挤过来，嘴里啧啧有声地打量我的脸，他们说，尹所长，这孩子犯什么事了？这真让我恼火，我就扯着嗓子叫起来，不是我，是邱财，是邱财偷了——我还没说完嘴巴又被尹成堵住了，那只手冰凉冰凉的，手心上浸着咸涩的汗，尹成已经恼羞成怒，他凑到我耳边恶狠狠地说，你再敢乱喊乱叫的，我宰了你！

走到集市的尽头了，我觉得尹成抓着我的那只大手突然松开了。尹成回过头看着一个打花布阳伞的女人，他的眼睛瞪得大如牛铃，两道浓眉在前额中央打了个死结，我觉得他的模样就像是撞见了一个鬼魂。

打着花布阳伞的女人不是一个鬼魂，不是别人，正是棉布商邱财的女儿粉丽。我看见粉丽的脸抹着一层厚厚的粉霜，嘴唇搽得又红又亮，因此粉丽看上去还真的有点像戏台上的女鬼，粉丽站在离我们十几步远的地方，她在朝我们这里看，准确地说她是在看尹成，我觉得她看尹成的目光也有点像戏台上的女鬼，眼睛不像眼睛，像嘴巴那样张大了要把尹成吃到肚子里去。然后我听见粉丽喊了一声，尹、同、志、呀，听上去就像女鬼的台词了，凄凄惨惨的似哭非哭的，我觉得粉丽的样子实在可笑，我忍不住的咯咯大笑起来。

　　我一笑尹成就跳了起来，尹成慌慌张张的一下从地上跳了起来，我完全没有料到他会如此害怕粉丽，就好像粉丽真的成了一个女鬼。我完全没有料到尹成看见粉丽会逃之夭夭，尹成撇下我就跑，起初他只是大步地走，但走了没几步他就跑起来了，就好像身后有个索命的女鬼。

　　后来就出现了夹镇人津津乐道的那个场面：在集市通往夹镇的大路上，我在追赶尹成，而粉丽在后面追赶我们——主要是粉丽追我们显得不成体统，她穿着旗袍打着花布阳伞在路上跑，她紧咬着嘴唇，一手提着旗袍的角边在路上跑，跑得还挺快的，我没追上尹成，她却快把我追上了，我又气又恼，干脆就站住了。

　　你是个女鬼呀，大白天的在路上追男人，也不嫌害臊。我对粉丽嚷道。

　　粉丽手中的阳伞掉倒了地上，这下她终于站住了，她捂着胸口喘气，喘了一会儿她拾起那把伞，用伞尖捅着我说，好狗不挡道,你别挡着我呀!

我偏要挡你的道,谁让你大白天的在路上追男人呢?我张开双臂站在路上挡着粉丽,我说,你得告诉我为什么追尹成,我才放你过去。

粉丽又用伞尖捅了捅我,她的目光仍然追着尹成的去影,你别管我们的事,粉丽说,你什么都不懂,你不懂我们的事!

你们会有什么事?你们到底有什么事?我说,你告诉我我就放你过去。

粉丽不搭理我了,她踮起脚尖朝远处望,尹成的身影已经消失在制铁厂的围墙后面,她还踮着脚尖傻乎乎地朝那边张望。我看见粉丽的嘴起初是噘着的,渐渐地就咧开了,然后她的喉咙里滚出一种类似打嗝的声音,我知道她快哭了。我正在纳闷她为什么又要哭呢,粉丽已经呜呜地哭开了,她一哭就会把身子扭来扭去的,还像死了亲人似的跺脚,这些我都不管,我就是想弄清楚她为什么要哭,但无论我怎么追问,她就是不搭理我,她就会用伞尖捅我。我后来就丢下她去找尹成了,我想尹成肯定知道她为什么这样出丑的。

那天的事情把我忙坏了,我在夹镇的街道与税务所小楼之间来回奔跑,总想解决个什么问题。我再次跑到税务所去,恰好看见尹成提着背包从台阶上下来,那只军号被他拴在裤腰上,人一跑军号就摇摆起来,当当地撞击着木栏杆,尹成明明看见我了,但他也不理我,手一挥撩开了办公室的门帘,然后我就听见了税务员老曹和小张七嘴八舌的嚷嚷声。

你这是要去哪儿?老曹说。

去前线，我回尖刀营打仗去。尹成说。

什么时候接到的命令？小张说。

我不管什么命令不命令的，这鬼地方快把我害死了，我还是去打仗，死在战场上比现在痛快多啦。尹成说。

你开什么玩笑？干革命又不是买小猪，还能挑肥拣瘦的？还能由着你性子胡来？老曹说。

你给我闭嘴，老曹你算个什么东西？一身人皮光溜溜的，你有几块光荣疤？你就敢来教训我？尹成又雷吼起来，别跟我翻眼珠子，把你的手伸出来接着钥匙，给我好好守住钱箱，少一个铜板我回来拿你脑袋。

税务所的钥匙又不是你家仓房钥匙，想给谁就给谁啦？你给我我还不接呢。老曹在里面嘭嘭地敲着桌子。他说，尹成同志我劝你一句，你这样自由主义——很危险呢。

老曹你这个四眼狗！我最瞧不上的就是你这号人，上了战场就尿裤子，到地方反倒成了人啦，你们这号人，我操你们八辈子祖宗，一个敌人也没撂倒，就会暗里给自己同志使绊子，尹成的声音因为暴怒而气冲屋顶，有一刹那我觉得那幢木楼的屋顶快被他震塌了，我走到窗户前看见尹成一把揪住了老曹的衣领，一下一下地揉着老曹，老曹你这个四眼狗！你算什么同志？你也是一个敌人！小张你这条小油虫，你也不是我的同志，我在夹镇没有同志！尹成的喉咙像被什么堵住了，他仰起脸吐出一口气，一边用手指在眼角上狠狠地擦了一下，我看见了尹成眼睛里的一点湿润的泪光，虽然只是一滴泪光，又被他擦去了，我还是担心尹成会像上次那样哭出来，要是在老曹小张面前哭出来，那尹成的脸就丢尽了。所幸尹成毕竟是尹成，他很快就清了清喉咙，满面鄙夷之色把老曹推到了墙角，他说，谁要你们这种人做我的同志？你们瞧不上我，我更瞧不上你们，我回尖刀营找我的同志去！

尹成走出税务所时举起军号对着阳光照了一下，我看见一道灿烂的金光在空中掠过，我喊起来，快吹呀，吹一段冲锋号，尹成你不是要去打仗吗？但尹成只是把军号对着他说，我不吹，让太阳吹。我说，太阳怎么吹军号，太阳又没有嘴！尹成说，太阳会吹军号，你听着吧。我看见尹成向着太阳旋转他的军号，渐渐地军号发出一种神奇的嘤鸣声，这个瞬间我目睹耳闻了一个传奇，太阳吹响了军号！尹成让太阳吹响了军号！你想想还有什么事能比这种奇迹令我折服呢，就在这个瞬间我决定要追随尹成，跟他去当兵。

我说过那一天里我已经多次来往于通向税务所的小楼，但最后一次心情大不一样，我是昂首挺胸地跟在尹成身后走，因为我决定要去当兵了，想当兵就得像尹成那样，昂首挺胸地走。因为我要去当兵了，我再也不怕李麻子家的狗，那条恶狗蹲在路边朝我汪汪地叫，我飞起一脚。那畜生就吓跑了。李麻子正在地里采药草，他弯起腰咒骂我，我对他也不客气，拾起一块泥巴朝他扔去，李麻子还真给我弄傻了。我正在路上耍威风呢，忽然就听见尹成在前面说，别跟着我，跟着我也没用，我送你到你爷爷那儿去！走了几步，尹成又说，夹镇的人有吃有穿，有吃有穿的人就贪生怕死，贪生怕死的人怎么能当兵？你也一样，你也是个贪生怕死的大熊包。

我被尹成的蔑视激怒了,我猜他还在为偷裤衩的事耿耿于怀,为了证明我的勇敢,我大叫起来,你别小瞧人,我现在就去邱财家把你的裤衩偷出来,偷出来你就带我走,不准反悔,谁反悔谁就是小狗。

我没想到尹成一把拽住了我,你胡说什么?尹成涨红了脸,凶狠地逼视着我,谁让你去邱财家偷裤衩了?我的裤衩穿在身上呢,你再胡说八道的看我揍扁你!

我一下子被尹成弄糊涂了,难道他已经忘了早晨的事吗?我真弄不明白,为什么尹成老是这样说翻脸就翻脸,这种人你怎么跟他交朋友呢?你能想象到我一下子就像霜打的茄子蔫了,我又怨又恨地跟在尹成身后走,突然看见路边那棵老柳树,突然就想起了尹成的那支驳壳枪,那支驳壳枪让镇长没收了,到现在还没有还给他呢。我想起这事便幸灾乐祸地笑了,我一笑尹成就回过头来,于是我对他说,你还去前线打仗呢,枪都让镇长没收了,没有枪你去打什么仗?

尹成这人的耳朵根子就是浅,我这么一说他就站定在路上了,他的手在裤腰上徒劳地摸索了一圈,当然只摸到那把军号。只有军号没有枪了,这件事尹成应该习惯了,但他还是把手伸到那儿摸了一圈。我说,你怎么不敢去向镇长要还你的枪?没有枪你去打什么仗呀?尹成的手按着右胯部,紧紧地按着不放,我看见他的脸上又泛出了生铁的颜色,我怀着怨气继续讽刺尹成,我说,腰上拴把军号算什么?军号又不能当枪使,你怎么不去要回你的枪?你肯定要不回你的枪,谁让你老犯错误?尹成的耳朵根子就是这么浅,我这么一说他就解下军号把它塞进了被包里,但与此同时我听见了他咯咯咬牙的声音,我知道这是一个危险的信号,但我还没来得及躲闪,人已经被尹成一脚踢进了路边的玉米地。

就这么鬼使神差的,我与尹成又闹翻了,我刚才还准备跟着尹成去当兵呢,没一会儿就又和他闹翻了,我躺在玉米地悻悻地想,尹成这样的人,被邱财偷去裤衩也是活该!

我祖父那天正在镇政府门口与人下棋,他看见尹成背着行李闯进了镇政府,满头大汗的,好像浑身冒着火,尹成进去了没多久,我祖父就听见尹成和镇长吵起来了。

镇长说,这会儿你还要去打仗?好像中国革命离不开你似的,告诉你吧,解放军早就打过了长江,南京早解放了,前一阵上海也解放了,马上都要解放大西南了,还用得着你尹成去打仗?

尹成说,我不管那么多,只要去前线就行,只要能打仗就行,大西南不是还没解放吗?我就去大西南!

镇长说,隔了几千里路,你怎么去?插上翅膀飞着去?尹成,我知道你的毛病,个人英雄主义害死了你,群众对你很有意见呐,说你动不动就撩开衣服,给人展览你的光荣疤。

尹成说,放他们的狗屁,是他们要看我才撩衣服给他们看的。我可不管那么多,你把我的枪还给我,我要找部队去。

镇长说,我猜到你是来要枪的,本来枪是该还你了,可是你的思想问题越来越严重,错误越犯越严重,把枪还给你会害了你,你死了这条心吧,枪不能还你。

尹成说，你得把枪还给我，那是我的枪，你给我枪我就走，你别让我磨嘴皮子了，我不会磨嘴皮子！

镇长说，那好吧，我们不磨嘴皮子，我给你一个命令，你听着，现在你向后转，正步走，一直走到门口去！

我祖父这时看见尹成以标准的军人步伐向后转，然后正步走，走到镇政府门口他站住了，他等着镇长的下一步命令，等了一会儿没有动静，他就侧转脸张大了嘴瞪着镇长。镇长抽空到院子一角撒了泡尿，镇长说，还是正步走，目标夹镇税务所，给我回去好好工作！

就是这时候我祖父听见了尹成的一声怒吼，尹成像一头豹子一样扑到镇长的身上，他的嘴里吐出一串脏话，而他的手疯狂地抢夺着镇长腰下的那把枪。我祖父亲眼目睹了尹成和镇长的搏斗，他看见尹成用一只手卡住镇长的脖子，把镇长死死地顶在墙上，而镇长的双手只是全力以赴地捂住他的枪，尹成就用另一只手掰开镇长的手，祖父说要不是秘书小红领着一群民兵赶来，真不知道会闹出什么事来。祖父说那一刻他觉得尹成是疯了，只有疯了的人才会做出这种不计后果的事。

后来镇长就叫民兵们把尹成捆绑起来了。尹成被捆绑起来后还在辱骂镇长，镇长就在他嘴里塞了一块汗巾。即使这样尹成还在用脑袋撞人，镇长就说，把他关起来！关他几天禁闭，什么时候认识错误什么时候放他出来！后来我祖父看见四个民兵像抬铁砧一样把尹成抬进了镇政府的厢房。

我难以描述听到这个消息后的心情，开始时我说，他活该，谁让他这么蛮？后来我就不吱声了，因为祖父目光炯炯地盯着我，似乎在寻找我与这件事情的瓜葛。我被祖父盯得有点心虚，就说，我没让他去跟镇长要枪，是他自己要去的！祖父沉默了一会儿又问我，你们昨天夜里在邱财家干了什么啦？我说，我什么都没干，尹成也没干什么，他光是喝酒，他说他的裤衩被邱财偷走了。祖父想笑又没笑出来，他叹了口气说，尹成还是个孩子，我说他也不会干那丑事，可他要让邱家缠上了，什么都说不清楚，怪不得他心急火燎地要走呢。

我仍然不知道祖父所说的丑事指什么，我只是觉得所有的夹镇人都在自以为是地谈论尹成，包括我祖父。你说的都是什么呀？我这么为尹成辩驳了一句就去给我的蛐蛐喂豆子去了。喂蛐蛐的时候我突然想起尹成的那只蛐蛐，那只蛐蛐黑牙粗脚勇猛善战，那只蛐蛐本来是我的，他要离开夹镇怎么不把它还给我呢？他总不能带着它上前线打仗呀。

坦率地说我去镇政府见尹成就是为了那只蛐蛐。民兵小秃站在厢房门外看管尹成，他不让我靠近厢房的窗子。我就远远地喊了一声，尹成，我的蛐蛐呢？我看见尹成从黑暗处一蹦一跳地来到窗前，就像我祖父所说的那样，尹成被捆起来了，只是他嘴里的汗巾已经没有了。我看着他这种狼狈的样子，忍不住地想笑，但尹成投射过来的目光是那么奇怪，我说不出那是悲伤还是倔强。我第一次发现尹成有着一双女孩似的水汪汪的眼睛。我以为尹成会骂我，但他却只是朝我挤了挤眼睛，他说，蛐蛐在我衬衣口袋里呢，你来摸一下，看看它是不是还活着？

我往窗边跑，被小秃捉住了。小秃说，他在关禁闭，不准跟他说话！我正在犹豫呢，尹成在窗里喊起来，别怕他，你这么胆小，怎么去前线打仗？我被尹成这么一喊凭空多了一个胆子，硬是从小秃的腋下挤到窗前。我的手迫不及待地在尹成的口袋上按了一下，尹成又叫起来，你他妈的轻点呀，小心把它压死，口袋用别针缝着呢。我解开尹成口袋上的别针，伸手一摸就摸到了蛐蛐冰冷的尸体，于是我失声尖叫起来，死啦，死啦，你把它弄死了！

我从尹成脸上看到了相似的如丧考妣的表情，不是我弄死的！尹成愣了一下，随后朝里面蹦了一步，他用一种负疚的目光看着我说，肯定是刚才打架的时候让他们挤死的，不能怨我，你他妈的怎么怨我呢？

不怨你怨谁？这蛐蛐我是借给你养的，弄死了你就得赔我一只，赔我一只大黑牙！

赔就赔，你个小气鬼。尹成说，等我出去了就给你抓一盆蛐蛐来，抓个蛐蛐还不容易？

你不是说干部抓蛐蛐会让人笑话吗？

去他妈的干部，谁稀罕？尹成恶狠狠地骂了一声，他跳到厢房角落里，挨着墙慢慢坐下，沉默了一会儿，尹成突然嗤地一笑说，我哪儿是当干部的人？这回好了，这回我想当干部也当不成了，镇长说我的错误是反党，他诬赖我反党呢！

看守尹成的小秃这时候咳嗽了一声，他走过来不容分说地把我拉开，他不敢对尹成怎么样就拿我撒气。他说，你再赖这儿我就把你也捆起来，让你们哥俩一起关禁闭！

我被小秃推出政府的门洞时差点撞到一个人,是粉丽提着一只篮子,像一个贼似的左顾右盼的,猫着腰往里面走。我的手碰到了她的篮子,一只雪白的馒头就从篮子里飞到了地上,粉丽哎哟叫了声,手上忙着拾馒头,嘴一张就骂开了,你们两个要上法场呀,眼睛长在后脑勺上啦,馒头都掉在地上还让人怎么吃?

掉在地上怎么就不能吃?小秃涎着脸嘿笑道,我吃呀。

谁给你吃?粉丽说,你这号人就配吃牛粪。

你这是给谁送馒头呀?小秃说,还没拜堂成亲呢,就学上王宝钏探寒窑来啦?

你管不着,粉丽噘起嘴吹了吹那只馒头,放回篮子里,她对小秃扭了扭腰说,我跟尹成是同志关系,你们再说三道四的,看我不撕烂你们的嘴!别把你那杆烂棍横在我面前,让我进去!

谁也不让进。小秃仍然用长矛挡住粉丽,他说,镇长说了,尹同志犯了大错误,尹同志在关禁闭,谁也不让进!

我偏偏就要进!粉丽推搡着小秃,一挥手把长矛打掉了,好你个小秃子,当了民兵自以为是个人了?那次赶集谁趁乱捏我屁股了?是哪个畜生捏我的?你再堵着我,我就告你个调戏妇女罪!

粉丽一闹小秃就软了,小秃给粉丽让出一条路,说,让你进去也没用,门锁着呢,人也给捆着呢,你就是提一篮燕窝馒头他也没法吃,还不如给我吃了呢。

你们捆着他?你们不给他吃饭?粉丽的又黑又细的眉毛

拧成个八字，粉丽的眼睛不停地眨巴着，手指戳到了小秃的鼻梁上。你们吃了豹子胆啦？粉丽说，他是革命干部，他是战斗英雄呀，你们怎么敢这样对他？

我的姑奶奶呀，你别冲着我来了。小秃左右躲闪着粉丽的手指，他说，不关我的事，是镇长下的命令，镇长说尹成犯了大错误啦。

镇长算什么东西？他身上有几块光荣疤，他就敢把尹同志捆起来了？粉丽朝镇长的办公室狠狠地啐了一口，然后就环顾着镇政府的院子，捏细嗓子喊起来了，尹同志哎，你在哪里呀？我给你送馒头来啦！

是我把粉丽带到厢房的窗边的。粉丽这种女人也实在没意思，我好心给她带路，她还死死捂着篮子里的馒头，生怕我抢了她的馒头。她还嫌我在旁边碍事，想撵我走，可我就是不走，我倒想听听粉丽和尹成有什么悄悄话说。

粉丽拗不过我，就一边朝我翻白眼一边敲起厢房的窗子来，她说，尹同志呀，你饿坏了吧？我给你送馒头来啦。

尹成在里面一声不吭，我看见他坐在幽暗的角落里，好像是坐在他的黄背包上。

粉丽说，这可怎么办呢？篮子塞不进来，馒头是进嘴的，总不能一个个扔进来呀，这帮人，他们怎么就这样狠心呢？

尹成还是一声不吭，我以为他睡着了，我也朝他喊了一声，他不说话，但我听见什么东西撞在墙上，发出慌乱而清脆的撞击声。是那把军号，我看见那把军号在幽暗中闪着唯一的明亮的光芒。

粉丽又说，尹同志，你别生他们的气，忍着点，过两天他们就放你出来了，尹同志你是革命干部战斗英雄，他们敢把你怎么样？喊，他们才不敢把你怎么样呢。

我听见尹成在里面清了一下喉咙，我知道他遇到了难堪的事总要这样清喉咙的，过了一会儿我果然听见了尹成瓮声瓮气的说话声，尹成说，这是我们同志之间的矛盾，不要你管。你赶快带上馒头回去吧，我不想吃，我不吃你的馒头。

粉丽愣了一下，迁怒于我地送给我一个白眼，粉丽敲了敲窗子又说，尹同志呀，人是铁饭是钢，天大的事在身上也得吃饭，人不能不吃饭呀！

你别叫我同志，谁是你的同志？你们一家人死缠着我，没安什么好心！

尹成突然又发作了，他总是把人吓得一惊一乍的，我看见他从角落里站起来了，刚站起来又訇然坐下，我不知道他想干什么我正在琢磨尹成是怎么回事呢，粉丽已经呜呜地哭开了。粉丽倚着窗捂着脸哭，一边哭一边还跺脚。她一哭我就觉得很滑稽，我趁机从篮子里抓了一只馒头扔进窗子，我说，尹成，馒头还热着呢，你不吃就是傻瓜。

粉丽一哭邱财就应声而来了。邱财满脸杀气地冲过来，手臂一挥就给了粉丽一记耳光，你哭什么哭？我还没死呢，你就在这里给我哭丧？邱财一手操起装馒头的篮子，一手推着粉丽，邱财说，还不给我回家？丢人丢到政府来了，拿了这么多馒头，这么多馒头给谁吃？我们家开面厂啦？我们家粮食吃不光啦？要你到这里来充好人。

也就在这时候小秃带着镇长和几个干部来了，粉丽看见他们哭声便戛然而止，她从旗袍襟上抽出一块丝帕捂着脸，猫着腰从那群人身边逃过去了。镇长沉着脸问邱财，你女儿怎么回事，跑到政府撒泼来了？她跟尹成是怎么回事？她跟尹成到底什么关系？邱财对镇长笑脸相迎，邱财说，他们没有什么关系吧？人家尹同志是革命干部，我家粉丽看得上他，他可看不上粉丽呀！要不粉丽给他送馒头，他也不会把她骂出来，门不当户不对的，能有什么？镇长你可别听外面的谣言呀。镇长走近邱财，抢过他手里的篮子检查那堆馒头，他还掰开一只馒头看里面有没有藏了什么，馒头里什么也没有，馒头只是馒头而已，镇长就撕了一片放进嘴里，小心地品尝着。邱财在一边叫起来说，镇长你这是在干什么呢，你还怕粉丽在馒头里下毒？这真冤枉死人了，她就是毒死了自己也不会给尹同志下毒呀。镇长对邱财冷笑了一声，说，你们腐蚀毒害革命干部的阴谋诡计多着呢，不一定要靠下毒嘛。

我看见邱财的脸被镇长说得红一阵白一阵的，他一边摇头嗤笑着一边往人群外面钻，有几个看热闹的铁匠伸手去抓篮子里的馒头，邱财就啪啪地打那些手，邱财指桑骂槐地说，这是毒馒头，这是毒馒头！谁敢吃就让他七窍流血，谁敢吃就让他进棺材！

今天夹镇热得快要烧起来了，天空中不见一丝云彩，没有云彩也就没有了风，只有滚烫的阳光大片大片地落下来，落在制铁厂的烟囱和煤山上，落在夹镇空寂的街道上，落在我们房屋屋顶的青瓦上。只要你仔细倾听,便可以听见太阳烤灼屋顶青瓦的声音,所有被烤灼的青瓦都在噼剥噼剥地呻吟或喘息。

我不知道夹镇为什么突然变得如此安静,细细听才发现是镇上的十几家铁匠铺停止了工作,不惧炎热的铁匠们放下了长锤,夹镇便彻底地安静了。这种安静令人陌生,因此我觉得夹镇变成了一座灼人的坟墓。

我正在家里大声朗读小学课本时,突然听见有人在敲窗。是隔壁的粉丽站在外面,她大概是刚洗过澡,湿漉漉的头发一直垂到腰际,看上去活像一个女鬼,粉丽一边梳她的头发,一边用木梳敲我家的窗板,她说,你还不快去?尹同志放出来啦,你怎么还不去呀?

我说,你没头没脑地嚷什么?你让我去哪儿?

粉丽说,去税务所呀,尹成回税务所了,我说镇长不敢把他怎么样的!撤了所长又怎样?他不还是个干部?咦,你还愣着干什么,还不快去?

我就是不爱听粉丽说尹成的事,主要是觉得她不配对尹成好,所以粉丽一说尹成的名字我就不耐烦,我说,我早知道这事了,还用得着你说?你自己想去就去呗,我们的事不用你来管。

哎哟,你倒神气起来了?粉丽在窗外格格一笑,她说,你们俩有个屁事?你以为你就是他的同志啦?告诉你吧,尹同志实在是太孤单了才找你玩的,你能顶什么事?你还什么都不懂呢。

粉丽尖牙利齿的时候我就更讨厌她，我跑到窗边，像赶苍蝇一样把她赶走了。我祖父在里屋的鼾声忽起忽落，他说，你跟谁说话呢？快读你的书。我捧起课本又大声读了几句，但课本上的字却视而不见了，耳朵里也隐隐约约地听见了军号的回响，不知为什么，我想起尹成就会听见军号的回响，听见军号的回响我便会往尹成身边跑。

正午时分我就要去找尹成的，但我祖父把门反锁上了。我去祖父的床边搜寻挂锁钥匙时，被他一把揪到了床上，他按着我的手说，躺这儿睡觉，这么热的天跑出去人会烤焦的！我只好躺着等祖父的鼾声再响起来，他睡觉时总是鼾声如雷，但讨厌的是只要我一动弹他就醒了，而且他睡得这么糊涂还知道我的心思，他说，今天不准去找尹成，以后也不准找他，那孩子脑筋缺根弦，放不下那杆枪，哪天他起了杀性，一枪把你崩了！我申辩道，他没有枪，镇长早把他的枪收啦！祖父说，没有枪还有手呢，他掐死个人更容易。祖父说完又呼噜噜地睡着了，人睡着了两只手却醒着，像铁钳夹住我的手，因此整个午后时分我只好躺在祖父的床上。我本来不想睡觉，但祖父的呼噜声震得我昏昏欲睡，后来我就做了那个奇怪的梦，我梦见尹成对着太阳摇晃那把军号，尹成站在玉米地里斜举着那把军号，一个劲地摇晃着军号，军号发出了一种低沉的呜咽声，那声音真的酷似人的呜咽，而且呜咽声越来越响越来越细碎，我对尹成喊，别让它哭，你别摇军号，你吹呀，尹成你吹呀，但梦中的尹成与我形同陌路，他只是回头漠然一瞥，他把军号举得更高，对着太阳摇晃着，然后我突然看见那只军号从尹成手中落下来了,它像一个金黄色的精灵铮铮有声地滚过玉米地,朝我这里滚过来,我想去接住军号,但我的手却怎么也伸不出去,你知道我是在做梦,而我的手是一直被祖父紧紧压住的。

那个奇怪的梦使我若有所失,我醒来的时候祖父正用布擦洗凉席上的汗渍,祖父说,你睡觉也不安稳,又打又踢的,看你出了多少汗?我坐在床上回想梦中的军号,我问祖父,军号怎么会哭?军号也会哭吗?我祖父想了想说,什么东西都会哭的,庄稼受旱受涝了会哭,牲口被主人打了会哭,军号怎么就不会哭?不打仗了,没人吹它了,它就哭了嘛。

按说我一醒就该去找尹成的,但我祖父偏偏要我跟他去菜园浇水,我觉得他是故意阻止我去见尹成,这方面祖父跟夹镇人一样势利,好像尹成犯了错误,英雄就变成了狗屎,别人就不该搭理他了。我们为菜园浇水的时候太阳一步步地下了山,我看见棉布商邱财从路上走过。这么热的天,太阳下了山,他还穿着长衫长裤,戴着白草帽,在路上东张西望地走。我祖父问他去哪儿,邱财说,去西关跟人谈点棉布生意。邱财一边说话一边对我们龇着牙笑,他喊着我的名字说,尹同志出来了,你怎么不找他玩哪?话说到一半他自己给自己打了岔。这么热的天,你就别去找人家了,还是陪你爷爷浇菜好。他说着话话又拐了弯,压低嗓门说,告诉你们呀,尹成犯了大错误,当不成税务所长了。

我不知道邱财那天为什么对我们撒谎,假如他告诉我们是去尹成那里,我正好借机跟着他去,假如他做事不是那么鬼鬼祟祟的，假如他肯带我一起离开菜园，那么后来的事情肯定就不会发生了。当然话也不能说得这么满，邱财讨厌我，我还讨厌他呢，就算他预见到后来的事，就算他要带我去税务所，我还不一定跟他去呢。

我是天黑以后才溜出家的，我溜出去时我祖父没察觉，隔壁的粉丽却突然从门后探出脑袋，对我说，你去哪儿？又去找尹同志呀？我没好气地瞪了她一眼，我去哪儿关你屁事？我怕粉丽去向我祖父告密，因此我撒腿就跑，从西北方向传来的军号声使我越跑越快，到了大柳树下我才停下来喘了一口气。让我纳闷的是当我停下奔跑的脚步，一直在我耳朵里萦回的军号声也悄然地消失了。当我停下脚步，我才发现那阵军号声是虚幻的，它仅仅来自我对那把军号的渴念。

税务所小楼不见灯光，黑漆漆地耸立在路边，远远看上去就像一个拦路的怪兽，我无端地有点害怕起来，我想税务员小张今天怎么不在灯下打算盘呢，我又想尹成说不定还在镇政府蹲禁闭，说不定尹成一出来就离开夹镇去找部队了呢。我站在通往税务所的小路上进退两难，但就在这时候我听见军号声又低沉地若有若无地响起来了，我还看见一大片飞蛾从税务所那里飞过来，于是我试探地朝税务所那里喊了一嗓子，尹成，尹成，你放出来了吗？我这么一喊军号声又倏然消失了，这真让我纳闷，更让我纳闷的是军号声消失后，另一种声音清晰地传入我的耳朵，是谁在泼水，好像有人在水缸边洗澡。

我壮着胆子朝水缸那里跑过去，看见一个人光着身子站在那儿，用一只水瓢往身上泼水，我一眼就认出那是尹成，是尹成摸黑在水缸边洗澡，而那把军号在水缸一侧闪烁着一圈幽光。

尹成，我喊你你怎么不答应？我还以为这里闹鬼呢。看见尹成我就松了一口气，我坐到缸沿上，脚踢到了什么东西，当的一声，我低下头便看见了那把军号，我说，尹成，你刚才在吹军号吧？

尹成转过身去用水瓢浇他的肩膀，他好像不愿让我看见他光着身子，他说，我要洗个澡，我身上又脏又臭，你离我远一点。

我说，你没吹军号军号怎么会响？你会让太阳吹军号，你不会让月亮也吹军号吧？

尹成说，你离我远一点，我溅了一身的血，我得好好洗一个澡，我的衬衣上全都是血，你离我远一点。尹成又转了个身，他不让我看他的私处，说，才几个月没打仗呀，见了血就恶心，我得好好洗个澡。

我不明白尹成为什么突然提到血，哪来什么血？我这么说着就跳下水缸，我想去拿地上的那把军号，但尹成冲过来抢先一步抓住了军号。尹成说，别碰军号！别碰我的军号！然后我看见尹成把军号放在水缸里用力地漂洗着，水缸里的水随之呜呜地吟唱起来。尹成说，我的军号上都是血，我得好好把军号洗一洗。

看见军号淹在水里我就觉得心疼，我嚷了起来，军号不能洗的，一洗就吹不出声来了！

那当然是我一厢情愿的抗议,尹成肯定比我更懂洗军号的危害,但他没有听见我的抗议,他只是用力地漂那把军号,水缸里的水纷纷溅了出来,我听见尹成说,军号上沾着血,我得把血洗掉,你离我远一点,我得把军号洗干净了。我听见尹成老在说血呀血的,可我就是没听进去,我还讥笑他道,你关了几天禁闭有点傻了,哪来的血呀?军号又不是刺刀,军号上哪来的血呢?

尹成说,我把军号当刺刀了,军号上全是血,我得把军号洗干净了。

我从来没见过尹成这种傻乎乎的样子,我想尹成大概真是关禁闭关傻了,这种想法使我壮着胆子上前抢那把军号,我说,你个傻子,快给我住手,我们还是来吹军号,快来吹吧!我记得就是这时候我的颧骨处挨了冰凉湿润的一击,我记得尹成突然用军号抡向我的面颊,我所熟悉的那种吼叫声也重返耳朵。离我远一点!他晃动着军号对我吼道,我告诉你啦,离我远一点,今天我杀人啦!那会儿我还不知道疼痛,我捂住右脸颧骨惊恐地望着尹成,我说,尹成你说什么呀?你真的傻了吗?

我看见尹成的暴怒像闪电掠过夜空,仅仅像闪电一掠而过,他很快就平静了。我看见他把军号举高了对着天边的月亮,太阳能吹响军号,月亮吹不响的。尹成喃喃自语道。他好像在用军号照月亮,又好像让月光照他的军号。我记得尹成曾经让太阳吹响军号,但那天夜里他没能让月亮吹响军号,也许他不想让月亮吹响军号,只是借月光察看军号是否已经洗濯干净，因为他后来把军号放到我的鼻子前，他说，你替我闻一闻，军号上还有没有血的气味？我忍着伤口的疼痛闻了闻军号，我说，有点腥味，军号是铜做的，铜本来就是腥的。尹成这时候突然古怪地笑了，他说，铜是腥的，可邱财的血是臭的，你没闻到什么臭味吧？我一时愣在那儿，然后我就听见尹成说，我把军号当武器了，我用军号把邱财砸死啦！

我以为尹成是在开玩笑，但我一转眼就看见一只白草帽挂在旁边的玉米秆子上，我知道那是邱财的草帽。我还看见玉米地陷下去一块，里面好像躺着个人。我半信半疑地跑进玉米地，跑进玉米地我一脚踩到了邱财的一只手，一只软绵绵的像棉花一样的手。我尖叫着跳了起来，然后我拔腿就逃，但我可能吓糊涂了，我绕着水缸跑了几圈，最后还是撞到了尹成的怀里。尹成抱住我说，你看你这孬样，见了个死人就吓成这样，还想去当兵呢。

尹成那句话对我还是起了点作用的，后来我一直站在水缸后面，小心地与尹成保持着距离，正因为我没有逃跑，我听到了尹成本人对尹成事件的解释——你知道尹成事件后来轰动了整个解放区，而人们在谈论这件事情时都会提到一个男孩，说只有那个男孩知道尹成为什么用军号砸死棉布商人邱财，那个男孩不是别人，那个男孩当然就是我。

就在那个炎热的七月之夜，就在税务所长尹成杀死棉布商邱财的现场，我怀着惴惴不安的心情盘问了事件的真相，我以为他不会回答，但出乎意料的是尹成把一切都告诉我了。

他把我的肺气炸了，尹成说，他就像一只苍蝇盯着我，他以为我免了职就跟他平起平坐了，他以为我不爱说话是让他抓着了把柄，他以为我躲他是怕他呢。

那你把他撵走不就行了？你干吗要杀他？

我的肺气炸了。尹成说，我不想杀老百姓，可我压不下那股火呀，他硬要把他闺女塞给我呢，他把我当什么人了？夹镇的女人我一个也不要，我就是打一辈子光棍也不要他的闺女。

你不要她就不要了嘛，他又不能把你们绑在一起，你干吗要杀他呢？

他把我的肺气炸了。尹成说，他东拉西扯地说我那条裤衩，他来讹我呢，说要把裤衩交给政府。

他要交政府就让交呗，你就说是他把你的裤衩偷了，那不就行了？

那裤衩——不说它了，你还小呢，说这些脏了你的耳朵。尹成说，我早猜到他会拿这事讹我，光为这事我也不会杀他。我不理他他还得寸进尺了，他又东拉西扯跟我说做棉布生意的难处，说他要借一笔钱去进货，我见他老用眼睛瞄那只钱箱就问他，你想跟谁借钱？他一张嘴就把我气炸了，他让我打开钱箱借钱给他呢，他把我的肺都给气炸了，他以为我犯了错误就会跟他勾结呢，他以为我是党的叛徒呢！

你别开钱箱，你不给他钱他敢怎么样，你不该杀他呀！

那会儿我还没想杀他，他要光站在那儿说，说到天亮我也不理他，尹成说，可他以为我不说话就是答应他呢，他把手伸到我裤子口袋里啦，他涎着脸在我口袋里摸钱箱的钥匙呢。

你不该把那钥匙放口袋里,你别让他在口袋里摸嘛。

我的肺给他气炸了,他一摸我我的火就直往头顶上蹿。尹成说,我警告他了,可他就是不怕我呀,他说你能把我怎么样,你能白摸粉丽我就不能摸你?我说你再摸一下我就宰了你,他还是涎着个脸,他一点也不怕我了,他说你能把我怎么样,你连枪都给镇长没收了,他说你连枪都没了还能把我怎么样,他一说到这事我就忍不住了,我的火蹿到头顶上,操起军号就给了他一下,我实在是忍不住啦!

你砸他一下他就死了?砸一下死不了的,你刚才也用军号砸我脸了,我怎么没死?

我不记得砸了几下。我在河南前线也用军号砸死过一个国民党兵,谁记得砸了几下呢?尹成突然蹲了下来,我看见他在黑暗中用手指擦抹着军号,军号在月光下反射出一圈幽幽的光,它的轮廓看上去那么美丽而又那么坚硬。我们沉默了一会儿,我们不说话水沟里的青蛙便聒噪起来,受惊的蚊群也趁机从玉米地里飞回来,我看见尹成在头顶上挥舞着军号驱赶蚊群,他说,这是什么鬼天气?热死人了,这么热的天逼你杀人呢。

你胡说,夹镇每年都这么热,我怎么没杀人?

这么热的天,我的脑袋都给热晕了。尹成说,要不是天热得你没办法,兴许我就不会砸他那么多下,兴许就砸一下教训他。

是你杀了他,你不能怪天热,我爷爷说他早就看出来了,他知道你会杀人。

我不想杀人。主要是心情太坏了，到夹镇这么多天我的心情一天比一天坏。尹成说，要不是心情太坏，兴许我下手不会那么狠，兴许他就不会死。

你不能怪心情，心情又不长手，心情不会杀人，是你用军号砸死人了。

我用军号砸死他了，尹成说，看见他咽了气我就犯糊涂了，以前我不知杀过多少敌人，他们的肠子粘在我身上我摔两下就继续往前冲，我从来没犯过糊涂，这回我却站在他身边犯糊涂了，我不知道自己怎么会像个傻子似的，怎么会站在那儿犯糊涂？

你当然会犯糊涂，他是老百姓，他再坏你也不该杀他嘛。

我不该杀他。尹成说，我抬头看了眼天，天那么黑，我一下就明白了，我为什么犯糊涂了，以前我打仗杀敌人时太阳当头照着呢，以前我杀敌人时敌人的鼻孔毛都看得清清楚楚呢，可这回什么也看不见，就看见他像条狗似的趴在地上，天那么黑，我什么也看不见了。我一下子都想不起他是谁啦。

他是邱财，是粉丽她爹，你别忘了你还在他家喝酒呢，我不让你喝你偏要喝！

我把邱财给宰了。尹成说，现在我心里明镜似的，我不是犯错误，我是犯了罪啦。告诉你你也不懂，现在我的心反而落下来了，到夹镇这么多天，我的心一直没落下来，我的心一直跟着徐大脑袋他们走呢，现在好了，我的心反而落下来了。

你是干部，干部犯了罪会不会拉出去枪毙？

我正想这事呢。尹成说，他们要是把我枪毙在夹镇，那我就吃亏了，我可不愿意跟邱财换这条命，我正想一件好事呢，他们要是愿意让我死在战场上就好了，我尹成一条命起码得换回敌人十条命，他们要是让我死到战场上，那我死得也值啦。

尹成眼睛里闪烁的光点在黑暗中无比晶莹剔透，我怀疑那是一滴泪珠，我一直想弄清楚那是不是一滴泪，因此我突然跑过去用手背碰了碰尹成的眼睛，尹成抓了我的手使劲地捏了捏，我以为他会对我发怒，但尹成在那个夜晚把我当成了他的亲人，我没想到尹成会如此坦诚地承认那滴眼泪。你别碰它，别碰它，尹成捏住我的手说，我就是这点没出息，碰到个伤心事那尿滴子就滴出来了，怎么忍也忍不住，尹成捏住我的手使劲地晃着，他说，你以后别学我，男子汉大丈夫，一辈子别滴那尿滴子！

我从来不滴尿滴子！

我这么自豪地宣布着，突然发现尹成其实也有不如我的地方，我因此异常勇敢地走到玉米地里，绕着邱财的尸体走了几圈。我用食指戳了戳邱财的手，那只手像一个枯玉米棒子摊在地上。我突然想起夹镇人传说的一件事，说制铁厂厂主姚守山杀了人就把死人埋在玉米地里，我想尹成怎么这么笨，他为什么不把邱财埋在玉米地里呢？于是我朝尹成喊道，你怎么这么笨？把他埋到玉米地里，把他埋起来，谁也不知道你杀人呀。

尹成还站在水缸边，尹成在黑暗中穿好了裤子，他说，我不笨，我知道你在动什么鬼点子，可我不能埋他，我不能做这种事。

你怎么这么笨？埋了他你就逃，等别人发现你早到了前线啦！

要是我想这么跑早就跑了，可我就是不能这么跑，我是个革命干部，我是党的人，杀了人就逃，那我还怎么继续革命呢，革命只能向前冲，革命不能往后逃的。

说到革命我知道自己茫然无知，我不再说服尹成藏尸灭迹，但我总觉得有件事情该跟尹成谈一谈。后来我的目光一直盯着水缸边的军号，军号在那个炎热的夜晚发出一种奇妙的颤音，军号在那个炎热的夜晚好像快跳起来了，好像快奔跑起来了，好像快高声呐喊起来了，那只军号在黑暗中凝望它的号手，号手却凝望着夏夜的黑暗，无人吹奏的军号便自己吹响了，我听见了军号自己吹响的声音。你知道我想跟尹成谈的就是军号的事情，我想要那把军号，可我张口结舌地就是开不了口，我想要是尹成自己把军号送给我就好了，可那好像是不可能的。我正这么想着奇迹就发生了，我看见尹成拿着军号走到我面前，他的手像老人似的颤索着，他说话的声音也像老人一样颤索着，但每一句话我都听清楚了。尹成说，过一会天就亮了，天一亮我还不知道自己是死是活呢，还是把军号送给你，要不我死了也放不下心，还是把军号给你吧。

我正要去接军号奇迹就发生了，关于那把军号的奇迹你一辈子也不会相信，而我一辈子也没有想明白，那把军号滚烫滚烫的，比铁匠铺里的热铁还要烫上一百倍，告诉你你绝不会相信的,那把军号燃烧起来了!我惊叫着,眼看着那把军号在尹成手里慢慢泛红,军号之光由古铜色转为琥珀色,那把军号慢慢燃烧,最后像一团血红的篝火似的燃烧起来啦!

我像个傻子一样惊叫着,对着那把燃烧的军号束手无策,我记得尹成一次次把他心爱的军号往我怀里放,可我最后还是没有接住它,因为那时候我祖父打着一盏灯笼来找我了,我祖父在路上一声声地喊着我的名字,我觉得我真的像个傻子一样,我后来没有去接尹成的军号,却撒腿朝我祖父那儿跑过去了。

然后我听见了尹成最后的军号声,我朝我祖父跑过去时尹成吹响了军号,嗒嘀嘀嗒嗒嘀嘀嗒,军号声一响我跑得更快了,你知道听见军号声我总是跑得比马还快,我跑得比马还快,我觉得身边的空气呼呼地燃烧起来,整个夹镇也呼呼地燃烧起来啦。

第二天尹成从夹镇消失了,没有人知道尹成的去向,镇上的干部们肯定是知道的,但他们都对这件事讳莫如深。镇长有一次亲自跑到我家来,向我问这问那的问了半天,我把知道的一切都告诉他了。末了我问镇长尹成的下落,问他尹成会不会被枪毙,他却不肯告诉我。他不仅不告诉我,还不准我把尹成的事告诉别人。

我是尹成在夹镇唯一的朋友,尹成杀人的事我才不会乱说呢。让我头疼的是隔壁的粉丽,自从她爹死了以后她老是像个鬼魂一样跟着我。我走到哪儿她跟到哪儿,她的眼睛肿得像只核桃，蓬头垢面地跟在我身后。我对她说，你别像个鬼魂似的跟着我，又不是我杀了你爹。粉丽的喉咙里就发出一声打嗝似的呜咽，她呜呜咽咽地说，告诉我尹成在哪儿，我要跟他说一句话，我只要跟他说一句话。

我不知道粉丽要跟尹成说一句什么话，问题是我自己还想跟尹成再说句话呢，我想问他那天是我看花眼了，还是军号真的燃烧起来了。但我知道尹成不会回来了，不管是死是活，尹成终于离开了他讨厌的夹镇。尹成，我的朋友尹成，我所知道的最年轻的革命干部尹成，他再也不会到讨厌的夹镇来了。

我后来一直讨厌我的故乡夹镇。在别人看来这几乎是一件不可理喻的事情，但我觉得我可以解释这种厌恶的缘由，其中最重要的一点也许与尹成有关。一个人总是对他童年时代的朋友满怀赤子之情，我相信我讨厌夹镇是因为夹镇断送了我与尹成的友谊，夹镇毁了尹成，也吹灭了我通往军旅生涯道路上的一盏指路灯，你知道我本来是会跟着尹成去从军的。

大概是六年以后，我在省城参加了工作。我所在的区委负责筹备抗美援朝烈士纪念馆，每天都有志愿军烈士的遗物运到纪念馆来。有一天我正在布置橱窗，一个同事突然挥着一张照片朝我冲过来，他说，小李，这个烈士的名字和你一模一样！我好奇地看了眼照片后面的名字：李小牛，果然跟我的名字一模一样。我把照片翻过来，想看一眼这位与我同名同姓的烈士的模样，我把照片翻过来，看见的是一张年轻而沉郁的脸，尽管照片已经被朝鲜半岛的炮火烧掉了半个角，但是烈士充满野性的眼睛逼视着我，烈士的嘴角坚毅地抿紧着，不露半丝笑容，而他的一道浓眉高高地挑起来，向我画出一个问号。我失声大叫起来——你这会儿大概已经猜到了，烈士李小牛不是别人，他就是我童年时代的朋友尹成。

一个谜在六年以后终于解开了。不知为什么我后来在纪念馆一角阅读烈士的材料时有一种如释重负的心情，坦率地说我并没有为尹成之死感到悲哀，只是感到庆幸，我不知道尹成是怎么跑到朝鲜去打美国鬼子的，让我感到庆幸的是尹成终于完成了他的夙愿，尹成终于死在了战场炮火之中。对于我的朋友来说，他是死得其所了。坦率地说我真是为尹成感到骄傲，我刚知道他隐姓埋名参加了志愿军，尹成总能创造奇迹，我一时无法查考这奇迹是如何出现的，但他去朝鲜打仗用了我的名字，这简直让我受宠若惊，我想没有一件事比它更能说明我们的友谊了。

有关烈士李小牛——不，应该说有关烈士尹成的文字材料非常简短。材料中说尹成死于著名的白头山战役，尹成为了掩护战友用身子堵住了一座碉堡的枪眼。唯一让我怅然若失的就是这段文字，这不仅过于简短，而且许多地方都错了：譬如尹成的籍贯写成了我的老家夹镇，尹成明明是山东人，我老家夹镇又怎么能承受这样的荣誉？譬如尹成的年龄在材料中是十九岁，我记得尹成在夹镇那年就是十九岁，这么多年过去了，他怎么还是十九岁呢？当然我后来很快就想通了，这种错误不能归咎于整理材料的人，那个文书或者宣传干事又怎么知道烈士李小牛就是尹成呢？他也许根本就不认识尹成，又怎么知道尹成在夹镇的那段故事呢？

尹成留下的所有遗物是一只军用帆布包，我打开帆布包时一只军号訇然落地，一只像黄金一样熠熠闪亮的军号落在我脚下，还散发着战场特有的焦硝味。我拾起军号走到了纪念馆外，我举起军号对准太阳，看见整个天空整个世界都是金黄色的，我听见阳光震动了空气，空气吹响了军号，然后我所熟悉的尹成的军号声响彻了城市的上空。我模仿我的朋友尹成，举起军号对准太阳，我看见的就是太阳，还有太阳周围金黄色的灼热的天空。